BASTEI LÜBBE

Natasha Rostova

Variationen

Erotischer Roman

Ins Deutsche übertragen
von Rena Tobias

BASTEI
LÜBBE

BASTEI LÜBBE TASCHENBUCH
Band 14 373

1. Auflage: Juni 2000

Vollständige Taschenbuchausgabe

Bastei Lübbe Taschenbücher
ist ein Imprint der
Verlagsgruppe Lübbe

Deutsche Erstveröffentlichung
Titel der englischen Originalausgabe: The Tranformation

Titelillustration: ZEFA
Umschlaggestaltung: QuadroGrafik, Bensberg
Druck und Verarbeitung:
Brodard & Taupin, La Flèche, Frankreich
Printed in France

ISBN 3-404-14373-6

Inhalt

Für Will –
Vielen Dank

Einführung

Die Geschichten in ›Variationen‹ wurden von drei traditionellen Märchen beeinflusst. Solche Märchen wurden oft von Frauen erzählt, und viele davon sind im Laufe der Jahre weitergesponnen und verändert worden. Oft enthalten die Geschichten eine dunkle, erotische Stimmung, garniert mit Themen wie Bondage oder Dominanz, manchmal auch mit grausameren Elementen wie Mord und Vergewaltigung. Liebe besiegt nicht alles, und menschliche Emotionen wie Eifersucht und Neid und Gier gehen oft straffrei aus. Trotzdem kann man aus diesen Geschichten seine Lehren ziehen. In ›Scheidewege‹ erleben drei Freundinnen die Themen, mit denen sich die Märchen der Gebrüder Grimm und des Hans Christian Andersen beschäftigen.

›Lydias Scheideweg‹ basiert auf dem ›Froschkönig‹ von den Gebrüdern Grimm, im Jahre 1812 niedergeschrieben. Der ›Froschkönig‹ erzählt die Geschichte einer egoistischen Prinzessin, die einen goldenen Ball in einen Brunnen fallen lässt. Ein Frosch bietet ihr an, den Ball aus der Tiefe zu holen, aber seine Bedingung ist, dass sie ihn als Gesellschafter akzeptiert, mit ihm das Abendessen einnimmt und ihn für die Nacht in ihr Bett einlädt.

Die Prinzessin stimmt zu, aber sie denkt nicht daran, ihr Versprechen einzuhalten. Erst der König weist die Tochter zurecht, und so fühlt sich die Prinzessin gezwungen, den Frosch als Gespielen anzunehmen. Er bringt sie sogar dazu, dass sie ihn küsst – und er entpuppt sich als schmucker Prinz, der unter dem Bann einer bösen Fee stand. Er hätte Frosch bleiben müssen, wenn die Prinzessin ihn nicht von diesem Schicksal errettet hätte.

In einer zeitgenössischen Version dieses Themas erfährt Lydia Weston, dass ihre Vorbehalte gegen einen unscheinbaren Buchhändler sie davor zurückschrecken lassen, ihn wirklich kennenzulernen.

›Die Prinzessin auf der Erbse‹ ist ein kurzes Märchen, das Andersen 1835 geschrieben hat. In der Geschichte geht es um einen Prinzen, der eine Prinzessin zum Heiraten sucht. An einem stürmischen Abend klopft eine zerzaust aussehende Frau an seine Tür und behauptet, Prinzessin zu sein.

Er und seine Mutter beschließen, die Besucherin einem Test zu unterziehen, indem sie ihr eine Erbse unter die Matratze legen. Sie werfen zwanzig Federbetten auf die Matratze. Am Morgen klagt die Frau darüber, dass sie schlecht geschlafen hat, was dem Prinz Beweis genug ist, es mit einer Prinzessin zu tun zu haben – nur eine Prinzessin kann so empfindsam sein. In der Geschichte ›Mollys Entdeckung‹ will Harker Trevane beweisen, dass Molly Radcliffe zwar keine Prinzessin ist, aber eine wirkliche Frau, der er hilft, sich selbst zu entdecken.

›Cassies Wandlung‹ basiert auf einem Märchen von Andersen aus dem Jahr 1835. ›Der kleine Däumling‹ ist die Geschichte eines winzigen Mädchens, das in einer Tulpenblüte geboren wurde. Zu Däumlings Entsetzen findet ein hässlicher Frosch Gefallen an ihr und möchte sie heiraten. Glücklicherweise wird sie von einigen Fischen erlöst, die sie aus dem Reich der Frösche retten. Däumling geht ein Jahr auf Wanderschaft und gewinnt viele Freunde, darunter eine Feldmaus und eine Schwalbe.

Später trifft sie einen alten Maulwurf, der sie auch zur Frau nehmen möchte, aber die Vorstellung, in unterirdischen Gängen in Dunkelheit zu leben, bringt sie zur Verzweiflung. Die Schwalbe trägt sie auf dem Rücken in die Freiheit und setzt sie in einem Blumenfeld ab. Dort findet der kleine Däumling in einer Blume einen Freund, der in der Größe zu ihm passt.

Ähnlich ergeht es Cassie Langford, die nach einigen ungewöhnlichen Bekanntschaften schließlich den idealen Partner findet.

Erster Teil
Lydias Scheideweg

Erstes Kapitel

Die Aufzugtüren glitten auseinander. Lydia Weston betrat die Halle vor den Büros der Zeitschrift *Savoir Faire,* wo es hektisch zuging wie immer. Das Chanelkostüm schmiegte sich um die Kurven ihres Körpers. Sie schritt am Empfangspult vorbei und hielt auf ihr Büro zu. Das glatte dunkle Haar federte bei jedem Schritt auf ihren Schultern. Die Absätze der italienischen Pumps traten einen harten Rhythmus auf den Marmorboden. Sie schritt am Schreibtisch ihrer Assistentin vorbei, und ohne einzuhalten, nahm sie den Plastikbecher Kaffee mit, der wie jeden Morgen griffbereit für sie dort stand.

»Guten Morgen, Mona.«

»Lydia, die Leute von Calvin Klein haben vor einer Viertelstunde angerufen«, sagte Mona, ehe Lydia außer Hörweite war. »Sie sind pünktlich in San Francisco gelandet und werden um neun Uhr hier sein. Zack wird . . .«

»Danke.« Lydia drückte die Bürotür auf und betrat ihr Heiligtum. Erst als sich die Tür hinter ihr schloss, sah sie den Mann auf dem Ledersofa.

»Zack.«

»Hallo, meine Liebe.« Zack hob den Blick. Seine blauen Augen musterten sie bewundernd. »Wie geht es dir?«

»Du hast mein Büro nur mit meiner Erlaubnis zu betreten«, sagte Lydia kühl. Sie würde nachher ein ernstes Wort mit Mona reden müssen.

Sie ging zu ihrem Schreibtisch und setzte den

Kaffeebecher ab. Ihr Büro war ihre private Domäne, ein Hafen im Sturm. Sie hatte ihm mit den sorgsam ausgesuchten Gemälden eine persönliche Note gegeben.

Ein großes Fenster nahm eine ganze Wand ein und gab den Blick auf die geschäftige Market Street frei. Lydia gefiel es gar nicht, dass ihr Büro von dem Fotografen in Beschlag genommen wurde. Es genügte schon, dass er sich als Gottes Geschenk für die Frauen empfand. Sie ignorierte ihn und ging die e-mails durch.

»Ich habe einen großartigen Hintergrund für deine neue Herbstkollektion entdeckt«, sagte Zack. »Erinnerst du dich, dass du die Atmosphäre eines Antiquitätengeschäfts haben wolltest?«

Lydia blinzelte ihn an. »Ja, ich sehe Beige- und Brauntöne vor mir.«

»Gleich hinter der Chestnut gibt es einen kleinen alten Buchladen«, sagte Zack. »Er nennt sich Libri Antiqui. Viele Ledersessel und hohe Regale, vor denen wacklige Leitern stehen. Hohe Decken. Es gibt sogar eine Leiter zum Obergeschoss, wo der Besitzer wohnt. Wir müssen viel Licht hineinbringen, aber die Atmosphäre ist phantastisch. So etwas könnten wir in einem Studio nie einfangen.«

»Hast du mit dem Besitzer gesprochen?«

»Ich habe am Donnerstag einen Termin bei ihm«, antwortete Zack. »Willst du mitkommen? Der Laden wird dir gefallen.«

Nach einem kurzen Blick auf den Terminkalender nickte Lydia. »Ja, das geht.« Sie wandte sich wieder dem Computer zu. »Sonst noch was, Zack? Ich habe nämlich zu tun.«

»Um neun haben wir einen Termin mit den Leuten von Calvin Klein.«

Lydia sah ihn prüfend an. Er fläzte sich auf dem Sofa wie ein fauler Panther. Seine blauen Augen glitzerten mit einem Hunger, den sie kannte.

»Das ist in einer halben Stunde«, stellte Lydia fest.

»Ja, das reicht doch, was? Du weißt, dass ich Frühstarter bin.«

Lydia lächelte. Sie wusste tatsächlich, dass Zack morgens mit einer gewaltigen Erektion aufwachte.

»Was trägst du unter diesem Kostüm, Miss Weston?«

Lydias Lippen teilten sich zu einem lautlosen Lachen. Zacks Schnurren ließ einen sinnlichen Schauer über ihren Rücken laufen. Es war nie ihr Bestreben gewesen, sexuelle Beziehungen mit ihren Untergebenen zu vermeiden, und Zack war keine Ausnahme. Sie hatten sich in den vergangenen Wochen zu ausschweifenden Genüssen getroffen, und dabei hatte Lydia festgestellt, dass Zack ein gieriger und gehorsamer Partner war.

Sie stand auf dem Standpunkt, da die Kollegen sowieso über ihren sexuellen Appetit auf jüngere Mitarbeiter klatschten, sollte sie alles tun, um ihnen genug Gesprächsstoff zu geben. Sie schämte sich ihrer Sexualität nicht, und sie ließ sich nicht von der Etikette ihre Sinnlichkeit vorschreiben.

Außerdem legte sie Wert darauf, dass es die Männer, mit denen sie ins Bett ging, nicht an Respekt fehlen ließen. Sex mit ihr war nichts, was die Mitarbeiter einsetzen konnten, um ideelle oder materielle Vorteile für sich herauszuholen.

Lydia lehnte sich in ihrem Sessel zurück und

klopfte mit einem manikürten Finger auf den Schreibtisch. »Zachary, ich stehe dir nicht nach Belieben zur Verfügung.«

»Nein, Ma'am.«

Lydia zürnte. »Und nenne mich nicht Ma'am.«

Er grinste. »Ja, Ma'am.«

»Du verarschst mich.«

»Du scheinst ein wenig verkrampft zu sein.«

Lydia seufzte wieder. Sie war verkrampft. Die verkaufte Auflage der Zeitschrift war rückläufig, und in letzter Zeit hatten die Redakteure nur schale Geschichten angebracht.

Sie schaute auf die Uhr auf ihrem Schreibtisch. Die Leute von Calvin Klein würden pünktlich sein, und sie brauchte deren Etat. Zugleich spürte sie, wie Zacks hungrige Sexualität sie zu beeinflussen begann. An diesem Morgen hatte sie keine Zeit gehabt, sich selbst zu streicheln, weil sie eine Viertelstunde länger geschlafen hatte. Das Ergebnis war – ausgeschlafen, aber nervös.

Bei den Calvin-Klein-Leuten durfte sie keinen nervösen Eindruck machen.

Lydia erhob sich langsam aus dem Sessel und durchquerte das Zimmer. Sie schloss die Tür ab und sah sich nach Zack um, der sich nicht gerührt hatte. Aber in seinen Augen lauerte jenes Verlangen, das sie kannte, es glomm wie Lava kurz vor dem Vulkanausbruch. Sie trat bedächtig auf ihn zu, hielt ihn mit Blicken an seinem Platz, während sie ihren Rock öffnete und über die Hüften nach oben zog.

Zack starrte auf die köstliche Enthüllung ihrer Schenkel oberhalb der Strümpfe. Die Spalte blieb im Schatten des Dreiecks. Ungeduldig langte er zu, um eine Spange des Strumpfhalters zu öffnen, aber Lydia schlug ihm auf die Finger.

»Nein«, sagte sie entschieden, »nicht anfassen.«

Zack schluckte schwer. Sie empfand das Zucken seiner Halsmuskeln als sehr erotisch. Lydia bückte sich und fuhr mit der Zunge über seine Kehle. Sie genoss den salzigen Geschmack seiner Haut und die Art, wie sein Körper zitterte.

Sie zog sich zurück, stellte einen Fuß auf den Kaffeetisch und gab den Blick frei auf Bein und Schenkel, während sie den Strumpfhalter aufschnappen ließ. Sie wiederholte die Prozedur am anderen Bein und amüsierte sich über Zacks gieriges Starren. Sie schob die Daumen unter den Bund des Seidenhöschens und zog es hinunter. Ihr Herz pochte vor Erregung.

Nichts war besser, als einen Mann in all seiner Erregung zu sehen. Nichts machte sie mehr an. Sie schob den Rock noch höher und gestattete Zack einen Blick auf ihren rasierten Venusberg. Ihre Haut prickelte.

»Nun, Zachery«, murmelte sie, »willst du deiner Chefin zu Willen sein?«

Seine Lippen teilten sich, seine Brust hob und senkte sich in raschen Schüben. »Oh, ja.«

»Gut.«

Sie legte eine Hand auf Zacks Schultern und grätschte über seine Schenkel. Sie ließ sich soweit hinab, dass ihr Geschlecht gegen das Zelt in seiner Jeans rieb. Der intime Kontakt ließ sie erschauern. Sie presste die Vulva fester gegen ihn und genoss die Reibung seiner rauen Jeans. Sie spürte ihre Säfte fließen, in ihrem Innern zuckten die Muskeln. Sie neigte den Kopf und nahm Zacks Ohrläppchen zwischen die Lippen und saugte daran.

»Lydia«, stöhnte Zack, schob eine Hand zwischen ihre Körper, versuchte, seine Jeans zu öffnen und zugleich Lydias Schenkel zu streicheln.

Unter anderen Umständen hätte Lydia ihm befohlen, sie noch nicht zu berühren, aber sie hatten nicht viel Zeit.

Sanft biss sie in sein Ohrläppchen.

»Na, gut, Zack«, raunte sie. »Tu es.« Sie hob sich leicht an, um Zack einen Bewegungsspielraum zu geben.

Sein Zeigefinger ruckte, und Lydia ließ sich sinken und spießte sich auf den Finger auf. Ein dankbarer Seufzer entfuhr ihr. Sie war glitschig und bereit für ihn, hungrig auf mehr als Zacks Finger. Sein Daumen rieb die Knospe ihrer Klitoris und löste weitere Schauer aus, die sie schüttelten. Sie drehte sich in den Hüften und ritt auf seinem Finger. Die Hitze in ihr nahm immer mehr zu.

Sie rieb sich die Brüste durch die Jacke des Kostüms und wünschte, sie hätten genug Zeit, damit sie sich ganz ausziehen könnte. Ihr Körper fühlte sich gespannt an und fieberte dem Augenblick der Erlösung entgegen, besonders, weil sie ihm am Morgen die Erleichterung versagt hatte. Aber jetzt musste es zügig gehen.

Sie öffnete rasch die Knöpfe der Kostümjacke und entblößte die vollen Brüste, die nur von einer Hebe gehalten wurden. Die Nippel drückten sich schmerzend gegen den Stoff.

Zack beugte sich vor und nahm eine Warze zwischen die Lippen. Das Gefühl seines Saugens durch den Stoff war köstlich und spannte die Nervenstränge zum Unterleib. Aber es reichte ihr nicht. Sie war zu verkrampft, und sie brauchte mehr, um die Verkrampfung zu lösen.

Sie stieß Zack weg, öffnete den Vorderverschluss der Büstenhebe und sah Zack auffordernd an. Er griff nach den nackten Brüsten, drückte sie lustvoll, beugte sich hinunter und leckte nacheinander über die harten Nippel.

Lydia stöhnte vor Lust und genoss den heißen Atem auf ihrer empfindlichen Haut. Sie wäre ihm gern durch die Haare gefahren, aber offenbar hatte er sie sorgsam gestylt, und sie wollte ihm die Frisur so kurz vor dem wichtigen Termin nicht verderben. So grub sie die Fingernägel in seine Schultern und machte ein Hohlkreuz, damit er leichter an ihre Brüste gelangen konnte. Zack nuckelte und biss, und ungeduldig schob er seine Erektion gegen ihre gespreizten Schenkel.

Sie empfand Mitleid mit ihm, langte an ihm hinunter und zog den Reissverschluss seiner Jeans auf. Sie verlagerte ihr Gewicht kurz, damit er den Hintern anheben konnte. Sie zog Jeans und Shorts über seine Hüften und legte die beeindruckende Länge seines Schafts frei. Sie fasste ihn an und rieb ihn von der Wurzel bis zur Spitze, was Zack zu einem gepressten Stöhnen brachte. Seine Haut war heiß, der Schaft pochte.

Der Anblick ihrer korallenroten Fingernägel, die den Schaft umschlossen, verfehlte ihre Wirkung nie auf Lydia.

Ihr Geschlecht schwoll feucht an, als wollte es sich auf die Penetration auf seine Weise vorbereiten. Lydia brachte sich über ihm in Position, schloss die Augen und führte den Penis in ihre enge Passage.

»Oh, Lydia«, presste Zack hervor. »Ja, komm, reite mich. Bitte ...«

Lydia musste über seine Gier lächeln. Sie liebte es, Männer an den Rand des Wahnsinns zu bringen. Sie legte die Hände wieder auf seine Schultern und fing an, sich rhythmisch auf und ab zu bewegen. Sie hob sich so hoch, dass er fast aus ihr glitt, ehe sie sich langsam wieder sinken ließ.

Ihr Gesicht wurde von einer hellroten Farbe überzogen, und ihr Atem kam in raschen Schüben. Zack war großartig, hart und verlässlich. Darauf aus, ihr Vergnügen zu bereiten. Sie erhöhte das Tempo und sank mit den Knien tief in das kühle Leder des Sofas, als sie ungezügelt auf Zacks pochendem Schaft ritt.

Seine Hände packten ihre Hinterbacken, und die Finger gruben sich tief in ihr Fleisch. Er biss sich auf die Zähne in dem Bestreben, den Orgasmus hinauszuzögern, deshalb erwiderte er auch ihre Reitbewegungen nicht.

Lydia wusste seine Zurückhaltung zu schätzen. Sie rieb ihre Finger leicht über den rasierten Venusberg, verliebt in das Gefühl der eigenen Haut. Sie glitt mit den Fingern zwischen die Labien und drückte den steifen Kopf des Kitzlers, wo sich alle ihre Gefühle konzentrierten. Spannung erfasste ihren Körper, ließ die Nervenenden knistern und brachte den Kitzler zum Zucken. Sie ritt Zachery immer schneller, ihre Körper klatschten aufeinander, und ihre Brüste hüpften aufgeregt.

»Lydia.« Die Anspannung in Zacks Stimme sagte Lydia, dass er kurz davor stand.

Sie wünschte, sie hätte Zeit, ihn noch länger zu quälen, aber sie tröstete sich, dass am Abend noch genug Zeit dafür war. Sie streckte und krümmte ihren Körper, wand sich auf seinem Schaft, bewegte sich nur noch ruckend und wie gehetzt. Ein Schrei drang durch ihre Lippen, die inneren Muskeln klemmten sich um Zacks Penis und erdrückten ihn in der feuchten Hitze.

Zack stieß einen heiseren Schrei aus, packte wieder ihre Gesäßbacken und ergoss sich zuckend in der nassen, heißen Höhle der Geliebten.

»Guter Junge«, murmelte Lydia. Benommen verharrte sie noch ein paar Sekunden auf seinem Schoß, ehe sie sich schwankend erhob. Sie zog den Slip hoch, befestigte wieder die Strümpfe und ging in das kleine Badezimmer hinter ihrem Büro.

Nachdem sie sich die Hände gewaschen und die Haare gebürstet hatte, tupfte sie mit einem Tuch das Gesicht ab und überprüfte ihren Anblick im Spiegel. Ein wenig gerötet, stellte sie fest, aber die Farbe stand ihr gut und ließ sie lebhafter erscheinen.

Als sie in ihr Büro zurückkehrte, lag Zack noch ausgestreckt auf dem Sofa.

Es klopfte an die Tür, und er sprang auf. Lydia schaute stirnrunzelnd zur Tür, die Hände in die Hüften gestemmt.

»Geh ins Bad und richte dich wieder her«, sagte sie barsch zu Zack, der seinen Penis zurück in die Hose steckte und ins Bad hastete.

Lydia strich über ihren Rock, atmete noch einmal tief durch und öffnete die Tür.

»Hallo, Harlan.« Lydia lächelte den maitre d' beim Betreten des Restaurants La Scene an. Sie speiste oft hier, weil ihr die exquisite französische Küche und die ungezwungene Künstleratmosphäre zusagten.

»Wie schön, Sie wiederzusehen, Miss Weston«, sagte Harlan herzlich und nahm ihr das Cape ab. »Ihre Freundin ist schon da. An Ihrem Stammtisch.«

»Wunderbar, danke.« Lydia folgte ihm durch das Restaurant zu ihrem Lieblingstisch in einer kaum einsehbaren Ecke.

Cassie Langford saß schon da, in ein Buch vertieft. Sie trug eine beigefarbene Seidenbluse und eine braune Hose, die ihrer zierlichen Figur nicht gerecht wurde. Ihre braunen Haare waren im Nacken zusammengefasst und steckten in einer silbernen Spange.

Lydia mochte Cassie sehr, aber bei jedem Treffen dachte sie, was die Freundin aus sich machen könnte, wenn sie sich mehr Mühe gäbe.

Cassie drehte sich um und strahlte, als sie Lydia sah. »Wie schön, dich zu sehen, Lydia.«

»Hallo, Liebes.« Lydia beugte sich über sie und umarmte die jüngere Frau. »Du siehst phantastisch aus. Harlan, wir nehmen eine Flasche Pinot Noir.«

»Gern, Miss Weston.« Harlan eilte davon.

»Ich hoffe, du wartest noch nicht lange«, sagte Lydia und setzte sich.

»Nein, keine Sorge.« Cassie hielt Lydia das Körbchen mit warmem Brot hin. »Wie geht es dir?«

»Heftig beschäftigt.« Lydia schlug die Beine übereinander und brach ein Stück Brot ab. »Aber ich bin froh, dass wir jetzt Zeit zum Plaudern haben. Ich habe heute morgen einen Anzeigenvertrag mit Calvin Klein abgeschlossen.«

Cassie hob die Brauen. »Mit Calvin Klein selbst?«

Lydia gluckste. »Nein, Liebes, das machen seine Leute. Aber wie geht es dir? Was macht der Unterricht?«

»Mir geht es gut, und der Unterricht läuft gut. Ich habe die meiste Zeit der Woche damit verbracht, eine Förderung für das Buch zu bekommen, das ich über William Blake schreibe.«

»Hallo, Mädchen! Ich habe mich verspätet, tut mir leid!«

Lydia und Cassie blickten hoch und sahen, wie Molly Radcliffe durchs Restaurant auf sie zu stürmte, verfolgt von Harlan, der versuchte, ihr das Cape abzunehmen. Mollys kastanienbraune Haare, wegen des Nebels noch krauser als sonst, federten bei jedem Schritt.

Ihre schlanke Gestalt steckte in einer engen Jacke und in Seidenpants. Sie zog viele Blicke auf sich.

Lydia und Cassie standen auf und empfingen Mollys stürmische Umarmungen, während Harlan geduldig daneben stand. Molly streifte schließlich das Cape ab und reichte es ihm mit einem strahlenden Lächeln.

»Oh, ich bin fix und fertig.« Molly ließ sich auf einen Stuhl sinken und seufzte theatralisch. »Ich soll einen Debütantinnenball für eine Gruppe junger Damen organisieren, aber seit wir jung waren, haben sich die Zeiten drastisch verändert. Ich weiß wirklich nicht, was die Kinder heute haben wollen.«

Sie sagte es so, als wären sie alle hundert Jahre alt. Lydia und Cassie lächelten sich an, wie immer, wenn Molly ihre dramatische Ader pflegte.

Lydia drückte Mollys Hand. »Die nächsten paar Stunden kannst du entspannen. Du siehst unglaublich exotisch aus. Wo hast du dein phantastisches Outfit her?«

Molly schaute an sich hinunter, als müsste sie sich erst überzeugen, was sie trug. »Ja, es ist wunderbar, nicht wahr? Ich habe es bei einem Einkaufsbummel in Hongkong erstanden, schon vor einem Jahr. Ich wollte es euch schon längst gezeigt haben – für den Fall, dass ich euch eins bei meiner nächsten Reise mitbringen soll.«

Sie langte nach ihrem Weinglas und nahm einen Schluck. »Nächste Woche fliege ich nach Mailand, habe ich euch das erzählt? Lasst mich wissen, wenn ihr was braucht.« Sie schaute Cassie an. »Darling, wie wäre es mit einem italienischen Kostüm?«

Cassie lächelte. »Molly, ich kann mir kein italienisches Kostüm leisten.«

»Ich kaufe es für dich. Als frühes Geburtstagsgeschenk.«

»Das ist sehr großzügig von dir, aber nein, danke.«

»Cassie, wenn du mir deine Maße gibst – ich kenne einen wunderbaren Designer, der etwas Sensationelles für dich kreieren wird.«

»Nein, Molly, wirklich nicht.«

»Es braucht nicht unsinnig teuer zu sein. Ich möchte nur etwas Hübsches für dich. Es muss etwas sein, was deine zierliche Gestalt umschmiegt wie eine zweite Haut.«

Lydia nippte amüsiert an ihrem Wein und hörte dem Zwiegespräch der Freundinnen zu, während ihre Gedanken abschweiften.

Sie dachte darüber nach, wie lange sie sich kannten und wie stark ihre Freundschaft, geboren in den widrigen Umständen des Pensionats, im Laufe der

Jahre gewachsen war. Lydia und Molly waren zwölf Jahre alt und die unbestrittenen Anführerinnen der Klasse gewesen, als Cassie, ein hageres, nervöses zehnjähriges Mädchen, zu ihnen gekommen war. Sofort waren Gerüchte um sie entstanden. Es hieß, ihre Mutter sei Alkoholikerin, und der Vater hätte sie sitzen lassen. Ein Onkel bezahlte die Kosten fürs Pensionat, behaupteten einige, und andere wunderten sich, dass eine wie Cassie überhaupt die Schule besuchen durfte – schließlich war sie der Oberschicht von San Francisco vorbehalten. Niemand wusste, wie ihr Onkel es geschafft hatte, seine Nichte in diesem Pensionat einzuschleusen, aber es war von Anfang an klar, dass Cassie nicht wirklich dazu gehörte.

Die ersten Wochen hatte Cassie sich zurückgehalten und die anderen Mädchen ignoriert, bis einige der boshaften Schülerinnen entdeckten, dass sie eine gute Zielscheibe für ihre derben Späße abgab. Dann fand Lydia sie eines Tages schluchzend auf der Toilette. Ein paar der anderen Mädchen hatten ein Bild von Cassies Mutter zerrissen und in die Toilette geworfen.

Lydias zwölfjähriges Herz zerfloss angesichts der Schmerzen des neuen Mädchens. Sie half Cassie, das nasse Foto zu retten, und gemeinsam gingen sie zur Klassenlehrerin, damit sie ihnen helfen konnte, die Schnipsel wieder zusammenzusetzen. . Cassie war mehr als dankbar gewesen, und Lydia entdeckte ihre Zuneigung zu dem hageren, linkischen Mädchen.

Sie und Molly, die immer schon eine Schwäche für Unterlegene hatte, waren sofort bereit gewesen, Cassie unter ihre Fittiche zu nehmen. Sobald sich das herumgesprochen hatte, hörten die derben Streiche auf, und Cassie hatte fortan Ruhe.

Auch nach der Schulzeit waren sie in Verbindung geblieben. Cassie und Molly verbrachten den größten Teil ihrer Freizeit zusammen, während Lydia nur zum Wochenende von der Uni zu ihnen stieß.

Cassie besuchte eine Uni in der Nähe und promovierte. Lydia ging nach New York und arbeitete bei verschiedenen Magazinen, aber als *Savoir Faire* gegründet wurde, kehrte sie nach San Francisco zurück.

»Miss Weston, möchten Sie bestellen?« Der Kellner brach in Lydias Gedankenwelt ein. »Oh, ja, ich nehme Ravioli, gefüllt mit Lachs.«

»Sehr gut.« Der Kellner notierte die Bestellung und zog sich leise zurück; offenbar hatten die beiden anderen schon längst bestellt.

»Bist du okay, Lydia?« fragte Cassie. »Ich hoffe, du arbeitest nicht zuviel.«

»Es geht mir gut. Die Zeitschrift könnte Hilfe gebrauchen, aber ich schätze, alle Unternehmen gehen durch Höhen und Tiefen.«

»Welche Art von Hilfe?« fragte Molly. »Geld? Braucht ihr eine Finanzierung? Du weißt, dass mein Vater gern in deine Zeitschrift investieren würde, wenn ich ihn frage.«

»Danke, Molly, aber nein.« Lydia schüttelte den Kopf. »Daran liegt es nicht. Wir brauchen etwas, was die Auflage in die Höhe treibt und uns von der Konkurrenz abhebt. Unsere Geschichten wiederholen sich, sie bringen nichts Neues, und unsere Fotostrecken sind eher schlicht.«

»Und auch der Fotograf, den du mir vorgestellt hast, kann nicht helfen?« fragte Cassie.

Lydias Mund verzog sich zu einem trockenen

Lächeln. »Ja, auch Zack ändert daran nichts. Obwohl ich zugeben muss, dass nur seine Fotos schlicht sind.«

Molly kicherte. Hast du ein Glück, dass dir ein solcher Hirsch zur Verfügung steht.«

»Nun, Zack gehört zu den wenigen kreativen Männern, die nicht schwul sind«, erwiderte Lydia. »Unglücklicherweise bedeutet das auch, dass er jede Frau anhungert, die er fotografiert.«

»Du sollst ihm sagen, dass er mehr Männer fotografiert«, schlug Cassie vor.

Lydia sah die Freundin mit großen Augen an. »Männer?«

»Klar. Du solltest auch Bilder von Männern in deiner Zeitschrift veröffentlichen.«

»Cassie, Frauen wollen sich in einer Modezeitschrift keine Männer ansehen«, unterbrach Molly und lächelte dem Kellner zu, der ihr Gericht brachte.

Lydia sah Cassie nachdenklich an. »Das ist vielleicht keine schlechte Idee.«

Cassie war überrascht. »Glaubst du?«

»Ja. Vielleicht im Umfeld eines Artikels, was wir Frauen mit einem Mann anstellen können.«

»Einige von uns wissen das schon«, meinte Molly trocken.

Lydia grinste. »Du vielleicht, Molly, aber viele Frauen wissen das nicht. Wir sollten eine Serie bringen, wie Frauen das Beste aus ihrem Mann herausholen.«

»Das ist leicht«, sagte Molly und widmete sich der gebratenen Ente mit Walnüssen.

»Wir sollten eine Ausgabe machen, die sich nur mit dem Mann beschäftigt«, murmelte Lydia. »Frauen, die über ihre Beziehung sprechen. Das ganze Spektrum der Sexualität. Mode und Unterhaltung. Wir könnten Männer aus den verschiedensten Beschäftigungsfeldern befragen, was sie in einer Frau suchen.«

Molly richtete ihre Gabel auf Lydia. »Ich wette, das ist ein spannendes Thema.«

Cassie stimmte zu. »Frauen würden sich diese Ausgabe kaufen und ihrem Mann zu lesen geben.«

Lydia himmelte Cassie an. »Das ist brillant. Hilfst du mir?«

»Helfen? Wie sollte ich dir helfen können? Vielleicht fällt mir irgendwas ein, aber ich glaube nicht. Männer kaufen keine Frauenzeitschriften, also musst du es schaffen, dass die Frauen sie für ihre Männer kaufen.«

Lydia nickte eifrig. Ein Adrenalinstoß schoss durch ihre Adern, fast so stark wie ein Orgasmus. Sie drückte Cassies Hand. »Cassie, du hast mich gerettet. Ich danke dir.«

Cassie lächelte.

Zweites Kapitel

»Hier ist es.« Nicholas Hawthorne nahm ein Buch vom obersten Regal und zog ein Taschentuch aus der Hosentasche. Er wischte die Staubschicht vom Einband, nieste und steckte das Tuch wieder ein. Er klemmte das Buch unter den Arm und stieg die Leiter hinab.

Sein Kunde, ein gediegen aussehender, grauhaariger Mann in Anzug, weißem Hemd und Fliege, streckte beide Hände aus. »Wunderbar, mein Junge. Ich bin begeistert. Ich hätte nie gedacht, so etwas bei Ihnen zu finden. Der arme alte Hendrik van Loon wird heute kaum noch gelesen.«

»Lassen Sie es mich wissen, wenn Sie noch andere Bücher von ihm haben wollen, Professor«, sagte Nicholas. »Ich suche sie Ihnen gerne raus.«

Der Professor betrachtete das Buch und strich mit einer Hand liebevoll über den Einband.

»Olive wird es Ihnen einpacken.« Nicholas schaute zur Kasse und hoffte, seine kokette Assistentin bei der Arbeit zu sehen und nicht beim Polieren ihrer Fingernägel.

Olive war Studentin an der hiesigen Universität und hatte ihn überredet, eine Studentin mit überdurchschnittlichen Leistungen in englischer Literatur sei die ideale Besetzung für die Halbtagsstelle, die er anzubieten hatte. Nicholas argwöhnte, dass der Anblick von Olives voller, tief ausgeschnittener Bluse eine entscheidende Rolle bei ihrer Anstellung gespielt hatte, jedenfalls eine größere als ihre Kenntnisse in englischer Literatur.

Jetzt tätigte er täglich Buße, indem er es geschehen ließ, dass seine geschäftlichen Entscheidungen von seinen Hormonen gesteuert wurden.

»Olive«, rief er, »Professor Martin möchte zahlen.«

Olive schaute vom Polieren ihrer Nägel auf und schob den Kaugummi von der rechten Backentasche in die andere. »Wir gemacht, Boss. Wie geht's Ihnen, Professor?«

»Gut, meine Liebe, sehr gut.« Auch der Blick des Professors glitt zum generösen Tal zwischen Olives Brüsten.

Nicholas seufzte und rückte seine Schildpattbrille zurecht. Eines Tages würde er eine freundliche alte Dame anstellen, die sich hoch geschlossen präsentierte, nach Kampfer roch und deren letzte sexuelle Erfahrung vor dem zweiten Weltkrieg stattgefunden hatte.

Er wandte sich ab und stieg die Leiter wieder hinauf, um die Bücher zu richten und die Lücke zu schließen, die das Buch für den Professor gerissen hatte.

»Er ist weg, Boss.«

Nicholas schaute auf Olive hinunter. Sie stand direkt unter der Leiter. Sie war ein hübsches, dralles Mädchen mit einem kecken Funkeln in den blauen Augen. »Sehr gut, Olive, könnten Sie jetzt die Inventur der historischen Titel abschließen? Das wäre mir sehr lieb.«

»Klar.« Sie bewegte sich nicht von der Stelle.

Irritiert schob Nicholas die Bücher von einem Regal ins andere und trat ein paar Stufen die Leiter hinunter. »Olive, wenn ich Ihnen einen Auftrag gebe, möchte ich, dass Sie ihn sofort erledigen, verstehen Sie?«

»Ich weiß.«

Nicholas wusste sofort, es war ein Fehler gewesen, auf halbem Weg nach unten auf der Leiter stehen geblieben zu sein. Olives Kopf befand sich auf einer Höhe mit seinem Schoß. Schlimmer noch – sie starrte sofort darauf. Zu seinem blanken Entsetzen spürte er, dass sein Penis vor Erregung anzuschwellen begann. Seine Position auf der Leiter erlaubte ihm einen vollen Blick auf die Spitzen ihrer Brüste, die ihn daran erinnerten, wie lange es schon her war, dass er mit einer Frau zusammen war.

Er sah die harten Spitzen der Nippel, die gegen die Hemdbluse drückten. Oh, verdammt. Nicholas verzog das Gesicht und verkrampfte die Hände um die Bügel der Leiter. Sein Penis begann zu pochen. Er forderte sich auf, von der Leiter abzusteigen, aber er schien bewegungslos zu sein.

Vielleicht deshalb, weil Olive ihn auf diese Weise anstarrte. Der Blick ihrer blauen Augen verharrte auf seinem Schoß, während sie den Kaugummi aufblies, bis die dicke Blase laut platzte. Sie hob den Blick, und um ihre vollen roten Lippen spielte ein Lächeln.

»Wissen Sie, Boss, ich schlage Ihnen vor, eine Abteilung Erotik und Sexualität einzurichten.«

Nicholas schluckte hart und zwang seinen Körper zur Ruhe. »Erotika?« fragte er.

»Ja. Erotische Klassiker wie Marquis de Sade, ›Die Geschichte der O‹ und die viktorianischen Schmonzetten.«

»Davon haben wir schon einige.«

Olive hob die Brauen. »Ach? Wo?«

Er musste dringend aus ihrer Nähe weg, denn in seinen Lenden brannte es lichterloh. »Drüben bei den Romanen.«

»Hm. Vielleicht könnten Sie mir die Abteilung der erotischen Literatur anvertrauen, Boss.«

»Ja, gut. Warum fangen Sie nicht gleich damit an?«

»Okay.« Sie rührte sich nicht von der Stelle, sondern starrte auf seine Erektion. »Einige der viktorianischen Romane sind ziemlich scharf, nicht wahr?«

»Ich weiß es nicht.«

»Sie meinen, Sie haben sie nie gelesen?«

»Nein.« Nicholas' Hände hielten sich krampfhaft an der Leiter fest. Das war ja verrückt.

»Schade. Ich werde Ihnen vielleicht mal was vorlesen. Es ist ziemlich wild, wenn die unterdrückte Sexualität plötzlich aufbricht und sich in orgiastischen Szenen auflöst.«

Nicholas hustete und versuchte, Haltung zu bewahren. Schließlich war er der Chef. »Olive, das ist kein Thema, das sich zwischen uns geziemt.«

»Ihre Hose zeigt mir was anderes.« Mit einem koketten Grinsen hob sie eine manikürte Hand und drückte sie gegen die Schwellung seiner Hose. Ihre Finger umfassten den Schaft durch den Stoff und rieben auf und ab.

Auf Nicholas' Stirn brach Schweiss aus. »Olive ...«

»Entspannen Sie sich, Boss. Ich soll Ihnen doch helfen, oder? Ich meine, Sie bezahlen mich nicht nur, damit ich meine Fingernägel polieren kann.«

Sie blinzelte ihm zu, nahm den Reissverschluss seiner Hose zwischen die Finger und zog ihn langsam nach unten. Nicholas blickte gehetzt zur Tür. Es waren keine Kunden im Geschäft, aber jeden Augenblick konnte jemand hereinkommen. Ein Schauer der Erregung lief durch Nicholas' Körper, und dann griffen Olives Finger in die offene Hose und rieben über die Länge seines harten Penis.

»He, Mann, Sie haben aber einen großen, Boss«, sagte Olive grinsend.

»Olive ...« Selbst wenn es um sein Leben ginge, wusste Nicholas, dass er nicht in der Lage wäre, sie abzuwehren. Jetzt berührte Olive seinen Schaft mit ihren warmen Fingern. Sie befreite ihn aus der Hose und kam aus dem Staunen nicht mehr heraus. Aufgeregt leckte sich Olive die Lippen.

Nicholas verlor fast die Kontrolle angesichts des

köstlichen Anblicks. Sein Körper lechzte nach der Wonne der pinkfarbenen Zunge auf seinem Schaft.

Olives Finger schlossen sich um den gespannten Schaft. Sie drückte ihn leicht und rieb behutsam auf und ab. »Was für eine Verschwendung, unter dieser weiten Hose so einen formidablen Schwanz zu verstecken«, murmelte sie. Ihre Augen glänzten, während sie mit den Fingerspitzen über die dick hervorgetretenen Adern rieb.

Oh, verdammt. Der Anblick ihres genussvollen Streichelns war beinahe mehr, als Nicholas ertragen konnte. Er hatte sich seit so vielen Jahren mit sich selbst begnügt, und jetzt war eine junge, phantastische Frau da, die von seinem Schaft begeistert zu sein schien. Er starrte ungläubig auf sie hinab, und ihm wurde so heiss, dass seine Brille beschlug.

»Ich wette, du schmeckst köstlich.« Olive lächelte zu ihm hoch, dann beugte sie sich vor und nahm die glänzende Eichel zwischen die Lippen.

Nicholas sog die Luft ein. Das Gefühl ihres heißen, feuchten Mundes, der ihn umschloss, war wie eine exquisite Folter. Sein ganzer Körper pulsierte vor Verlangen. Mit einem Geschick, das selbst ihm auffiel, begann Olive den Penis zu lecken. Sie streichelte seine Hoden, und er keuchte und stöhnte und gab überhaupt Geräusche von sich, von denen er nicht gewusst hatte, dass er sie erzeugen konnte. Lange konnte es bis zum Orgasmus nicht dauern, und in letzter Sekunde krächzte er eine Warnung.

Olives Zunge spielte am Schaft entlang. Sie schaute zu ihm hoch, das blasse Gesicht vor Erregung gerötet. »Sie können's zwischen meinen Brüsten tun, Boss«, sagte sie mit lockender Stimme.

Nicholas starrte sie an, sprachlos, weil sie seine Gedanken erraten hatte. Seine Kehle war trocken, der Adamsapfel hüpfte, während er sich eine Antwort überlegte.

»Ich habe Sie auf meine Brüste starren sehen«, sagte Olive und griff mit einer Hand an ihre Nippel. Sie sind hübsch, nicht wahr? Ich habe mich gefragt, was Ihnen durch den Kopf geht, wenn Sie mich anstarren. Ich meine, Sie müssen sich doch fragen, wie es sich anfühlt, wenn Sie diesen gewaltigen Schaft dazwischen legen und wenn es dann aus Ihnen hinausschießt …«

Nicholas konnte kaum atmen. Schweiss rann den Nacken hinab, und der ganze Körper schien in Flammen zu stehen. Sein Schaft war so hart, dass er schmerzte.

»Einen Schritt tiefer.« Olives Finger nestelten an den Knöpfen ihrer Hemdbluse, und plötzlich sah er ihre Brüste, nur noch von einem BH umfangen, der zu zierlich war, um die große Fülle zu bändigen. Es war ein köstlicher Anblick, und benommen trat Nicholas eine Treppenstufe tiefer. Ihm war bewusst, dass er seinen Penis wie eine Lanze vorweg trug.

»Noch einen.« Olive griff an seine Hose und zog sie nach unten, dann streifte sie die Hemdbluse ab und langte auf den Rücken, um den BH zu öffnen.

Ihre Brüste fielen heraus wie zwei saftige reife Früchte, gekrönt von runden, pinkfarbenen Nippeln, die sich unter seinen gierigen Blicken zu strecken schienen. Nicholas wäre fast in diesem Augenblick gekommen, und nur der Gedanke, dass er seinen Penis erst noch zwischen diese prallen Halbkugeln schieben wollte, bezähmte ihn. Er trat eine weitere

Stufe hinunter, und dann fasste Olive wieder sein Glied an und drückte es zwischen ihre Brüste.

Ein Schauer purer Sinnlichkeit schüttelte seinen Körper, während Olive seine Erektion zwischen ihr warmes, weiches Fleisch presste. Sie legte die Hände unter die Brüste und hob sie hoch, dabei streichelten die Finger über ihre Nippel, und schob die Kugeln zusammen, um ein tiefes Tal zu schaffen.

Nicholas dachte, dies wäre der ideale Zeitpunkt zu sterben. Schöner konnte es auf dieser Welt nicht mehr werden. Sein Schaft pulsierte gegen Olives heiße Haut.

Er hielt sich immer noch an der Leiter fest, um das Gleichgewicht zu halten. Er zog sich leicht zurück und begann, den Penis zwischen Olives Brüsten zu wetzen.

Sie lächelte ihm ermutigend zu und drückte die Kugeln noch fester zusammen. Nicholas' Körper spannte sich vor Lust. Er öffnete den Mund weit, um mehr Luft schnappen zu können.

»Ja, mein Schatz, zeig's mir«, feuerte Olive ihn an. Sie beugte den Kopf vor und leckte über die Eichel, wenn sie sich oberhalb des Tals bei seinen Stößen blicken ließ. »Ah, du hast ja keine Idee, was das für ein Gefühl ist, so einen dicken Schaft zwischen meinen Brüsten zu spüren.«

Nicholas ruckte die Hüften kräftiger vor und zurück. Keine Sekunden ließ er den Schaft aus den Augen, der immer wieder oben aus dem Tal der Brüste auftauchte. Die Reibung erzeugte ein exquisites Gefühl und steigerte seine Erregung, und wenn sie dann noch mit der Zunge über seine Eichel fuhr, war er jedes Mal fast über den Berg.

Der Druck wurde stärker, erfasste den ganzen Körper, konzentrierte sich aber in der Schwellung des Penis, und dann konnte er es nicht länger aushalten. Mit einem gepeinigten Aufschrei stieß er den Schaft durch das schweißnasse Tal, und dann sprühte er den Samen auf ihre cremefarbene Haut. Die Lust schoss durch Nicholas' Körper, und die Intensität des Gefühls ließ ihn erzittern.

»Himmel, Olive!« Er konnte kaum reden.

Sie lächelte wieder zu ihm hoch, streichelte mit den Fingern über seinen Penis, der langsam aus dem heissen Tal rutschte, in dem er so glücklich gewesen war.

»Ich wusste, dass du es nicht erwarten konntest, genau das zu tun«, sagte Olive. »Und ich konnte es auch nicht erwarten. Dies und ein paar andere Dinge, die ich gern noch mit dir zusammen tun würde.«

Nicholas öffnete die Augen und schaute auf sie hinab. »Wirklich?«

»Hm, ja, klar.« Olive verrieb seinen Erguss über ihre Brüste. Ihre Haut glühte. »Ich hatte immer das Gefühl, du wärst verdammt sexy, Boss. Ich meine, du bist eine komplette Nervensäge, aber tief in dir ist ein sexy Mann versteckt.«

Nicholas ließ ein heiseres Lachen hören. »Danke. Oder war das gar ein Kompliment?«

Er reichte ihr ein Taschentuch, aber Olive schüttelte grinsend den Kopf und rieb den Samen über ihre Brüste. »Das ist gut für die Haut. Viel Protein.«

»Olive, du bist ein verdorbenes Mädchen.«

Sie lachte. »Was für'n Glück für dich.«

»Hallo?« Die Glocke über der Eingangstür hatte gerade angeschlagen, und Nicholas zuckte zusammen. Er drehte sich herum und starrte auf die Bücherregale, aber zuvor hatte er einen Mann und eine Frau in der Tür stehen sehen. Erst jetzt fiel ihm die Verabredung mit dem Fotografen ein.

Der Mann entdeckte ihn auf der Leiter und hob eine Hand. »Zack Donovan vom *Savoir Faire*«, sagte er und ging tiefer in den Laden hinein, direkt auf die Leiter zu.

»Warten Sie!« rief Nicholas.

Die Strenge seiner Stimme ließ den Fotografen und seine Begleiterin verharren. Nicholas begriff, dass die Bücherregale das Stadium seines Ausgezogenseins verdeckten, aber er und Olive würden nie anständig bekleidet sein, ehe das Paar vor ihnen stand.

»Ich bin in einer Minute bei Ihnen«, rief Nicholas ihnen zu. »Nehmen Sie sich einen Kaffee. Er steht gleich an der Tür.«

»Großartig.« Der Mann und die Frau sahen sich um, verwundert über das seltsame Verhalten des Buchhändlers. Aber es war Nicholas egal, was sie dachten, solange sie ihn nicht in diesem Zustand sahen. Rasch kletterte er die Leiter hinunter, er richtete seine Kleider und zog den Reißverschluss der Hose zu.

Kichernd zog sich Olive BH und Hemdbluse an. »Stellen Sie sich vor, Boss, sie wären fünf Minuten eher gekommen«, flüsterte sie. »Dann hätten sie sehen können, wie Sie die Hüften bewegten, heftig vor und zurück, wie ein wilder Mann.«

»Wenigstens das ist mir erspart geblieben«, antwortete Nicholas zerknirscht.

Olive grinste. »Vor ein paar Minuten hätten Sie ganz anders gesprochen, Boss.«

»Olive, benimm dich.«

»Klar, Boss, aber nur vorübergehend.« Sie grinste

noch dreister und ging dann hüftschwenkend zum Eingang, um das Paar zu begrüßen.

Nicholas atmete schwer durch, rückte die Brille zurecht und rang um Fassung. Später hatte er noch genug Zeit, um über das nachzudenken, was eben vorgefallen war. Jetzt hatte er eine Verabredung.

Zack und die Frau standen neben der Kaffeemaschine.

»Ich bin Nicholas Hawthorne, der Besitzer dieser Buchhandlung«, sagte er und streckte die Hand aus. »Meine Assistentin Olive haben Sie ja schon kennengelernt.«

»Lydia Weston, Chefredakteurin von *Savoir Faire.*« Die Frau schüttelte kräftig seine Hand.

Sie war eine auffallend elegante Frau. Sie strahlte Klasse aus. Ihr Blick glitt von Nicholas zu Olive, und beiden war klar, dass sie die hektische Gesichtsfarbe richtig deutete. Nicholas fühlte sich mehr als unbehaglich. Rasch wandte er sich an Zack.

»Wenn ich Sie richtig verstanden habe, wollen Sie hier ein paar Fotos schießen.«

»Richtig«, bestätigte Zack. »Ihre Buchhandlung hat eine großartige Atmosphäre.«

»Weitere Aufnahmen machen wir in der Stadt«, fügte Mrs. Weston hinzu. Sie schaute sich in der Buchhandlung um, und Nicholas wünschte, er hätte einige Regale aufgeräumt und abgesaugt.

»Tut mir leid, Mrs. Weston«, sagte er, »wir hatten gerade Inventur, deshalb das Durcheinander.«

Lydia sah ihn lächelnd an. »Nennen Sie mich bitte Lydia«, sagte sie. »Ihre Buchhandlung ist wunderbar, Nicholas. Sie erinnert mich an eine Leihbibliothek in meiner Jugend.«

Nicholas reagierte verlegen auf das Kompliment. »Danke. Wollen Sie sich ein wenig umsehen?«

»Ja, wir möchten ein paar Probeaufnahmen machen, um sicher zu sein, dass dies der richtige Hintergrund für unsere Geschichte ist«, sagte Zack.

Nicholas runzelte die Stirn. »Und danach reden wir darüber, ob ich der Richtige für Ihre Modefotos bin.«

Lydia Weston sah ihn überrascht an, verdutzt oder verärgert, das wusste Nicholas nicht genau.

Er errötete. »Ich meine ja nur, dass ich meinem Geschäft nicht schaden will.«

»Natürlich nicht«, pflichtete Lydia bei. »Wir wollen Sie nicht stören und nicht behelligen.« Sie nickte Zack zu, und dann begannen die beiden zu stöbern und über Hintergründe und Motive und Lichteinfälle zu diskutieren. Das Klicken von Zacks Kamera hallte in der Buchhandlung wider.

Nicholas stieß einen Seufzer aus. Lydia Weston war eine Frau, die rasch schaltete, und weil sie begriffen hatte, in welcher Situation sie ihn und Olive überrascht hatte, nutzte sie das jetzt aus. Irgendwie ärgerte ihn das. Er wollte nicht, dass sie glaubte, er wäre ein Mann, der sich regelmäßig während der Arbeitszeit von einer Angestellten bedienen ließ.

»Mann, die sind wirklich voll drauf«, murmelte Olive, die wieder hinter der Kasse Platz genommen hatte. »Ich glaube, die hätten Spaß dran gehabt, einfach mitzumachen.«

Nicholas schüttelte den Kopf. »Olive, du bist unmöglich.«

»Hab' ich schon mal gehört.«

»Würdest du dich jetzt wieder um deine Arbeit kümmern?« bat Nicholas. »Die Leute sollen nicht glauben, dass meine Buchhandlung eine Tarnung für einen Orgienklub ist.«

»Ha, das wäre doch eine brauchbare Idee!«

Nicholas bedachte sie mit einem düsteren Blick, und dann kündigte die Klingel die Ankunft eines weiteren Kunden an. Erleichtert wandte sich Nicholas dem Stammkunden zu und ließ sich über in ein Gespräch über Steinbeck verstricken.

Die nächste Stunde vertrieb er sich gern mit verschiedenen Kunden, aber nie vergaß er die Anwesenheit von Mrs. Weston und Zack Donovan. Nachdem der letzte Kunde mit drei Büchern gegangen war, widmete er sich Zack und Lydia.

»Jetzt können wir uns unterhalten, wenn Sie möchten«, sagte er.

»Wunderbar.« Lydia strahlte ihn an. »Ihr Laden gefällt uns, wir möchten gern einige Aufnahmen hier machen. Tagsüber natürlich. Aber wir haben Ihre Öffnungszeiten gesehen – sieben Tage die Woche.«

»Stimmt. Aber ich kann flexibel sein, wenn Sie mir eine Vorwarnung geben.« Nicholas wunderte sich, dass Lydia plötzlich hinter einem Dunstschleier verschwand – bis er begriff, dass seine Brillengläser beschlugen. Er nahm die Brille ab und rieb die Gläser am Jackenärmel trocken.

»Vielleicht können wir uns auf einen Termin einigen.« Er setzte die Brille wieder auf und sah, dass Lydia ihn anstarrte. »Ist das ein Problem?«

Sie schüttelte den Kopf. »Nein, kein Problem. Gibt es hier einen ruhigen Ort, an dem wir drei uns unterhalten können?«

»Hinten habe ich mein Büro. Ich bringe den Kaffee.« Er wies auf die Tür und ging zur Kaffeemaschine. »Olive, du kannst mich rufen, wenn was Dringendes anliegt.«

»Klar, Boss. Obwohl dringende Dinge meine Spezialität sind, finden Sie nicht auch?«

Nicholas seufzte. Es war wohl sicher, dass seine Beziehung zu Olive nie wieder so sein würde wie vorher.

Lydia schlug die Beine übereinander und nahm einen Schluck Kaffee aus dem Pappbecher. Sie schaute sich in dem Chaos des Büros um. In einer Ecke stand der Schreibtisch mit dem Computer, und der Rest des Zimmers wurde von Akten und Büchern in Beschlag genommen. Auf dem Boden lag eine Sammlung von ledergebundenen Büchern griechischer und römischer Autoren, und an den Wänden hingen Fotos bekannter Schriftsteller.

Es gefiel ihr. Es war ein gemütlicher Ort mit intellektueller Atmosphäre, er passte zu Nicholas Hawthorne. Er trug eine Kordhose, ein zerknautschtes Leinenhemd und eine alte Jacke mit Löchern an den Ellenbogen. Seine Slipper waren abgelaufen und schienen hundert Jahre alt zu sein. Die dunklen Haare, schlecht geschnitten, fielen im Nacken bis auf seinen Kragen. Sein Gesicht lag versteckt hinter dem ausgefransten Bart und einer großen, runden Schildpattbrille.

Als er die Brille abnahm, sah Lydia überrascht, wie schön seine dunklen Augen waren, perfekt mit den buschigen Brauen und den langen Wimpern.

Sie fragte sich immer noch, was er gerade mit seiner Assistentin getrieben hatte, als sie mit Zack den Laden betreten hatte. Nicholas und Olive hatten ziemlich erregt und hinter Atem gewirkt. Vom Bücherstapeln kam das nicht.

Nicholas schaute auf und sah, dass sie ihn musterte. Er errötete. »Möchten Sie noch einen Kaffee, Mrs ... ich meine, Lydia?«

Sie schaute in ihren Becher. Sie wollte ihn nicht beleidigen, aber der Kaffee schmeckte entsetzlich.

»Nein, danke. Ich versuche, Koffein zu reduzieren.« Sie stellte den Becher ab. »Nicholas, wir sind bereit, Sie gut dafür zu bezahlen, dass Sie uns gestatten, Ihre Buchhandlung einen Tag lang in Besitz zu nehmen. Wir werden einiges auf den Kopf stellen, aber danach wird wieder alles an seinem Platz stehen. Wir müssen den Laden eine Weile schließen, aber die Entschädigung, die wir Ihnen zahlen, ist es wert.«

Während sie redete, starrte er auf ihre Lippen. Er nickte. »Ja, ich verstehe.«

Es war Lydia, als hätte er ihre Lippen berührt und nicht angestarrt. Instinktiv hob sie die Finger an die Lippen. »Also gut«, sagte sie abrupt. »Am Montag nächster Woche sind wir hier.« Sie erhob sich und streckte die Hand aus. »Vielen Dank für Ihre Zeit, Nicholas.«

»Würden Sie ... eh ...« Nicholas' Stimme brach ab, und die Röte überzog wieder sein Gesicht. »Wollen Sie mal mit mir essen gehen?« brachte er dann zügig heraus.

Lydia sah ihn verblüfft an. »Essen? Mit Ihnen?«

»Ja.«

Lydia versuchte sich vorzustellen, wie es wohl sein mochte, mit Nicholas auszugehen. Sie hielt sich nicht für oberflächlich, aber als Chefredakteurin einer

Modezeitschrift hatte sie bestimmte Ansprüche, die sie auch nicht angesichts dieser seltsamen sexuellen Attraktion hinunter schrauben wollte. »Nein, Nicholas, das geht leider nicht.«

»Oh. Ja, gut.«

Lydia versuchte, das Unbehagen zu unterdrücken, das sich in ihrem Bauch auszubreiten drohte. Sie schaute zu Zack, der erfolglos versuchte, ein Grinsen zu unterdrücken. »Komm schon, Zack.«

Sie verabschiedeten sich von Olive, die Zack zuwinkte, dann gingen sie zu Zacks Mercedes.

»Ist das zu glauben? Er hat dich zum Essen eingeladen!« sagte Zack. »Der Mann hat Nerven!«

»Er war nur höflich.« Lydia drückte sich ins Lederpolster. »Ich finde, du hast einen feinen Ort für die Fotos ausgesucht. So dunkel und geheimnisvoll.«

»Ja, aber geheimnisvolle Orte regen offenbar auch zu heimlichen Betätigungen an«, sagte Zack grinsend.

Lydia sah ihn fragend an. »Was meinst du?«

»Tu nicht so, als hättest du nichts bemerkt. Als wir hereinkamen, war er gerade dabei, seine niedliche Assistentin zu bumsen.«

Lydia quittierte Zacks rüde Bemerkung mit einem Stirnrunzeln. Sie fand es in Ordnung, dass sie über das Treiben der beiden spekulierte, aber Zack hatte kein Recht dazu, fand sie.

»Ich habe nur gesehen, dass er auf einer Leiter stand.«

Zack hob die Schultern und fädelte sich in den Verkehr ein. »Vielleicht hat sie's ihm mit der Hand besorgt oder mit dem Mund. Du hast sie doch gesehen, Lydia. Sie waren beide erhitzt und hinter Atem. Und zwei Knöpfe ihrer Bluse waren geöffnet.«

»Du denkst immer nur an das eine. Du solltest dich schämen, Zack Donovan.«

»Ach?«

»Ja. Lydia verschränkte die Arme und schaute aus dem Seitenfenster. Sie stellte sich Nicholas Hawthorne und Olive gerade bei einem Quickie auf der Leiter vor den Bücherregalen vor. Es war eine Vorstellung, die ihr nicht gefiel.

»Aber was sieht sie in ihm?« murmelte Zack. »Ich meine, er sieht schmuddelig aus.«

»Das reicht, Zack.«

Zack sah sie von der Seite an. »Kommst du mit zurück in die Redaktion? Oder soll ich dich zu Hause absetzen?«

Lydia schaute auf ihre Uhr. Am Nachmittag um vier war es eigentlich zu früh, nach Hause zu gehen, aber sie hatte auch keine Lust, jetzt ins Büro zurückzukehren. Irgendwie war sie ruhelos. »Setz mich zu Hause ab.«

Zack fuhr in die elegante Gegend von Pacific Heights. Vor einem Haus im italienischen Stil hielt er an.

»Soll ich mitkommen?« fragte er.

»Nein.« Lydia nahm ihre Aktentasche vom Rücksitz. Sage in der Redaktion, dass ich nicht gestört werden will, es sei denn, es ist eine Katastrophe geschehen.«

»Okay.« Zack lehnte sich zu ihr, um sie auf die Wange zu küssen, aber Lydia wich aus, und seine Lippen streiften ihre Haare.

»Wir reden morgen über die Fotos«, sagte sie. »Danke fürs Fahren.«

Sie hastete vom Auto weg und ging ins Haus. Sie

fühlte sich sofort erleichtert, als sie die vertraute Umgebung betrat. Ihre Wohnung war mit Antiquitäten und Gemälden ausgestattet, eine wahre Oase der Sinnlichkeit.

Ihre Haushälterin war schon gegangen; in der Luft lag noch der Geruch von Möbelpolitur. Lydia ließ die Aktentasche auf den Tisch im Flur fallen, streifte die Schuhe ab und ging über die breite Treppe hinauf ins Schlafzimmer.

Nachdem sie den Anrufbeantworter abgehört hatte, auf dem sie drei Anrufe von Molly fand, die dringend Rat für ihren Debütantinnenball ersuchte, sowie eine Nachricht von Cassie, die sie am Wochenende zum Essen einlud, zog sie sich aus und ging ins Badezimmer. Sie stellte die Dusche an und betrachtete sich im hohen Spiegel, während sie darauf wartete, dass sich das Wasser auf die richtige Temperatur erwärmte. Sie war stolz auf ihren Körper, liebte die schlanken Linien ihrer Hüften, die vollen Brüste mit den langen Nippeln und die rasierte Scham, die absolut nichts der Phantasie überließ.

Sie trat unter die Dusche und versuchte, die Anspannung der vergangenen Wochen abzuwaschen. Sie pumpte ein paar Spritzer Badegel in die Hand und rieb Brüste und Bauch damit ein. Ihre Finger zwickten die harten Nippel. Wieder sah sie Nicholas und Olive vor sich, aber diesmal störte sie das Bild nicht, es erregte sie sogar.

Wärme durchflutete die Region zwischen den Schenkeln, während sie sich vorstellte, wie die dralle Olive nackt aussah. Sie konnte die beiden immer deutlicher vor sich sehen. Olives Beine waren um Nicholas' Schenkel geschlungen, und er stieß hart in ihre feuchte Grotte hinein, drückte Olive gegen das Bücherregal und stieß und stieß.

Lydia biss sich auf die Unterlippe, verteilte das Badegel auf dem Bauch und tunkte ihre Finger zwischen die Schenkel. Die Labien waren feucht vor Erregung, feucht und geschwollen, und die Klitoris pochte unter der leichten Berührung ihrer Fingerspitzen. Sie wollte die Finger tief in ihren Körper versenken, aber das gestattete sie sich noch nicht.

Sie zwang ihre Finger zum vorläufigen Rückzug, seufzte bedauernd und streichelte das Gel über die Hinterbacken. Ein neugieriger Finger fuhr leicht durch die Kerbe. Ihr Körper fühlte sich heiß an, und die Bilder von Nicholas und Olive wurden immer drastischer.

Wie würden sie sich anhören, überlegte sie und dachte an Olives klare Stimme. Sie würde sich dunkel färben vor Lust, bis sie in Nicholas' Ohren nur noch wie ein sanftes Schnurren klang. Und was würde er ihr voller Gier zuraunen, während seine Hände über ihre Schenkel strichen, über die schön gerundeten Gesäßbacken?

Ja, du lechzt danach, meine kleine Olive, lechzt nach meinem Schaft, willst ihn in deiner süßen kleinen Höhle spüren, in deiner feuchten Muschi. Komm, ich will dich stöhnen hören, sage mir, wie sehr du ihn haben willst …

Lydia schüttelte sich. Ihr Blut pochte, als wäre sie es gewesen, der Nicholas Hawthorne diese Worte zugeraunt hätte. Ihre Haut war erhitzt. Sie strich sich mehr Gel über die Beine und verrieb es mit langsamen, kreisenden Bewegungen der Hände, während der Duschstrahl massierend auf sie niederprasselte und den Schaum wegwusch.

Sie stellte die Dusche ab, streckte sich nach einem Badetuch über den Heizstäben, schlang es um sich und ging ins Schlafzimmer. Ihr Geschlecht brannte. Sie nahm einen Vibrator aus der Schublade, streckte sich auf dem Bett aus und schälte sich gemächlich aus dem Badetuch.

Sie konnte sich nicht erinnern, wann sie das letzte Mal von einer Phantasie so erregt gewesen war. Sie schloss die Augen und sah die beiden sofort wieder. Nicholas' harter Penis drang in Olives enge Muschi ein. Seine gespannten Hoden klatschten bei jedem Eindringen gegen den Po der jungen Frau.

Ihre Brüste hüpften ausgelassen durch die Kraft seiner Stöße, und ihre lauten wimmernden Schreie trieben ihn zu härteren, tieferen Stößen an.

Lydia teilte die Lippen und stöhnte, ließ den Phallus über Brüste und Nippel gleiten, über den Bauch und zum Zentrum ihrer Lust. Ihre feuchte Haut kribbelte vor Kälte, aber die Luft schien ihre Sinne nur noch zu schärfen. Sie schob den Dildo zwischen die Schenkel, und ihr Körper wurde geschüttelt, als sie die Vibrationen an den samtenen Falten spürte, ehe sie den Phallus tief in die Vagina eindringen ließ.

Sehnsucht pulsierte in ihrem Blut, färbte die Haut mit dem Rot der Leidenschaft und trocknete die Wassertropfen auf ihrem sich windenden Leib.

»Ah!« Sie drückte den Rücken durch, stieß den Vibrator tiefer und genoss die Gefühle in ihrem Innern.

Nicholas hob jetzt Olives Beine über seine Arme und spreizte sie so weit, dass Lydia genau verfolgen konnte, wie der nasse Schaft ein und aus fuhr. Er strich mit den Fingern über Olives geschwollene Klitoris und löste damit einen ekstatischen Schrei der jungen Frau aus, die sich an Nicholas' Schultern festkrallte.

Lydia packte das dicke Ende des Phallus und stieß ihn in immer schneller werdenden Zügen in ihren Körper. Ihre Hüften bewegten sich rhythmisch mit, und in ihrem Kopf hörte und sah sie alles von Nicholas und Olive, die es im Buchladen trieben.

Ihren Orgasmus erlebten sie zu dritt, und Lydias Aufschrei vermischte sich mit dem Olives, und plötzlich verschmolzen die Frauen vor Lydias geistigem Auge, und es war nicht mehr die junge Olive, die Nicholas' letzte beglückende Stöße empfing, sondern Lydia.

»Lydia, ich habe den Wein da, den du so magst.« Cassie stellte sich auf die Zehenspitzen, um ins obere Schrankregal langen zu können. Sie trug Jeans und ein übergroßes Hemd, in dem sie noch zierlicher schien. »Cabernet vom Weingut Hundred Acres in Napa.«

»Mädchen, du brauchst für mich doch keinen Wein zu kaufen.« Sie wusste, wie teuer er war, und sie wusste auch, dass Cassie als Literaturprofessorin nicht viel Geld verdiente.

»Ich weiss, ich weiss.« Cassie riss die Plastikverkleidung vom Flaschenhals und schaute Lydia durch die Küchentür lächelnd an. »Aber ich möchte es gern.«

Lydia erwiderte das freundliche Lächeln und schluckte eine Replik hinunter, mit der sie Cassie vielleicht hätte verletzen können. Cassie hatte auch nicht gewollt, dass sie etwas zum Essen beisteuerte. Aus der Küche duftete es nach Tortellini mit Basilikum.

»Hast du etwas von deinem Antrag auf Forschungsbeihilfe gehört?« fragte Lydia.

»Noch nicht.« Cassie schenkte Wein in zwei Gläser und brachte sie ins Wohnzimmer. »Bis zum Ende des Semesters werde ich Bescheid wissen. Wenn ich Beihilfe erhalte, habe ich genug Geld, um in London Nachforschungen über meinen Autor betreiben zu können. Hoffentlich ist es genug Geld für ein ganzes Jahr, denn solange brauche ich bestimmt.«

Sie reichte Lydia ein Glas und ließ sich auf dem Rand eines breiten Sessels nieder. Lydia fand, dass Cassie den Eindruck vermittelte, sich in ihrer Umgebung sehr wohl zu fühlen. Ihre Freundin wohnte im ersten Stock eines zweistöckigen viktorianischen Hauses am Rand von Russian Hill. Es war ein helles, freundliches Haus mit gewölbten Fensterscheiben und hellen Parkettböden. Molly hatte ihr bei der Einrichtung mit guten, preiswerten Möbeln geholfen.

Lydia und Molly hätten ihr gern finanziell unter die Arme gegriffen, aber sie wussten, dass Cassies Stolz das nie zugelassen hätte.

»Was ist eigentlich mit der Männer-Serie deiner Zeitschrift?« fragte Cassie.

»Die meisten Redakteurinnen sind damit beschäftigt«, antwortete Lydia. »Es ist wirklich eine blendende Idee. Zack ist sogar begeistert, auch mal Männer fotografieren zu können.«

Cassie grinste.

»Vielleicht ist er doch nicht so hetero, wie du bisher geglaubt hast.«

Lydia kicherte. Cassie mochte Recht haben, aber solange Zack sie so gründlich befriedigen konnte, waren ihr seine übrigen Aktivitäten egal. »Mir besorgt er sagenhafte Höhepunkte, das ist alles, was für mich zählt.«

Cassie sah sie zweifelnd an. »Lydia?«

»Hm?«

»Bist du sicher, dass du Zack nicht nur benutzt, um ... eh ... eine Lücke zu füllen?«

Lydia grinste breit. »Aber natürlich benutze ich ihn genau dafür, meine Liebe. Und ich sage dir, er füllte diese Lücke ganz ausgezeichnet.«

Eine heiße Röte, die sie noch lieblicher aussehen ließ, überzog Cassies Wangen. »Nein, das meine ich nicht. Glaubst du nicht, dass du Männer wie Zack nur ausnutzt, während du in Wirklichkeit einen Seelengefährten suchst?«

Lydia stöhnte auf. »Himmel, Cassie! Das Letzte, was ich brauche, ist ein Seelengefährte. Ich bin eine vielbeschäftigte Frau, die wenig Zeit für einen Mann hat. Aber von Zeit zu Zeit brauche ich eine schnelle Nummer.«

»Vielleicht redest du dir das nur ein, Lydia.«

»Cassie, ich bin nicht wie du«, gab Lydia knapp zurück. »Ich hege keine romantischen Träume und will im Alter auch nicht mein Dasein mit einem debilen Mann fristen.«

»Schon gut, Lydia, tut mir leid, dass ich überhaupt was gesagt habe. Es geht mich nichts an.«

Lydia seufzte. Sie wollte sich nicht mit Cassie streiten.

»Ich habe mich vielleicht ein bisschen zu barsch ausgedrückt«, sagte sie reumütig. »Aber du musst wissen, dass ich mein Sexualleben nicht kritisch betrachtet haben will.«

Cassie füllte ihre Gläser nach. »Was ist mit den

Fotoaufnahmen, von denen du am Telefon gesprochen hast?«

»Du meinst die im uralten Buchladen?« Lydia nippte am Wein und war froh, dass sie ein neues Thema hatten. »Ich war am Donnerstag mit Zack da, um den Eigentümer kennenzulernen. Er erwies sich als interessanter Typ.«

»Interessant auf welche Art?«

»Nun, er ist ein schnuckeliger Typ, gebildet, aber nicht eingebildet«, antwortete Lydia. »Ich habe ihn im Gespräch mit seinen Kunden belauscht. Sein literarisches Wissen ist schier unglaublich.«

Cassie schaute auf. »Wirklich?«

»Ihr beide könntet euch wahrscheinlich tagelang unterhalten«, meinte Lydia und stellte fest, dass dieser Gedanke ihr überhaupt nicht behagte.

»Wie sieht er aus?«

»Wie ein zerzauster, zerstreuter Bibliothekar, der in seinen Kleidern schläft und den zerbrochenen Brillenbügel mit Heftpflaster repariert.«

Cassie lachte. »Ist nicht wahr.«

»Doch.«

»Und er hat zugestimmt, dass ihr seinen Laden als Hintergrund für Modefotos benutzen könnt?«

»Ja. Wir fotografieren am Montag.«

»Kann ich dabei sein?« fragte Cassie spontan. »Ich möchte ihn gern kennenlernen.«

»Bist du sicher? Es ist schrecklich langweilig, bei einem Fototermin herumzusitzen.«

»Doch, gern. Am Montag habe ich keine Vorlesungen. Und ich suche schon immer eine gute Buchhandlung. Ich werde euch auch nicht bei der Arbeit stören.«

»Das weiß ich doch.« Lydia tadelte sich innerlich

für ihr Zögern. Himmel, sie war doch nicht wirklich an Nicholas Hawthorne interessiert. Cassie würde vielleicht etwas mit ihm anfangen können. »Natürlich kannst du kommen. Ich hole dich ab.«

»Wunderbar.« Cassie lächelte, ging zurück in die Küche und sah nach den Tortellini.

Gegen ein Uhr in der Nacht verabschiedete sich Lydia und versprach noch einmal, Cassie am Montag um acht Uhr abzuholen. Unterwegs dachte sie über Nicholas und Cassie nach. Ja, vielleicht würde was aus den beiden. Vielleicht sogar etwas auf Dauer. Sie hatten viele gemeinsame Interessen, und Cassie hatte noch nie besonderen Wert auf das Aussehen eines Menschen gelegt.

Lydia hielt vor einer roten Ampel. Sie biss sich auf den Daumen. Ja, Cassie und Nicholas würden gut zusammen passen

Drittes Kapitel

Lydia schob einen Bücherstapel beiseite und lehnte sich mit der Hüfte an ein Regal, während sie Zack beobachtete, der die Position eines Modells ausprobierte. In wenigen Stunden war aus dem Buchladen *Libri Antiqui* ein absolutes Chaos geworden. Modelle, Stylisten, Maskenbildner und Assistenten liefen herum wie Ratten in einem Labyrinth. Aber natürlich hatte der Wahnsinn Methode, und Lydia wusste, dass alle darauf bedacht waren, den Zeitplan einzuhalten.

Nicholas Hawthorne war nicht so gelassen. Er stand an der Eingangstür, die Brauen zusammengezogen, und sah zu, wie zwei Männer ein komplettes Bücherregal wegschoben, um einen besseren Lichtdurchfluss zu erreichen.

Lydia hatte ein Einsehen und ging zu ihm. »Nur keine Panik«, sagte sie. »Wir haben das schon hunderte Male getan.«

Nicholas sah sie an, der Blick besorgt. »Sie vielleicht«, sagte er, »aber ich nicht.«

Lydia lächelte. »Nun, dann hat wenigstens einer von uns Erfahrung.«

Sein Blick wandte sich ab. Lydia sah die angespannte Röte in seinem Nacken. Sie betrachtete sein Profil und die starke Linie seines Kinns. »Haben Sie schon mal daran gedacht, sich den Bart abzunehmen?«

Nicholas' Hand fuhr zu seinem zerzausten Bart. »Ich soll ihn abrasieren?«

»Ja. Sie haben ein gut geschnittenes Gesicht, und der Bart stört. Er steht Ihnen nicht.«

»Ich habe nie darüber nachgedacht.«

Lydias Blicke hefteten sich auf seine Schultern und Brust. Breit und männlich waren die Attribute, die ihr dabei einfielen. Allerdings versteckte sich diese Körperpartie unter einer schrecklichen, zerrissenen Jacke. »Vielleicht sollten Sie auch mal darüber nachdenken, in eine neue Garderobe zu investieren«, fügte sie hinzu.

»Oh, Lydia, was stellst du nur mit dem armen Mann an?« fragte Cassie, die gerade mit einem Tablett näher getreten war, auf dem zwei Pasteten und zwei Tassen Kaffee standen. Sie reichte Nicholas eine Tasse.

»Er will den Eindruck des klassischen Intellektuellen verteidigen.«

Nicholas lächelte ihr dankbar zu. Lydia spürte, wie sich ein Stich der Verärgerung in ihrem Bauch bemerkbar machte.

Sie runzelte die Stirn. Cassie und Nicholas hatten den ganzen Morgen über Literatur und Gott weiß was alles geplaudert. Lydia rief sich in Erinnerung, dass sie genau das beabsichtigt hatte – Cassie und Nicholas sollten sich kennenlernen.

»Cassie, auch ein Intellektueller kann sich picobello kleiden«, sagte sie und schaute bewusst lange auf Cassies maßgeschneiderte Hose und die Bluse mit dem niedlichen Kragen.

Cassie biss in ihre Pastete. »Jetzt fang nicht auch noch mit mir an.«

»Dazu hätte ich doch gar keinen Grund. Du kleidest dich immer sehr adrett, Cassie.«

Cassie verdrehte die Augen und schaute zu Nicholas. »Wie schmeichelhaft.«

Sie lächelten sich verschwörerisch zu, was Lydias Nerven nur noch mehr anspannte. Was, zum Teufel, war mit ihr los? Sie fand es wunderbar, wenn sich zwischen Cassie und Nicholas eine Beziehung anbahnte. Oder?

Verärgert drehte sie sich auf dem Absatz um und ging hinaus. Vor dem Schaufenster einer Kunstgalerie blieb sie stehen und betrachtete die verschiedenen ausgestellten Bilder. In letzter Zeit war sie schnell aus der Ruhe zu bringen. Die Sorge um die Zeitschrift machte sie nervös, und ihre Frustration ließ sie dann an anderen Menschen aus.

»Lydia, die Anzugdesignerin hat gerade angerufen.« Zack stand in der Tür des Buchladens und hielt ein Mobiltelefon in der Hand.

»Und?

»Willst du mit ihr reden?«

»Nicht, wenn es nicht nötig ist.«

Zack sprach ins Telefon, winkte Lydia zu und verschwand wieder im Laden. Lydia seufzte. Sie wünschte, Zack wäre im Augenblick nicht so beschäftigt. Eine schnelle, heftige Nummer wäre jetzt die richtige Medizin für sie. Ihre Nerven würden sich rasch beruhigen.

Sie warf einen Blick in den Laden und sah, dass Nicholas und Cassie sich gemeinsam anschauten, was der Caterer gebracht hatte. Verdammt! Warum bereitete ihr die kleine Kuppelei plötzlich so ein großes Unbehagen? Lag es daran, dass die beiden sich in den wenigen Stunden schon so nahe gekommen waren?

»He, Lydia, was halten Sie davon, den Besitzer mit auf ein paar Fotos zu bringen?« Einer der Assistenten, Roger, kam auf sie zu und sah sie fragend an.

»Nicholas Hawthorne?« fragte sie stirnrunzelnd.

»Ja. Ein schöner Kontrast zu den Models, sozusagen eine Szene aus ›Die Schöne und das Biest‹.«

»Nein.«

»Nein?« Roger sah sie überrascht an. »Zack glaubte, die Idee würde Ihnen gefallen.«

Eine Idee setzte sich in Lydias Kopf fest. »Hat Zack schon mit den Aufnahmen begonnen?«

»Nein, ich glaube nicht.«

»Okay, ich werde selbst mit Zack reden.« Sie trat an Roger vorbei, zurück ins Chaos der Buchhandlung. Zack wechselte gerade eine Linse aus.

»Zack, hast du schon Aufnahmen von Nicholas Hawthorne gemacht?«

»Nein, ich wollte erst hören, was du dazu sagst.«

»Die Idee gefällt mir, aber ich will ihn nicht mit den Models aufnehmen. Wenn sie gegangen sind, schießt du ein paar Bilder von Nicholas. Aber unberührt – ohne ihn zu frisieren oder zu schminken, und umziehen soll er sich auch nicht. Ich will ihn sehen, wie er ist.«

Zack grinste. »Das Tier in seiner natürlichen Umgebung.«

»Kein Grund für Dreistigkeiten.«

»Hat er schon zugestimmt?«

»Nein, aber er wird.«

»Lydia, es gibt kein besseres Motiv – er mit den Models. Die Schönen und das Biest.«

»Zack, du hältst Hawthorne da raus, verstanden?« befahl Lydia leise und schneidend. »Du fotografierst ihn, wenn alle anderen weg sind, damit er sich nicht verlegen fühlt. Und halte ihn von allen Models fern.«

»Okay, wird gemacht. Aber was ist los mit dir? Bist du scharf auf ihn?«

Wenn sie nicht unter Leuten gewesen wären, hätte sie ihn wahrscheinlich geohrfeigt. So begnügte sie sich mit einem scharfen, strafenden Blick. »Sprich so nie wieder zu mir«, warnte sie ihn. »Du wirst diese Bemerkung noch bereuen.«

Sie wandte sich ab und ging hinaus. In der kleinen Ansammlung vor der Tür hielt sie nach Nicholas und Cassie Ausschau. Sie waren in ein ernstes Gespräch vertieft.

Lydia zwang sich zu einem Lächeln. »Tut mir leid, dass ich stören muss. Nicholas, wir haben was Geschäftliches zu besprechen.«

»Oh. Jetzt?«

»Nein. Warum treffen wir uns nicht heute Abend zum Essen? Ich habe Ihnen einen Vorschlag zu machen.«

Er blinzelte. »Gern. Wo treffen wir uns?«

Lydia reichte ihm ihre Visitenkarte. Sie schrieb ihre Privatadresse auf die Rückseite. »Kommen Sie gegen zehn zu mir. Meine Köchin wird uns was Leichtes zubereitet haben. Ich habe mit Zack gesprochen. Er wird ein paar Fotos von Ihnen machen, wenn sich der Trubel gelegt hat.«

»Fotos von mir?«

»Ja. Nichts Extravagantes. Wir möchten nur ein paar Bilder von Ihnen in Ihrer Buchhandlung. Ich erkläre Ihnen das alles heute Abend.«

Ohne ihm Gelegenheit zum Widerspruch zu geben, wandte sie sich an Cassie, die völlig unbesorgt darüber schien, dass sich ihre beste Freundin gerade ihren aussichtsreichen Beziehungskandidaten zu einem späten Abendessen eingeladen hatte.

»Bleibst du noch eine Weile?« fragte Lydia.

»Ja. Nicholas will mir nachher noch einige Erstausgaben zeigen.«

»Okay, dann sehen wir uns später.« Sie lächelte knapp und schritt zu ihrem Auto.

Nicholas fragte sich, was er hier tat. Er stieg aus seinem Auto, schloss die Tür und starrte hinüber zum Haus der Lydia Weston. Scheinwerfer strahlten die italienische Fassade an und reichten auch noch bis auf den penibel getrimmten Rasen.

Er schaute noch einmal auf die Adresse, die sie auf

ihre Visitenkarte geschrieben hatte, und schüttelte den Kopf.

Er konnte sich nicht erinnern, jemals in dieser Ecke von Pacific Heights gewesen zu sein. Er gehörte nicht hierhin, wie ein Pinguin auch nicht in die Sahara gehörte.

Aber er hatte es ihr versprochen. Er schaute auf seine Armbanduhr. Fünf Minuten vor zehn. Jetzt oder nie. Er atmete tief ein und ging über den gepflasterten Weg zur Haustür. Er strich mit den Händen seinen dunklen Anzug glatt und klingelte.

Sekunden später wurde die Tür aufgedrückt. Lydia Weston stand in einem seidenen Umhang vor ihm, der sich an jede Kurve ihres Körpers schmiegte. Das Deckenlicht erzeugte einen leichten Schimmer auf ihren dunklen Haaren.

»Nicholas! Kommen Sie herein.« Sie zog die Tür weit auf, ließ ihn eintreten und warf einen Blick auf seinen dunklen Anzug. »Himmel! Sie brauchten doch nicht Ihren besten Anzug anzuziehen. Das soll doch nur ein schlichtes Abendessen unter Freunden sein, mein Freund.«

Nicholas räusperte sich, zupfte an der Krawatte und blickte zum Kronleuchter, der den Eingang dominierte. »Ich war nicht sicher, was Sie sich vorgestellt hatten.«

»Ich werde Ihnen schon mal das Jackett abnehmen.« Sie trat hinter ihn, ließ das Jackett von seinen Schultern rutschen und hängte es über den Treppenpfosten. »Und lockern Sie Ihre Krawatte.«

Sie griff an seinen Kragen und zog am Knoten seiner Krawatte. Ihre Nähe löste einen Wirrwarr von Empfindungen in ihm aus. Ihre Lippen waren seinen ganz nah. Ihr Körper strahlte einen süßen, warmen Geruch aus, der Sinnlichkeit in ihm freisetzte. Es dauerte nur ein paar Sekunden, ehe er begriff, dass Lydia Weston nach Sex duftete.

»Sie haben ein schönes Zuhause«, sagte er, um etwas zu sagen.

Sie lächelte. »Danke. Am schönsten ist die Aussicht. Von jeder der vier Etagen kann man die Golden Gate, Alcatraz und Angel Island sehen. Nach dem Essen zeige ich Ihnen alles.«

»Danke.«

»So, ist das nicht schon viel besser?« Lydia hatte die Krawatte gelockert. »Kommen Sie mit in die Küche.«

Sie führte ihn durch ein verschwenderisch eingerichtetes Wohnzimmer in die Küche, in der es zwei Herde und eine Insel aus Holz gab. Fußboden, Tisch und Stühle waren aus hellem Kirschbaum, während der Rest der Küche mit beigefarbenem Marmor ausgelegt war. Ein Gewürzregal verbreitete angenehme Düfte, und auf anderen Regalen blitzten die Töpfe. Die Küche war praktisch und bequem, ob man es mit zwei und mit zwanzig Gästen zu tun hatte.

Nicholas schaute auf Lydias Hintern, als sie sich umdrehte und den Kühlschrank öffnete. In seiner Hose machte sich eine unangenehme Schwellung bemerkbar. Er vermutete, dass sie nichts unter dem dünnen Umhang trug. Sie schob ein paar Platten in die Mikrowelle und nahm dann eine Flasche Weißwein aus dem Kühlschrank.

»Ich habe einen wunderbaren Chardonnay gekühlt«, sagte Lydia. »Trinken Sie Wein, oder wollen Sie lieber einen Schnaps?«

»Wein ist genau richtig, danke.«

Lydia lächelte ihn an. Himmel, war sie sexy. Er hatte Frauen gesehen, die dem Klischee der weiblichen Schönheit mehr entsprachen, aber keine, die soviel Selbstsicherheit und Sinnlichkeit ausstrahlte wie Lydia Weston.

Er sah ihr zu, wie sie die Flasche entkorkte und zwei Gläser füllte. Sie reichte ihm eins, und sie stießen an.

»Zum Wohl. Auf eine wachsende Freundschaft.« Sie nahm einen Schluck, dann gingen sie ins Wohnzimmer und setzten sich. »Was halten Sie eigentlich von meiner Freundin Cassie?« fragte Lydia unvermittelt.

Nicholas sah sie überrascht an. »Cassie? Sie ist nett. Und sehr intelligent.«

»Hm, ja, sie ist ein Genie.« Lydia lehnte sich zurück und schlug die Beine übereinander. Sie fuhr mit einer Fingerkuppe über den Rand ihres Weinglases. »Sehen Sie sie wieder?«

»Sie meinen, ob wir uns verabredet haben?«

»Ja.«

»Nein.« Verdammt, er kam sich in Gegenwart dieser Frau wie ein Trottel vor. Er rutschte im Sessel herum, trank einen Schluck und dachte an Cassie Langford. Sie war sehr hübsch und klug. Er konnte froh sein, dass sie sich überhaupt so lange mit ihm beschäftigt hatte, und jetzt wollte Lydia wissen, welche Pläne er mit ihr hatte. »Vielleicht verabreden wir uns noch.«

Lydia starrte ihn eine Weile an, dann fuhr sie sich mit den Händen durch die Haare. »Gut. Sie haben doch bemerkt, dass Cassie Klasse hat? Konservativ, aber Klasse.«

»Ja. Darf ich fragen, wohin die Unterhaltung führen soll?« Er hatte nicht gewollt, dass seine Frage so barsch klang, aber er spürte, wie er verkrampfte.

Zu seiner Erleichterung lächelte Lydia. »Das soll nur eine kleine Warnung sein, Nicholas. Ich will nicht, dass Sie meiner Freundin weh tun.«

»Oh, ich würde Cassie nicht weh tun.« Nicholas schüttelte den Kopf. »Niemals.«

»Nein, das kann ich mir auch nicht vorstellen. Warten Sie hier. Ich bringe das Essen.« Sie erhob sich und ging in die Küche, dann kam sie mit einem Tablett zurück, auf dem Teller mit Nudeln, ein Korb mit Brot und Schüsseln mit Caesar's Salad standen. Sie stellte einen Teller vor Nicholas und sagte: »Sie fragen sich bestimmt, warum ich Sie zu mir gebeten habe.«

»Ja.« Er schob die Brille auf den Nasenrücken. Das Essen duftete köstlich.

»*Savoir Faire* arbeitet an einer Ausgabe, die ganz dem Mann gewidmet ist«, erklärte Lydia. »Alle Artikel beschäftigen sich mit Männern, die Bildstrecke besteht fast ausschließlich aus männlichen Modellen.«

»Hört sich interessant an, wenn auch etwas ungewöhnlich für eine Frauenzeitschrift.«

»Ja, sicher, es sind die Frauen, die unsere Zeitschrift kaufen, aber wir werden ihnen einreden, diese Ausgabe müssten sie zusätzlich für ihren Mann kaufen.«

Nicholas biss in eine Garnele. »Hat das etwas mit den Fotos zu tun, die Zack von mir gemacht hat?«

»Ja. Ich möchte Sie verwandeln.«

»Verwandeln?«

»Die Fotos, die Zack am Nachmittag von Ihnen geschossen hat, sind die ›Vorher‹-Bilder. Jetzt möchte ich Sie zu einem Haar-Stylisten und einem Schneider schicken, damit Sie zu einem völlig anderen Aussehen gelangen.«

Nicholas konnte kaum glauben, was er hörte. Warum wollte sie ihn in ihrer Zeitschrift haben? »Ich fürchte, ich verstehe nicht, um was es geht«, murmelte er.

Lydia musterte ihn eine Weile. »Sie sind der ideale Kandidat für eine solche Verwandlung, mein Lieber. Ich will Sie nicht beleidigen, aber Sie wissen selbst, dass Sie keinen großen Wert auf Ihr Äußeres legen.«

Nicholas schüttelte den Kopf. »Ich will nicht verändert und verwandelt werden. Ich habe auch nicht das Geld dazu.«

»Wir zahlen dafür«, sagte Lydia. »Sehr gut sogar. Und alles, was wir kaufen – Kleider, Schuhe -, können Sie behalten. Der Aufwand wird beträchtlich sein.«

»Bin ich so ein hoffnungsloser Fall?« Er wusste nicht, ob er sich geschmeichelt fühlen oder ob er beleidigt sein sollte.

Lydia lachte ihr helles, klares Lachen, das ein angenehmes Kribbeln auf seiner Haut auslöste. »Oh, Sie sind alles andere als hoffnungslos, Nicholas. Deshalb möchte ich Sie ja verwandeln. Sie haben ein ungeheures Potential.«

»Ach?« So etwas hatte ihm noch niemand gesagt.

»Natürlich.« Sie schaute ihn an, dann griff sie über den Tisch und nahm seine Brille ab. Prompt verschwand Lydia hinter einer Nebelwand. »Wie gut können Sie mich ohne Brille sehen?«

»Ich sehe nur Ihre Umrisse.«

»Sie haben wunderschöne Augen. Haben Sie es schon mal mit Kontaktlinsen versucht?«

Das Kompliment ließ ihn erröten. »Nein, noch nie.«

Lydias Finger strichen über seine Wangenknochen und hielten am Bartrand inne. »Der muss verschwinden, Nicholas. Er steht Ihnen nicht. Sie sehen durch den Bart nur zerzaust aus.«

»Ich habe nie daran gedacht, ihn abzurasieren.«

»Sie halten nicht viel von sich selbst, was?«

»Kann schon sein.«

»Warten Sie mal.« Sie stand auf, und er sah nur einen Schemen aus Seide. »Ich bin gleich wieder da.«

Ein leichtes Klirren verriet ihm, dass sie seine Brille auf den Tisch gelegt hatte. Nicholas tastete danach, und dann hörte er auch schon Schritte in der Halle. Er setzte rasch die Brille auf und wandte sich seinem Teller zu. Er fühlte sich nicht nur fehl am Platz, sondern war auch benommen von Lydias charismatischer Sinnlichkeit, gegen die er sich nicht wehren konnte.

»Da bin ich wieder.« Sie trug eine Schüssel mit warmem Wasser und einen kleinen Korb. Über ihrer Schulter lag ein Handtuch. »Ich werde Sie rasieren.«

Nicholas war so überrascht, dass er die Gabel fallen ließ. »Rasieren?«

»Ja.« Lydia sah ihn lächelnd an. »Entspannen Sie sich, mein Lieber. Ich habe schon mal einen Mann rasiert. Und nicht nur im Gesicht.«

Als er endlich begriff, worauf sie anspielte, errötete Nicholas wieder bis zu den Ohren. Ja, er fühlte sich wie ein Fisch auf dem Trockenen.

Lydia lachte. »Ich sprach von seiner Brust, aber Sie sehen zu reizend aus, wenn Sie rot werden.«

Er musste hier raus, bevor er sich noch mehr blamierte. »Wenn Sie wirklich wollen, dass ich ohne Bart herumlaufe, kann ich ihn selbst abrasieren.«

Lydia schob die Teller beiseite und stellte die Schüssel auf den Tisch. »Natürlich können Sie das«, murmelte sie. »Aber trauen Sie mir denn nicht?«

Nicholas schluckte. »D ... doch ... ja.«

»Gut. Rücken Sie Ihren Stuhl vom Tisch zurück.« Sie nahm Rasierer und Rasierseife aus dem Körbchen, tauchte den Pinsel ins warme Wasser und brachte die Seife geschickt zum Schäumen. »Ich möchte Ihr Hemd nicht ruinieren. Warum ziehen Sie es nicht einfach aus?«

Nicholas begriff, dass er der verführerischen Lydia nichts abschlagen konnte. Verlegen öffnete er den Krawattenknoten, knöpfte das Hemd auf und legte es über seine Stuhllehne. Er schaute zu Lydia hoch und bemerkte, dass sie fasziniert auf seine Brust schaute.

Sie sah in seine Augen und blinzelte ihm zu. »Ich habe mich schon gefragt, wie Sie unter dem schrecklichen Jackett aussehen würden. Treiben Sie Sport?«

»Rugby am Wochenende. Und ich bin oft beim Camping. Natur fasziniert mich.«

»Sie sind gut gebaut.« Sie nahm wieder seine Brille ab. »Ich habe Sie nicht als athletischen Typen eingeschätzt.«

»Der bin ich auch nicht«, sagte er verlegen. »Aber ich bin überzeugt, dass man den Körper trainieren muss, wenn man den Geist wachhalten will.«

»Sie sind voller Überraschungen, Nicholas.« Lydia nahm eine Schere in die Hand, trat näher und beugte sich leicht über ihn, als sie begann, seinen Bart mit der Schere zu trimmen. Ihr Duft stieg in seine Nase und führte seine Gedanken zu dem, womit sie beschäftigt gewesen sein musste, ehe er eingetroffen war. Er stöhnte innerlich und spürte, wie er steif wurde. Dies war kein idealer Zeitpunkt für eine Erektion.

Lydia griff zum Pinsel und schäumte Wangen, Kinn und Hals ein. »Jetzt müssen Sie still halten«, warnte sie.

Sie legte ihre Finger unter sein Kinn, hob sein Gesicht leicht an und begann ihn zu rasieren. Nicholas hätte nie geglaubt, dass eine Rasur so erotisch sein konnte. Er schaute in Lydias attraktives, konzentriertes Gesicht, das seinem so nahe wie nie zuvor war. Er sah die Falte zwischen ihren Augenbrauen und die hinreißende Art, wie sie sich vor Konzentration auf die Unterlippe biss. Ihre Berührungen waren sanft und unaufdringlich.

Sein Penis wurde noch härter, und als sie sich so hinstellte, dass sein Knie zwischen ihre Beine drückte, sah er ihre Brüste dicht vor seinem Gesicht, nahe genug zum Küssen. Ja, sie war nackt unter dem dünnen Umhang. Die Nippel drückten sich gegen den Stoff. Er konnte spüren, wie die Hitze von ihrem Körper aufstieg. Ihre Nähe schuf eine Leichtigkeit in seinem Kopf, die er sonst nur nach mäßigem Alkoholgenuss empfand.

Es juckte ihn in den Fingern, ihre Hüften zu packen und den seidenen Umhang abzustreifen, um ihren nackten Körper seinen Blicken und Händen auszuliefern. Er wollte ihre Nippel mit den Zähnen einfangen und lutschen, bis Lydia vor Lust quietschte. Himmel, sein Penis fühlte sich an, als wäre er aus Eisen. Er konnte nur hoffen, dass Lydia nicht hinunter schaute und die Beule in seiner Hose bemerkte.

Das Band, das Lydias Umhang am Hals zusammenhielt, wurde locker und gab einen prickelnden Blick auf weiße Haut frei. Nie hatte er eine Frau so sehr berühren wollen, und sein Herz pochte vor Leidenschaft. Er spürte kaum das Schaben des Rasierers auf seiner Haut, und als sie einen Schritt zurücktrat, kam es ihm so vor, als hätte die ganze Prozedur nur eine Sekunde gedauert.

»Fertig«, sagte Lydia. Sie wischte die Reste des Rasierschaums aus seinem Gesicht und betrachtete Nicholas mit kritischem Blick. Sie schaute so lange, dass es Nicholas unbehaglich wurde.

»Und?«

Lydia schüttelte den Kopf und lächelte. »Sie sind ein sehr gut aussehender Mann, Nicholas. Ausgeprägte Gesichtszüge. Äußerst sinnlich geschwungener Mund. Schade, dass Sie das alle die Jahre hinter dem zerzausten Bart versteckt haben.«

Sie fuhr mit einem Finger über sein glattes Kinn und legte die Fingerkuppe über seine Lippen. Sie ließ sie dort bewegungslos ruhen, ehe sie mit dem Daumen sachte über die Unterlippe strich und damit einen direkten Pfeil zu seinen Lenden schickte. Er hielt den Atem an, und dann bemerkte er, dass ihr Blick nach unten gerichtet war.

Er fühlte sich ertappt und schloss instinktiv die Augen. Schweigen erfüllte die Luft. Nicholas kam sich wehrlos vor und tastete nach seiner Brille. Er war erleichtert, als sich der Nebel lichtete.

»Nicholas, schau mich an«, raunte Lydia.

Er sah, dass sie ihn anstarrte, und wenn er diesen Blick nicht völlig falsch auslegte, lag da Begehren drin. Er konnte es kaum glauben.

»Tut mir leid«, stammelte er heiser. »Es ist nur ... Lydia, Sie sind so sexy.«

»Du auch«, murmelte Lydia. »Du scheinst es nur nicht zu wissen.«

Nicholas hatte den Eindruck, dass es noch eine Menge gab, was er nicht wusste. »Danke.«

»Wir gehen morgen zu meinem Optiker und besorgen dir Kontaktlinsen«, bestimmte Lydia. »Ich lasse nicht zu, dass du länger eine Brille trägst, hinter der du deine schönen, warmen Augen versteckst.«

»Ich ... eh ... muss morgen arbeiten.«

»Wir nutzen die Mittagspause«, sagte Lydia. »Ich bin sicher, dass deine entzückende Assistentin ein oder zwei Stunden übernehmen kann. Wie heißt sie doch noch?«

»Olive.« Nicholas' Penis pochte bei der Erwähnung von Olives Namen, zweifellos in Erinnerung an deren üppige Brüste.

Lydia legte die Hände auf Nicholas' Schenkel. »Ja, richtig, Olive. Sie ist sehr hübsch, aber ich bin sicher, dass du das schon längst herausgefunden hast.«

Verdutzt schaute er zu ihr hoch und bemerkte, dass sie ihn lauernd ansah. Ihm fiel ein, wie sie ihn und Olive beim ersten Treffen gemustert hatte, als ob sie gewusst hätte, was gerade zwischen ihnen geschehen war.

»Ja«, murmelte er, »sie ist sehr hübsch.«

»Was habt ihr zwei vergangene Woche gemacht, als Zack und ich hereingeplatzt sind?« fragte Lydia leise, die Stimme ein wenig heiser. Ihre dunklen Augen wichen nicht von seinem Gesicht. »Ihr habt beide ... nun, sagen wir mal – erschöpft ausgesehen.«

Nicholas konnte nicht antworten. Teufel, er konnte kaum atmen. Lydias Hände strichen über seine Schenkel, streichelten sanft und verführerisch und näherten sich immer mehr seinem Schoß. Sie beugte sich vor und huschte mit den Lippen über seinen Mund – so sanft, dass er nicht wusste, ob er sich die Berührung nur eingebildet hatte.

Er war wie vom Schlag gerührt, als sie sich vor ihn kniete und die Hände gefährlich nahe an die Beule schob. Er griff ihre Handgelenke, um sie aufzuhalten.

Lydia schaute zu ihm hoch, leichte Falten auf der Stirn. »Was ist denn?«

»B ... bitte«, stammelte Nicholas. »Ich weiß nicht, was du von mir willst, aber was immer es ist, hör bitte auf.«

Lydia hob eine Braue. »Ich soll aufhören, dich zu berühren?«

»Warum tust du das? Nur damit ich zustimme, deine verrückte Idee der Verwandlung mitzumachen?«

Lydia lachte kehlig. »Nicholas, ich bin sicher, dass ich nicht deinen Schwanz lutschen muss, um dich zu überzeugen, oder?«

»Natürlich nicht.«

»Du hast doch schon zugestimmt.«

»Ja ...«

»Also, wo ist das Problem?«

Nicholas starrte sie an. In ihren Augen lauerte ein brennender Hunger. Ihre Lippen öffneten sich leicht, als ob sie darauf warteten, die Länge seines Schafts einzusaugen. Bei diesem Gedanken dröhnte sein Körper vor Erregung.

»Ich dachte, du wolltest mich mit deiner Freundin Cassie verkuppeln.«

»Das hier hat nichts mit Cassie zu tun.« Sie legte die Hände auf seine Schenkel. »Nicholas, entspanne dich.«

Sie fuhr mit den Händen über die gewaltige Beule

in seiner Hose und lächelte zu ihm hoch, während die Finger zum Reißverschluss griffen und ihn nach unten zogen. Auf Nicholas' Stirn zeigte sich ein leichter Schweißfilm. Lydias Hand griff in seine Unterhose, und als die Finger sich um den Schaft schlossen, stieß sie ein langes bewunderndes Glucksen aus. Sie zupfte seine Hose weiter hinunter und legte seinen Penis frei. Er hatte eine schmerzvolle Erektion und spürte das intensive Pochen in seinem Schaft.

»Wie ich schon sagte«, murmelte Lydia und starrte die Länge des Schafts an. »Ich wusste, du steckst voller Überraschungen.«

Nicholas schluckte schwer. »Das trifft wohl noch mehr auf dich zu.«

Sie lachte. »Wenn du wüsstest ...«

Als ob sie das unter Beweis stellen wollte, beugte sie sich über ihn und nahm die Eichel zwischen die Lippen. Nicholas stieß den Atem zischend aus und genoss das wunderbare Gefühl ihres Mundes, der über den harten Schaft glitt. Ihre Finger fuhren den dicken Adern seiner Erektion nach, und dadurch wurden seine Nerven noch mehr gereizt. Seine Hände umklammerten die Tischkante, bis die Knöchel weiß wurden, während er auf dieses erregende Bild starrte, wie sein Schaft in ihren Mund fuhr.

Himmel, es war wie das Versinken in einem warmen Ozean. Nicholas' ganzer Körper zitterte, und er stieß ein lustvolles Stöhnen aus.

Lydia schaute zu ihm auf, ein wildes Glitzern in den Augen, das ihm verriet, dass sie genau wusste, wie es um ihn stand. Sie ließ eine Hand zu seinen Hoden gleiten und streichelte liebevoll über die faltige Haut. Seine Hüften ruckten unwillkürlich vor und zurück, während Lydia fortfuhr, seine Erektion mit den vollen Lippen zu umschlingen.

Nicholas betrachtete sie in stummer Erregung. Ihr Kopf fuhr auf und ab, die Zunge umspielte die Eichel, und ihr heißer Atem strich über sein empfindliches Fleisch.

»Oh, Nicholas«, murmelte Lydia, »hat dir schon jemand gesagt, wie gut du schmeckst?«

Er konnte nichts erwidern. Sein Brustkorb hob sich, während sowohl Lust wie auch Frust seine Nerven anspitzten. Wieso nannte man es ›Blasen‹? Was für ein unschönes, unzutreffendes Wort für diesen uneigennützigen Akt, den Lydia mit soviel Geschick und Ehrgeiz ausführte. Viel eher traf zu, dass es eine Massage mit Lippen und Zunge war.

»Nicholas?«

Er schaute sie an. »Nein«, sagte er, »das hat mir noch niemand gesagt.«

»Aber es stimmt.« Lydia erhob sich langsam, nahm den Saum des Umhangs in beide Hände und zog ihn hoch bis über die feinen runden Hüften.

Nicholas schaute mit unverhohlener Faszination zu, als sie den dünnen Stoff wie einen Vorhang hob und ihre langen Beine entblößte. Er schluckte hart, und das kurze, hastige Atmen spannte seinen Brustkorb. Er sah winzige Tröpfchen Flüssigkeit, die an den geschwollenen Labien klebten und Lydias Lust bezeugten.

Nicholas dürstete plötzlich. Er wollte ihre Süße schmecken und beugte sich vor, aber Lydia legte die Hände auf seine Schultern und drückte ihn sanft zurück.

»Warte«, raunte sie. »Dafür haben wir später noch Zeit.«

»Aber ich möchte dich verwöhnen.«

Lydia lächelte. »Oh, du wirst noch genug Gelegenheit haben, mich zu verwöhnen.«

Sie spreizte sich über seine Schenkel, langte hinunter und glitt mit den Fingern über seinen harten Penis.

Nicholas konnte kaum glauben, wie ihm geschah, was diese wunderbare Frau mit ihm anstellte. Jetzt drückte sie die gespannte Eichel gegen ihre klaffende Öffnung, dann beugte sie sich hinab und presste ihre Lippen auf seinen Mund, während sie sich langsam sinken ließ.

Nicholas stöhnte, verblüfft über das erregende Gefühl, als ihre Brüste sich an seinem beharrten Brustkorb rieben. Er legte die Hände auf ihre runden Hüften und grub die Finger in ihre Haut, als wollte er sich überzeugen, dass Lydia eine echte Frau aus Fleisch und Blut war und keine Ausgeburt seiner Phantasie.

Oh, ja, sie war echt! Sie war ganz Frau, ganz heiße Frau. Sie spannte ihre inneren Muskeln und nahm seinen Schaft in eine enge Umklammerung, aus der sie ihn nur entließ, wenn sie sich anhob, bis nur noch die Spitze zwischen den Labien klemmte. Dann ließ sie sich genüsslich sinken, und wenn er tief in ihr steckte, begann sie wieder mit dem Spiel ihrer Muskeln.

Sie beschleunigte ihre Bewegungen, hüpfte auf seiner Erektion auf und ab und hielt sich mit beiden Händen in seinen Haaren fest. Die Brüste machten jede Bewegung mit, und Nicholas zog den Umhang auseinander und fing einen harten, zuckenden Nippel mit den Lippen ein.

Lydias Rücken bog sich durch. Ihr kehliges Murmeln spornte sie beide an und trieb sie zum erlösenden Finale. Nicholas war so erregt – die Erregung hatte begonnen, als sie den Fuß über die Schwelle seiner Buchhandlung gesetzt hatte -, dass er wusste, er würde nicht lange aushalten. Der Reiz in seinem Penis stieg in nie gekannte Höhen. Er legte die Hände auf Lydias Schultern, drückte sie nach unten, um ihr Tempo zu drosseln und stieß eine Warnung aus.

»Lydia, ich . . .«

»Das ist okay, Liebster.« Lydia ließ den Schaft rasch aus ihrem Körper gleiten und begann ihn mit flinken Bewegungen zu reiben, eine Hand um die Hoden gelegt.

Es war Nicholas, als konzentrierte sich sein ganzes Sein auf diesen Schaft, und dann explodierte er in gewaltigen Schüben. Ihre Finger spannten sich um den spuckenden Stab und pumpten locker, während Nicholas sich auf dem Stuhl wand und seine Lenden wild ruckten und zuckten. Er konnte die Intensität nicht begreifen, die diese Frau bei ihm auslösen konnte.

Lydias hastige Atemzüge streiften seine Lippen. »Jetzt bin ich dran.«

»Himmel, es tut mir leid.«

Er schämte sich, weil er wusste, dass Lydia ihren Spaß nicht gehabt hatte.

»Kein Grund zur Entschuldigung.« Lydia lehnte sich ein wenig zurück, bis sie seinen rechten Schenkel zwischen ihren hatte. Sie ließ sich auf ihm nieder, bis ihre feuchte, heiße Spalte gegen seine behaarte Haut rieb. Sie begann auf seinem Schenkel zu reiten.

In diesem Augenblick wurde ihm bewusst, dass er noch nie eine so schöne Frau wie Lydia erlebt hatte, wie sie auf ihm ritt, entblößt, hemmungslos, lüstern. Plötzlich stieß sie einen Schrei aus, ihr Körper wurde geschüttelt, und dann folgte noch ein Schrei, diesmal länger und allmählich abebbend.

Nicholas packte ihre Hüften, hielt sie fest auf seinen Schenkel gedrückt und spürte die Wellen der Lust, die sie durchzuckten.

Lydias Bewegungen hörten auf, aber sie blieb auf ihm sitzen. »Oh, ja, Nicholas«, murmelte sie atemlos, »du bist wirklich voller Überraschungen.«

Nicholas hatte das Gefühl, dass auch ihm noch einige Überraschungen bevorstanden.

»Nicht zu kurz, Abigail.« Lydias Finger glitten durch Nicholas' Nackenhaare, und ein leichter Schauer lief über seinen Rücken. »Es soll lang bleiben, ich will nur Fasson in sein Haar bekommen.«

Die Stylistin nickte und fuhr mit einem Kamm durch Nicholas' Haare. Sie selbst war am Hinterkopf kurz geschoren. Auf dem Schädel ragten purpurne und goldene Haarspitzen wie Dachpappenbolzen in die Höhe, und ihr Lidschatten war auf diese Farben abgestimmt. Nicholas fühlte sich gar nicht wohl, dass ausgerechnet diese Frau seine Haare schneiden sollte, aber Lydia war begeistert von ihr. Sie blinzelte ihm ermutigend zu.

Nicholas hob die Schultern und ließ sich im Sessel zurückfallen. Abigail setzte wieder ihre Schere an, und Lydia verfolgte jede ihrer Bewegungen. Er sah sie im Spiegel, sie sah so anders aus als gestern abend. Am Morgen hatte sie ihn zum Optiker gebracht. Er gewöhnte sich an die Kontaktlinsen, aber trotzdem hatte er das Gefühl, dass ihm irgend etwas fehlte.

Er dachte kurz an Olive und fragte sich, ob sie es

schaffte, das Geschäft allein zu führen. Oder hatte sie geschlossen und war ins Kino gegangen?

»Du hast schönes Haar, Nick«, sagte Abigail. »Dick und dicht, lässt sich gut bearbeiten.«

»Das trifft nicht nur auf seine Haare zu«, murmelte Lydia.

Nicholas errötete.

Niemand sonst schien Lydias Anspielung gehört zu haben. Zacks Kameraleute hatten Scheinwerfer aufgebaut und offenbar genug mit sich zu tun, und die anderen Stylistinnen schauten genau zu, was und wie Abigail schnippelte.

In der engen, überladenen Atmosphäre fühlte sich Nicholas eingeengt, und der Duft der verschiedenen Präparate verursachte ihm Kopfschmerzen. Aber wenn er Lydia anschaute und an die vergangene Nacht dachte, war alles Unbehagen vergessen. Er konnte kaum bis morgen warten – Lydia hatte vorgeschlagen, dass sie dann essen gingen.

Ein Blitzlicht explodierte dicht vor seinem Gesicht, und für einen Moment war er blind. Als seine Sicht zurückkehrte, sah er Zack hinter seiner Kamera stehen.

»Wie ist es mit uns, Lydia?« fragte Zack. »Treffen wir uns morgen Abend?«

Lydia legte eine Hand auf den Rücken von Nicholas' Stuhl. »Ich fürchte, ich muss absagen.«

»Hast du Pläne mit ihm?« Zack deutete auf Nicholas.

»Zack, fang endlich mit deiner Arbeit an!« sagte Lydia scharf. »Du wirst schließlich dafür bezahlt.«

»Seltsam, ich scheine auch für Dinge bezahlt zu werden, die ich neben meiner Arbeit erledige.«

Lydia schaute ihn scharf an. »Werde nicht frech, Zack.«

Der Klang ihrer Stimme sagte ihm genug. Zack verzog das Gesicht und wandte sich ab.

Abigail grinste. »Ist da jemand eifersüchtig?«

»Kümmere dich nicht um ihn, Nicholas«, sagte Lydia und ignorierte Abigail. »Er ist harmlos.«

»Ich bin nicht besorgt.« Nicholas fragte sich, ob Lydia davon ausging, dass er ihr neuer Liebhaber war. Offenbar hatte sich Zacks Charme verbraucht.

Abigails Schere hatte eine Menge zu schneiden. Sie ging um ihn herum und schnippelte hier und da. Sie kämmte und bürstete, sprühte ihn ein, benutzte den Fön wie eine Waffe, und sie gab sich nicht eher zufrieden, bis sein Haar so gestylt war, wie sie und Lydia es sich vorstellten.

Lydia stand einige Schritte hinter seinem Stuhl, die Arme unter der Brust verschränkt, und verfolgte das Geschehen an Nicholas' Kopf mit wachen Augen.

Schließlich stieß Abigail den Fön zurück in die Haltung an der Wand, bürstete noch einmal kurz über das Haar und schaute sich dann das Ergebnis ihrer Arbeit an.

Sie nickte und verkündete: »Fertig.«

»Perfekt.« Lydia trat hinter Nicholas und fuhr mit einem Finger von seinem Ohr zum Kinn und hinauf zum anderen Ohr. »Einfach perfekt. Schau nur, wie sie deine Haare von der Stirn nach hinten gebürstet hat. Jetzt kommen deine Wangenknochen besser zur Geltung. Und ohne die Brille, die deine Augen versteckte, bist du ein ganz anderer Mann. Dein Bestes kommt jetzt erst zum Vorschein.«

»Ist das alles, was zu meinem Besten gehört?«

Lydia gluckste. »Nun, wohl nicht«, räumte sie ein und streichelte seine Wange.

Nicholas betrachtete sich im Spiegel, während Zack nicht aufhörte, auf den Auslöser zu drücken. Verdammt, er sah völlig anders aus, gar nicht wie er selbst, und ohne Brille kam er sich fast nackt vor.

»Danke, Abigail, mein Schatz.« Lydia beugte sich über sie und küsste sie auf die Wange, während sie ihr ein paar Scheine in die Hand drückte. »Wir kommen wieder.«

»Dann bringst du ihn aber mit.« Abigail wies mit dem Kopf auf Nicholas und öffnete dessen Kittel.

Nicholas dankte ihr, und nachdenklich folgte er Lydia aus dem Geschäft.

»Jetzt müssen wir dir ein paar neue Sachen zum Anziehen verpassen«, sagte sie. »Bei einem Herrenausstatter wartet schon ein anderes Kamerateam, damit alles schön dokumentiert wird. Und am Donnerstag nehmen wir die letzten Bilder von dir im Studio auf.« Sie blieb stehen und sah ihn beinahe bewundernd an. »Du siegst großartig aus, Nicholas.«

»Ich bin nicht ich selbst.«

»Oh, aber du bist es«, sagte sie, hakte sich bei ihm unter und zog ihn weiter. »Du weißt es nur noch nicht.«

»Ich begreife immer noch nicht, warum du dir diese Mühe machst, mich zu verändern – und das nur wegen eines Artikels in deiner Zeitschrift.«

»Nicholas, es geht nicht nur um einen Artikel.«

»Nein?«

»Nein, Liebling. Du bist unser Titelbild.«

Viertes Kapitel

»Dies ist wunderbar.« Lydia tippte mit dem Finger auf ein Foto von Nicholas, auf dem er vor dem Palast der Ehrenlegion stand. Eine leichte Brise zerzauste seine Haare, aber er sah entspannter aus als auf den meisten anderen Fotos.

»Ich habe ihn auch innen vor den Kunstwerken fotografiert«, sagte Zack und breitete eine neue Serie von Bildern auf dem Tisch aus. »Da sieht er richtig kultiviert aus.«

Lydia warf ihm einen wütenden Blick ist. »Er *ist* kultiviert, Zack. Auch wenn er nicht so aussieht.«

Zack verdrehte die Augen. »Bitte, Lydia. In einem Restaurant könnte er keinen trinkbaren Wein bestellen, weil er davon keine Ahnung hat.«

»Du irrst dich«, antwortete Lydia. »Ich habe ihm einen Lehrer besorgt. Gestern sind wir essen gewesen – und Nicholas war perfekt.«

»Warum hast du mir nicht Bescheid gesagt? Ich hätte Bilder machen können.«

»Wenn es nötig sein sollte, organisieren wir eine Restaurantszene«, sagte Lydia.

Lydia kehrte in ihr Büro zurück und schloss die Tür hinter sich.

Sie war überrascht, wie sehr sie sich auf einen weiteren Abend mit Nicholas freute. Sie sehnte sich nach seiner Gesellschaft, und zögernd räumte sie ein, dass sie sich an ihn gewöhnen könnte.

Das Summen der Sprechanlage riss sie aus ihren Gedanken. Sie drückte den Knopf. »Ja?«

»Lydia, deine Freundin Cassie möchte dich besuchen«, sagte Mona.

»Cassie? Ja, sie soll kommen.«

Sekunden später trat Cassie durch die Tür.

Sie sah locker und lebhaft aus in ihrem blauen Seidenkostüm, und ein passendes Haarband bewältigte ihre Mähne.

»Hallo, Lydia. Ich kam gerade vorbei und wollte nur fragen, ob du Zeit zu einem gemeinsamen Mittagessen hast.«

»Tut mir leid, meine Liebe, aber ich stecke bis über beide Ohren in Arbeit. Die Männerausgabe nimmt meine ganze Zeit in Anspruch. Wir müssen die letzten Themen festlegen, ich habe schon die ersten Manuskripte zu lesen und einige Fotostrecken zu bestücken.«

»Ich verstehe. Und heute Abend?«

»Nein, ich bin ...« Lydia brach ab. Aus irgendeinem Grund wollte sie Cassie nicht sagen, dass sie Pläne mit Nicholas hatte. »Ich habe ein Geschäftsessen.«

»Okay, dann ein anderes Mal.«

»Ja, sicher. Ich möchte dich und Molly zu mir zum Essen einladen, wenn das hier alles vorbei ist.«

»Gern«, sagte Cassie. »Und jetzt sollte ich dich besser nicht länger aufhalten.«

»Tut mir leid, aber es gibt wirklich eine Menge zu tun.«

»Du brauchst dich nicht zu entschuldigen, Lydia.« Cassie wandte sich zur Tür, blieb dort noch einmal stehen.

»Lydia?«

»Ja, Liebes?«

Cassie zögerte und blickte zu Boden, ehe sie sich

traute, Lydia anzuschauen. »Hast du Nicholas noch mal gesehen?«

»Nicholas? Ja, sicher. Wir ... nun, wir verwandeln ihn gerade für die Fotos.«

»Hat er ... irgendwas über mich gesagt?«

Innerlich zuckte Lydia zusammen. Sie blickte auf die Manuskripte auf ihrem Schreibtisch und ordnete sie neu. »Er hat gesagt, dass du hübsch und nett bist.«

»Wirklich? Oh, das ist aber lieb. Sagst du ihm, dass ich mich nach ihm erkundigt habe?«

»Ja, klar. Ich rufe ihn Ende der Woche an.«

»Fein, danke.«

Lydia schaute erst wieder hoch, als sich die Tür hinter Cassie geschlossen hatte, dann seufzte sie schwer und ließ sich in ihren Sessel fallen. Was dachte sie sich eigentlich?

Sie wollte, dass Cassie und Nicholas zusammen fanden – oder nicht? Sie hatten viel mehr gemeinsam als sie selbst und Nicholas, und sie passten auch von den Persönlichkeiten besser zusammen. Und warum hatte sie dann Nicholas verführt?

Lydia stöhnte. Sie hatte die Beherrschung verloren, und das gefiel ihr nicht. Sie hatte nichts gegen Nicholas als sexuellen Begleiter, aber sie vermutete, dass er mehr von ihr haben wollte. Mehr, als sie zu geben bereit war.

Mit einem Seufzer wandte sich Lydia ihrer Arbeit zu. Nicht einmal Gedanken an Cassie und Nicholas konnten sie davon abhalten, Termine zu koordinieren und Manuskripte zu lesen und zu bearbeiten.

Gegen sechs Uhr verließ sie die Redaktion und fuhr nach Hause, aber unterwegs schlug sie eine andere Richtung ein. Auf der anderen Straßenseite vor dem

Libri Antiqui stellte sie ihr Auto ab, doch sie stieg nicht aus. Sie wartete darauf, dass Nicholas herauskam.

Als er kam und die Ladentür abschloss, drückte Lydia auf die Hupe. Nicholas blickte hinüber und lief über die Straße. Lydia empfand Stolz und eine vertraute Wärme. Er bewegte sich mit mehr Selbstbewusstsein. Seine Kleider passten gut zu ihm – Himmel, er sah einfach gut aus.

»Hast du Hunger?« fragte sie.

Nicholas grinste. »Was hast du denn zu bieten?«

»Steig ein. Du wirst es herausfinden.«

Nicholas setzte sich auf den Beifahrersitz, und Lydia fuhr los, Richtung Hafen. Sie fand einen Parkplatz und stellte den Wagen ab.

»Wohin gehen wir?«

»Es ist nur ein kurzer Spaziergang.« Lydia knöpfte ihre Jacke zu. Dichter Nebel lag über der Bucht, aber die Kühle hatte Touristen und Einheimische nicht davon abgehalten, Fisherman's Wharf zu erobern, den alten Hafen von San Francisco. Leute umlagerten die Fischstände, und die Luft roch nach Fisch und Salzwasser.

»Das muss auch für dich eine wenig vertraute Umgebung sein«, bemerkte Nicholas.

Lydia hob die Schultern.

»Stimmt. Aber ich mag es, weil ich hier anonym sein kann.« Sie hakte sich bei ihm ein und lenkte ihre Schritte zum Yachthafen. Sie wies auf eine kleine Yacht mit dem Namen *Mae Belle*.

»Gehört sie dir?« fragte Nicholas.

»Nein, aber ich möchte mir bald ein Boot zulegen.« Eine Kette versperrte den Zugang zum Steg, aber Lydia stieg darüber und ging zur Yacht. Sie blieb auf halbem Weg stehen und schaute zu Nicholas, der ihr nicht gefolgt war.

»Lydia, das ist Hausfriedensbruch«, sagte er.

»Ich weiß. Komm schon, Liebster. Du erhältst eine Belohnung, wenn du mir folgst.«

Nicholas sah sich unbehaglich um, als erwartete er, gleich von einem Wachmann verhaftet zu werden. Zögernd ging er den Steg hinunter zu Lydia. »Ich glaube nicht, dass das eine gute Idee ist«, murmelte er.

»Oh, du wirst deine Meinung bald ändern.« Lydia ging an Bord, zum Bug der Yacht, und schaute über die Bucht. Vom Wharf hörte man noch viele Stimmen. »Hast du's schon mal auf einem Boot gemacht?«

»Nein, noch nie.«

Lydia lehnte sich gegen die Reling und betrachtete Nicholas. »Was erwartest du eigentlich vom Leben?«

Er überlegte kurz, ehe er sagte: »Ich glaube, mir genügt es, glücklich zu sein.«

»He, so sehe ich das auch.« Lydia schaute wieder über die Bucht. »Aber manchmal habe ich das Gefühl, dass mein Ehrgeiz zu nichts anderem führt als zu kommerziellem Erfolg. Ich renne und renne und erlebe nichts.«

»Das muss nicht sein.« Nicholas' Stimme klang sanft.

»Manchmal träume ich, dass ich morgens aufwache und achtzig Jahre alt bin. Ich schaue zurück auf mein Leben und sehe nichts, was wirklich zählt.«

Lydia konnte kaum glauben, dass sie ihm das anvertraute.

Sie spürte Nicholas' Arm, der ihre Taille umfasste. Er zog sie an sich. »Deine Freunde zählen«, sagte er leise.

Lydia lächelte. »Stimmt. Cassie und Molly kommen jeden Samstag zu Tee und Plätzchen.«

Sie schmiegte sich an seinen Körper. Nicholas' Nähe stimulierte Lydias Nerven und schuf eine lustvolle Wärme, die sie durchflutete. Sie schlang die Arme um Nicholas' Hals, zog seinen Kopf herunter und küsste ihn wild auf den Mund. Nicholas stieß einen kehligen Laut aus und nahm ihren Kopf in beide Hände, aber Lydia drückte ihn sanft zurück.

»Warte.« Sie zog ihre Jacke aus und öffnete die Knöpfe ihrer Bluse. Nicholas beobachtete sie hungrig und schaute unsicher zum Kai. »Eh, Lydia ...«

»Willst du, dass ich aufhöre?« Lydia lächelte ihn an und öffnete ihren Rock. Sie ließ ihn auf den Boden fallen und trat heraus. Die kühle Meeresluft streifte ihre Haut und erhöhte noch alle ihre Sinne. Ihre Nippel versteiften sich gegen den mitternachtsblauen BH, und ihr Geschlecht schwoll vor Sehnsucht an.

»Komm her, Liebling«, murmelte sie. »Ich möchte, dass du mich überall küsst. Wenn du mit einer Frau Liebe machst, musst du sie überall küssen. Du musst dich in ihrer Lust verlieren.«

Nicholas küsste ihren Mund, dann ihren Hals. Seine Zunge hinterließ eine feuchte Spur auf ihren Schultern. Der Kontrast der kalten Luft und der sexuellen Hitze, die ihr Körper ausstrahlte, ließ Lydias Verlangen in die Höhe schnellen. Sie schloss die Augen und überließ sich Nicholas' Zauber. Ah, er lernte schnell. Seine Finger schoben die Träger des Büstenhalters zur Seite, dann fing er eine Brustwarze mit den Lippen ein.

Zu Lydias Überraschung ging Nicholas vor ihr auf die Knie. Er drückte den Mund auf ihren Nabel. Lydia stöhnte vor Lust und lehnte sich gegen die Reling, um sich abzustützen, denn ihr Körper zitterte und schwankte. Der Anblick von Nicholas vor ihr auf den Knien erregte sie ungeheuer.

Sie wartete darauf, dass er das blaue Höschen abstreifte, aber das tat er nicht. Statt dessen berührte er ihren Schoß mit den Lippen, und sein heißer Atem stimulierte ihre empfindliche Haut. Feuchtigkeit und Hitze sammelten sich zwischen Lydias Schenkeln, während sie fasziniert zusah, wie geschickt er sie erregte.

Nicholas schob den dünnen Stoff beiseite und berührte sie jetzt direkt. In dem Augenblick, in dem seine Zunge sie berührte, stöhnte Lydia heftig auf. Es gab nichts Besseres als die heimliche Lust in halböffentlicher Umgebung.

Lydia spreizte die Beine noch ein bisschen weiter, um ihm leichteren Zugang zu ermöglichen. Hungrig stieß Nicholas seine Zunge in sie hinein. Lydia strich liebevoll über seine Haare.

»Sanft, Liebling«, flüsterte sie. »Eine Frau will behutsam genommen werden.«

Nicholas fuhr mit der Zunge durch die Falten ihres Geschlechts und stieß gegen die geschwollene Klitoris.

Ah, ja. Er lernte wirklich schnell. Ihre Nerven spannten sich an, sie brauchte jetzt Erleichterung. Nicholas fuhr mit der Zunge ein und aus.

»Oh, ja, genau so«, stöhnte Lydia und ließ ihre Finger über den rasierten Venusberg gleiten, rieb das zuckende Fleisch und stieß mit dem Mittelfinger auf die Klitoris. Sanft massierend bewegte sich die Fingerkuppe. »Ja, bitte, weiter …«

Ein Orgasmus brach über sie herein wie eine Sturmwelle. Lydia wurde geschüttelt, als stünde sie in einem Orkan. Ein Schwall Flüssigkeit floss aus ihrer Vagina. Nicholas leckte den Saft ihrer Erregung auf und löste die letzten Gefühle in ihr aus. Lydia konnte sich kaum noch auf den Beinen halten.

Sie hörte wie durch einen Nebel, wie er den Rei?verschluss seiner Hose öffnete, und im nächsten Augenblick spürte sie das sanfte Eindringen seines Penis.

»Ja, komm, Nicholas, mach's mir. Zeige mir, was für'n Mann du bist.« Sie biss sich auf die Unterlippe und schloss die Augen, als wollte sie das köstliche Gefühl für immer verinnerlichen. Ihre bloßen Brüste schwankten mit jedem seiner harten Stöße, und Nicholas beugte sich über ihren Rücken und nahm die Brüste in seine Hände.

»Komm, Nicholas«, zischte Lydia. »Stoß weiter, ich möchte noch einmal mit dir kommen.«

Ein Schrei brach sich aus ihrer Kehle, während seine Stöße an Wucht und Tempo zunahmen, bis er dem ständigen Zucken ihrer Vagina nicht mehr standhalten konnte.

Ihr Orgasmus überfiel sie mit einer Vehemenz, die sie noch nicht kennengelernt hatte. Nicholas stieß weiter zu, bis die Erschütterungen ihres Körpers nachließen, dann zog er sich aus ihr zurück. Er stöhnte tief auf, und im nächsten Augenblick versprühte er seinen Samen auf Rücken und Pobacken. Fast eine Minute lang rührten sie sich nicht, man hörte nur ihr heftiges Stöhnen.

Schließlich öffnete sie die Augen, richtete sich dicht an der Reling auf und drehte sich zu ihm um. »Siehst du, die Welt ist voller erotischer Möglichkeiten«, sagte sie und grinste breit.

Nicholas schüttelte den Kopf. »Verdammt, Lydia, so was wie dich habe ich noch nicht kennengelernt.«

Lydia lächelte, streckte sich und wartete darauf, dass ihr Körper sich abkühlte. »Es gibt auch niemanden wie mich, Liebster.«

Nicholas sah sie an und schluckte ein paarmal, ehe er leise herausbrachte: »Ich glaube, ich könnte mich in dich verlieben, Lydia.«

Sie starrte ihn überrascht an, aber er schien ihren Schock nicht zu bemerken. Nach einer Weile begann sie, sich anzukleiden. »Nicholas, ich hoffe, du stellst keine Besitzansprüche.«

»Besitzansprüche?«

»Oder dass du dich wirklich in mich verliebst.«

»Was meinst du damit?«

Lydia schloss ihren BH und fuhr mit den Händen durch ihre Haare. »Wirklich, Nicholas! Wir haben Spaß zusammen, oder? Ich will mich nicht irgendwie verpflichten.«

Der verletzte Blick seiner Augen löste einen Schwall von Schuldgefühlen in ihr aus. Sie wandte sich von ihm ab und hob ihre Bluse auf.

»Tut mir leid«, sagte Nicholas. »Ich habe vergessen, dass es dir nur ums Bumsen geht.«

»Ja, scheint so.«

»Ich bin eben nur dein Projekt.«

»Nicholas, tu nicht so, als hättest du das nicht von Anfang an gewusst.« Lydia schaute ihn nicht an, sie fürchtete sich vor dem Ausdruck seiner Augen. Warum fühlte sie sich so miserabel? Sie war ihm nichts schuldig. Sie hatte ihn verwandelt. Er war von einem Verlierertypen zu einem richtigen Mann geworden. Eigentlich sollte er ihr dankbar sein.

»Nun gut«, sagte Nicholas. »Jetzt weiß ich Bescheid.«

Nicholas stellte das Buch zurück ins Regal und stieg die Leiter hinab. Gestern waren neue Bücher gekommen, und inzwischen hatten sie die meisten eingeräumt. Nicholas rieb seine Brille am Hemd sauber und ging zur Tür.

»Schon Zeit zum Schließen, Boss?« fragte Olive und schaute vom Computer hoch.

»Ja. Du warst den ganzen Tag voll beschäftigt, was?«

Olive grinste breit. »Ich bin dabei, alle Bücher neu zu sortieren, die in unsere neue Abteilung erotische Literatur gehören. Ist dir bewusst, dass wir schon zwanzig Titel aus dieser Abteilung verkauft haben?«

»Großartig. Offenbar hast du deine Finger am erotischen Puls der Zeit.«

Olive gluckste. »Das hat mir schon mal jemand gesagt. He, was ist eigentlich aus deinen Kontaktlinsen geworden? Ohne Brille siehst du besser aus.«

»Der Staub irritiert meine Augen, wenn ich die Linsen trage«, antwortete Nicholas. »Außerdem bin ich, seit ich denken kann, an die Brille gewöhnt.«

»Wann erscheint eigentlich diese Ausgabe?« fragte Olive. »Ich will dich unbedingt sehen, wie du über zwei Seiten so daliegst, geputzt und geschniegelt.«

Nicholas hob die Schultern. Lydia hatte sich seit über einer Woche nicht mehr gemeldet. Er hatte versucht, sie aus seinen Gedanken zu verbannen, aber das erwies sich als schwieriger, als er erwartet hatte.

Sie war die aufregendste Frau, die er bisher kennengelernt hatte.

Jetzt schien ein dicker Knoten verletzten Stolzes in seinen Eingeweiden zur Dauereinrichtung zu werden. Hinzu kam noch der Zorn auf sich selbst, weil er nicht früher erkannt hatte, welche Absichten Lydia verfolgte. Ja, sie hatte sich seiner bedient, hatte ihn nach ihrer Vorstellung verwandelt. Das hatte sie erreicht und abgeschlossen, nun konnte sie sich dem nächsten Kandidaten zuwenden.

Nicholas wollte die Tür verschließen und sah dabei Cassie Langford, die sich der Buchhandlung näherte. Sie lächelte und winkte. Nicholas zog die Tür auf.

»Cassie, wie schön, Sie zu sehen«, sagte er, ehrlich erfreut.

»Danke, ebenso.«

»Sie kennen meine Mitarbeiterin Olive?«

»Natürlich. Wir haben uns schon oft unterhalten.«

»Cassie ist eine der besten Kundinnen unserer Erotik-Titel«, verriet Olive und blinzelte Cassie zu.

»Olive, du solltest sie nicht in Verlegenheit bringen«, tadelte Nicholas, obwohl er zugeben musste, dass diese Nachricht ihn verblüffte.

»Nein, nein, das ist schon in Ordnung«, sagte Cassie. »Olive hat mir geholfen, einige Klassiker herauszusuchen. Sie haben mir sehr gut gefallen.«

Die beiden Frauen tauschten ein komplizenhaftes Lächeln, und Nicholas hatte das Gefühl, von irgendeinem Geheimnis ausgeschlossen zu sein.

»Cassie, wir haben gestern mehrere Lieferungen erhalten«, sagte er. »Wenn Sie schon mal nach hinten gehen wollen, um nachzusehen, ob Ihre Bücher dabei sind, bin ich in einer Minute bei Ihnen.«

»Ja, gern. Danke.«

Olive grinste Nicholas an. »Sie ist ein Schatz, nicht wahr?«

Nicholas spürte ein Rauschen in den Ohren. »Was?«

»Cassie. So zierlich und so entzückend.« Olive lachte. »Schau nicht so schockiert, Boss. Frauen sind köstliche Wesen, auch für andere Frauen. Besonders, wenn man gerade mal nicht in der Stimmung für einen draufgängerischen Mann ist.« Sie fügte rasch hinzu: »Obwohl ich nichts gegen draufgängerische Männer gesagt haben will.«

»Olive, ich will nicht hoffen, dass du ...« Er errötete, brach ab, fing noch einmal an. »Ich meine ... Cassie ist eine ...«

»Schon gut, Boss, du kannst dich wieder beruhigen.« Olive langte unter den Tresen und holte ihre Tasche hervor. »Ich werde Cassie nicht vor deiner Nase verführen. Ich wollte nur meine Bewunderung für eine attraktive und intelligente Frau äußern.«

Sie stülpte sich den Pullover über, schlang die Tasche über die Schulter und ging zur Tür. Dort wandte sie sich noch einmal zu Nicholas um. »Aber du bist behutsam mit ihr, ja?« sagte sie. »Cassie ist nämlich ... sehr empfindsam.«

Nicholas nickte. »Gute Nacht, Olive.«

Olive winkte, und Nicholas schloss hinter ihr ab. Er ging nach hinten.

Cassie suchte in einem Karton, der dicht vor seinem Büro stand, nach den Büchern, die er für sie bestellt hatte.

»Irgendwas gefunden?« fragte er.

»Nein, und dummerweise gibt es keinen Packzettel, der mir sagt, was der Karton enthält.«

»Olive hat ihn wahrscheinlich auf meinen Schreibtisch gelegt. Ich schaue mal nach.«

Nicholas betrat sein Büro, setzte sich hinter den Schreibtisch und ging die Papiere durch.

»Es war ein weiteres Buch über William Blake, nicht wahr?«

»Ja, von Reginald Thornton.« Cassie trat ins Büro und schaute über Nicholas' Schulter. »Der Verlag hat es nicht mehr lieferbar«, sagte sie.

»Ich weiß, deshalb habe ich eine Suchanzeige aufgegeben. Aber noch hat sich niemand gemeldet.«

»Das macht nichts, Nicholas. So dringend brauche ich das Buch nicht.«

»Nicht so dringend wie die erotischen Bücher?« Nicholas hatte die Frage gestellt, ehe sie ihm bewusst wurde. Er wollte sich eine Entschuldigung für die Bemerkung einfallen lassen, als er sah, dass Cassie lächelte.

»Das kann schon sein«, gab sie zu. »Sie brauchen nicht zu erröten, Nicholas. Sie haben mich nicht beleidigt.«

»Nein?«

»Nein. Ich bin kein zierliches Porzellanpüppchen, wissen Sie. Ich weiß, dass ich nie so offen und abenteuerlustig war wie Lydia und Molly, aber ich bin auch nicht völlig unbedarft.«

Nicholas räusperte sich. »Ganz sicher nicht.«

»Deshalb war ich auch auf der Suche nach viktorianischen Erotika. Ich habe mich mit dem Leben von William Blake beschäftigt und bin darauf gestoßen, dass er vielleicht an einer *ménage à trois* mit Mary Wollstonecraft und Henry Fuseli interessiert war. Dieser Gedanke fasziniert mich. Ich möchte gern etwas über den psychologischen Hintergrund dieser Variation erfahren.«

Seine Haut erwärmte sich. »Und haben Sie gefunden, wonach Sie suchten?«

»So ungefähr. Ich meine, genau wird man so etwas nur beurteilen können, wenn man es selbst erlebt hat, aber es ist interessant, darüber zu lesen. Und erregend.«

Nicholas fragte sich, ob er eine besonders lange Leitung hatte, oder ob Cassie Langford dabei war, ihn anzumachen. Es sah plötzlich ein Bild von Lydia vor sich, und wieder stieg Bitterkeit in ihm auf.

Seine Stimme klang heiser, als er sagte: »Ja, ich kann mir vorstellen, dass es erregend ist.«

»Haben Sie nie ...?« Cassies Stimme brach ab.

»Wie? Oh!« Nicholas errötete, als er begriff, was Cassie fragen wollte. »Nein, nie. Mir sind zwei – von denen ich einer bin – genug.«

Cassie lachte. »Ich mag Sie, Nicholas. Es wundert mich nicht, dass Lydia in Ihnen etwas ganz Besonderes sieht.«

Etwas Besonderes! Ha! Nicholas wehrte sich gegen das Bild von Lydia, das sich ihm erneut aufdrängte. Er stand auf und legte eine Hand auf Cassies Schulter. Sie lächelte ihn an, und das war ihm Ermutigung genug.

Er zog sie an sich und drückte seine Lippen auf ihren Mund. Der Kuss war feucht und warm und weckte ein sanftes Verlangen in ihm. In diesem Moment begriff er, dass er mit Cassie viel entspannter umgehen konnte als mit Lydia.

Er setzte sich wieder, zog Cassie auf seinen Schoß und fuhr mit den Fingern durch ihre seidigen Haare.

Wieder küssten sie sich, und Cassie reagierte ungestüm darauf. Sie schlang einen Arm um seinen Hals und ließ ihren Po auf seinem Schoß rotieren.

Nicholas reagierte sofort. Sein Penis wurde steif, und mit einer Hand umfasste er ihre kleinen Brüste.

Cassie trug nie Kleidung, die ihre zierliche Figur betonte, was seine Neugier auf ihren Körper noch verstärkte. Er wollte endlich wissen, wie sie unter dem adretten Kostüm aussah. Er fummelte hastig an ihrer Jacke, öffnete die Knöpfe und schob die Jacke von ihren Schultern.

Cassie wich unwillkürlich zurück. Nicholas glaubte, sie hätte sich plötzlich gegen ihn entschieden, aber dann begann sie, ihre Bluse aufzuknöpfen. Sie lächelte ihn dabei an und streifte sich die Bluse ab. Darunter entblößte sie die kleinen festen Brüste, die in einem spitzenbesetzten Halter steckten.

Wie eine Flamme schoss die Erregung durch Nicholas, und die rosigen Spitzen drückten sich gegen den BH. Seine Erektion wurde noch stärker und drückte gegen die Backen ihres Hintern.

»Zieh's mir aus«, sagte Cassie.

Das ließ er sich nicht zweimal sagen. Er hakte ihren Büstenhalter auf und enthüllte die entzückenden Brüste mit den beerenroten Warzen. Nicholas konnte nicht widerstehen, beugte den Kopf und nahm einen Nippel zwischen die Lippen. Er saugte daran und labte sich an Cassies lustvollen Stöhnlauten. Sie wand sich auf seinem Schoß.

»Schnell«, raunte sie. »Zieh dich auch aus.«

»Warum ziehst du mich nicht aus?«

Cassie grinste. »Steh auf.«

Nicholas gehorchte, wenn auch schwankend. Als er

ausgezogen war, schämte er sich seiner harten Erektion, die aggressiv zuckte. Er zog Cassie in seine Arme und drückte die Lippen wieder auf ihren Mund. Er spürte die Hitze ihres Körpers, und ihre Lippen tanzten. Nicholas ließ den Mund über ihren Bauch gleiten und zog die Hose über ihre Hüften.

Einen Moment lang trat er zurück und beobachtete die blasse Schönheit ihres Körpers. Es war ein perfekter Körper, das Geschlecht hinter samtenen Härchen versteckt.

»Du bist unglaublich schön«, sagte er und nahm sie wieder in die Arme. Als er zwischen ihre Schenkel griff, öffnete sie unwillkürlich die Beine, und er schob einen Finger in sie hinein. Sie stöhnte. Er legte einen Arm um ihren Po, hob sie an und setzte sie auf seinen Schreibtisch.

»Himmel, Nicholas, ich habe nicht gewusst, wie kräftig du bist«, sagte Cassie voller Verlangen.

»Ich habe in letzter Zeit viele Tarzan-Filme gesehen«, erwiderte er grinsend.

Cassies glockenhelles Lachen wärmte ihn bis auf die Knochen. Er rieb seine Handflächen über ihre Schenkel und stieß mit den Fingerspitzen gegen das Delta. Sie spreizte die Beine weiter und gestattete ihm den Zugang zu ihrer geheimen Stelle, und er streichelte sanft über die Labien. Zu seiner Überraschung hielt Cassie geräuschvoll die Luft an und versuchte, die Schenkel zu schließen.

»Nicholas, niemand hat je ...«

»Schon gut, Cassie.« Nicholas fuhr fort, seine Handflächen über ihre Schenkel zu streichen. »Es wird dir gefallen, das verspreche ich dir.«

Er wartete, bis sie sich wieder etwas entspannt

hatte, dann drückte er ihre Schenkel auseinander und ging vor ihr auf die Knie. Er presste den Mund gegen ihr Geschlecht. Ah, sie schmeckte köstlich, nach Moschus und Frau. Ihr Körper strahlte Hitze aus, und ihr Geschlecht war nass. Nicholas strich mit der Zunge über die Labien und leckte auf und ab, wie Lydia ihm beigebracht hatte. Cassie gab einen quietschenden Laut von sich, ihre Hüften ruckten vor und zurück, und er begann mit der weiteren Erforschung ihrer geheimen Stelle.

Nicholas griff mit den Händen nach oben und spielte mit ihren Brüsten. Wie von selbst gingen ihre Beine weiter auseinander, und er konnte die Zunge noch tiefer in sie eindringen lassen. Er fuhr mit der Spitze über ihren geschwollenen Kitzler, ehe er ihn sanft zwischen die Lippen nahm und einsaugte.

Cassie kreischte vor Lust. Ihr Körper spannte sich wie eine Feder, sie vibrierte unter seinen sinnlichen Wohltaten und begann zu schluchzen.

Sie griff in seine Haare und schaute zwischen ihre Beine, den Blick verhangen. »Nicholas ...«

Er richtete sich zwischen ihren Schenkeln auf und spürte, dass sein Körper nach Erlösung schrie. Er führte seine Erektion an das Dreieck ihrer Schenkel heran, und Cassie rutschte ungeduldig nach vorn. Mit einem Aufschrei, in dem sich seine aufgestaute Lust entlud, versenkte er den Penis in Cassies enge Scheide.

Sie schlang die Arme um seinen Hals, zog ihn dichter an sich heran und hielt dagegen, als er in sie hineinzustoßen begann. Ihre inneren Muskeln umklammerten ihn, und er spürte ihre Hitze und ihre Nässe.

Nicholas packte Cassies Schenkel und legte sie über

seine kräftigen Arme. Seine Sinne waren aufs Äußerste angespannt. Die Bewegungen ihrer kleinen festen Brüste und die Lust, die auf ihrem Gesicht zu lesen war, trieben ihn an.

Sie hielt sich an seinen Armen fest und stieß immer wieder neue Schreie aus. Ein Orgasmus schien in den nächsten überzugehen. Ihre Muskeln spannten sich um seinen Schaft, und schließlich konnte er sich nicht länger halten. Er zog sich aus ihr heraus, packte den Schaft mit der Hand, und sie sahen beide zu, wie er seinen Höhepunkt auf ihren Venusberg sprühte.

Geräuschvoll stieß Nicholas die Luft aus. Sein Körper wurde von der Intensität des Orgasmus geschüttelt. Er beugte sich keuchend über Cassie, stemmte sich auf die Arme und blickte auf sie hinunter. Ein dünner Schweißfilm lag über ihrer zarten Haut. Sie lächelte ihm erschöpft zu.

»Wer hätte das zwischen dir und mir gedacht?« murmelte sie und fuhr mit den Finger durch seine Haare. Ohne jede Vorwarnung sah Nicholas plötzlich ein Bild von Lydia vor sich, und unwillkürlich verzog er das Gesicht. Er drückte seine Lippen auf Cassies Stirn, dann wich er zurück.

»Nicholas?« Cassie drückte sich auf die Ellenbogen hoch und schaute ihn an. »Ist alles in Ordnung?« fragte sie besorgt.

»Ja.«

Cassie glitt vom Schreibtisch hinunter und begann sich anzuziehen. »Es hat was mit Lydia zu tun, nicht wahr?«

»Kann schon sein.« Nicholas wich zuerst ihrem Blick aus, schämte sich dann für seine Schwäche und schaute sie an. »Es tut mir Leid.«

Cassie mied seinen Blick. Sie schüttelte den Kopf. »Es braucht dir nicht Leid zu tun. Es ist nicht deine Schuld. Lydia übt auf alle Männer eine ungeheure Faszination aus, das weiß ich schon seit langer Zeit.«

»Es spielt sowieso keine Rolle«, sagte Nicholas. »Sie fühlt nicht so wie ich. Für sie war ich nur ein Projekt.«

Cassie stemmte die Arme in die Hüften. Ihre Augen blitzten zornig. »Oh, das gefällt mir.«

»Was?«

»Dein Selbstmitleid. Der verlassene Geliebte. Du solltest aufhören damit, Nicholas. Lydia mag keine Männer, die sich bemitleiden. Ihre Männer müssen herrschen und sich selbst beherrschen.«

Nicholas seufzte und setzte die Brille auf. »Ich weiß nicht, wie das geht, Cassie. Das passt einfach nicht zu mir.«

»Okay, aber dann kannst du dich damit trösten, dass du wenigstens deinen Spaß gehabt hast.«

Fünftes Kapitel

»Lydia.«

Lydia schaute von ihrem Schreibtisch auf und sah Cassie in der Tür stehen. »Cassie! Hallo.«

»Warum hast du mir nicht gesagt, dass Nicholas Hals über Kopf in dich verliebt ist?«

Lydia starrte ihre Freundin an, während ihr Herz wie verrückt pochte. Cassie sah nicht wütend aus, aber in ihren Augen stand der Vorwurf des Verrats.

»Oh, Cassie.«

»Es hätte mir nichts ausgemacht, wenn du es mir gesagt hättest«, fuhr Cassie fort. »Aber dass du nichts gesagt hast, ist wirklich ärgerlich.«

»Er gibt sich falschen Hoffnungen hin.« Lydia trat um den Schreibtisch herum und ging auf Cassie zu. Sie schloss die Bürotür und legte eine Hand auf Cassies Arm. »Er glaubt nur, dass er sich in mich verliebt hat.«

»Ach? Oder siehst du die ganze Angelegenheit nicht zu sehr von deinem Standpunkt aus?«

»Setz dich, Cassie. Wir müssen darüber reden.« Lydia setzte sich aufs Sofa. Plötzlich fühlte sie sich schrecklich müde. »Nicholas und ich hatten unseren Spaß miteinander. Es war sehr befriedigend zu sehen, wie er innerhalb weniger Tage zu einem selbstbewussten Mann wurde. Aber er ist wirklich nicht mein Typ, das kannst du dir doch denken.«

»Ja, und das muss auch der Grund sein, warum du eine Affäre mit ihm begonnen hast.«

»Cassie, wirklich!« rief Lydia. »Meine Affären gehen dich nichts an!«

»Nur dann, wenn du mich im Glauben lässt, mich und Nicholas zusammenbringen zu wollen.«

»Ich weiß nicht, was ich dir sagen soll. Es war lustig mit ihm. Aber es ist vorbei.«

»Das sieht er anders.«

»Nicholas ist sehr sensibel«, erklärte Lydia. »Aber er wird darüber hinwegkommen.«

»Lydia, du kannst sehr garstig sein, weißt du das?« Cassies Hände ballten sich in den Hüften zu Fäusten. »Du änderst ihn zu dem Mann, den du haben willst, verführst ihn und lässt ihn fallen, wenn er dir lästig wird. Das ist grausam.«

Lydia zuckte unter Cassies Worten wie unter einem Schlag zusammen. Ihre Freundin hatte noch nie so mit ihr gesprochen. »Cassie, ich habe ihm nie etwas versprochen. Er ist erwachsen. Ich habe ihn nicht in die Irre geführt, und ich habe ihn auch nicht glauben lassen, dass wir füreinander geschaffen sind.«

»Und warum hast du ihn abserviert?«

Lydia hob die Brauen. »Warum? Weil er ... nun, ach, Cassie, verdammt, ich schulde dir keine Erklärungen.«

Ein befriedigendes Glitzern blitzte in Cassies Augen auf. »Nein, das stimmt. Aber ist dir schon mal der Gedanke gekommen, dass du für ihn vielleicht mehr empfindest, als du dir selbst zugeben willst? Und dass dir das Angst macht?«

»Oh, Himmel, Cassie! Willst du mir einreden, ich hätte mich in Nicholas Hawthorne verliebt?«

»Ist es nicht so?

Lydia seufzte. Sie war ihrer nicht mehr sicher. »Nein, es ist nicht so. Es tut mir Leid, dass ich dir nicht gesagt habe, dass ich mich mit ihm treffe.«

»Es geht nicht um mich, es geht um Nicholas«, sagte Cassie. »Ja, ich hatte Sex mit ihm, und ja, es hat mir gefallen, aber noch spüre ich keine emotionale Bindung zu ihm. Aber was mich ärgert ist der Umstand, dass du von Anfang an gewusst hast, was für ein Mensch Nicholas ist – ein höchst sensibler Mann mit einem gehörigen Schuss Naivität und mit völlig anderen Ansichten über Sexualität. Das hast du außer Acht gelassen.«

»Cassie, ich brauche keine Moralpredigt von dir.«

»Es scheint, als ob du doch eine nötig hättest. Du hast einen guten, lieben Mann verletzt. Wenn du einfach so darüber hinweggehst, bist du nicht die Lydia, die ich kenne.«

Cassie drehte sich auf dem Absatz um und verließ das Büro. Lydia konnte ihr nur offenen Mundes nachstarren. Sie konnte sich nicht erinnern, dass Cassie schon einmal so streng zu ihr gewesen war. Sie musste wirklich empört über Lydias Verhalten sein.

Und Lydia fühlte sich miserabel. Sie wollte Nicholas nicht verletzen. Sie wollte nur keine Bindung mit ihm eingehen. Nicht mit ihm und nicht mit irgendeinem anderen.

Sie wusste, dass es keinen Sinn hatte, ihren Frust bei der Arbeit abzuladen, deshalb teilte sie ihrer Sekretärin mit, dass sie sich den Nachmittag frei nehme. Sie rief Zack an und beorderte ihn zu ihrem Haus. Sie hatte immer ihre Gefühle unter Kontrolle gehabt, und so sollte es auch bleiben. Völlige Kontrolle.

Als sie zu Hause eintraf, nahm sie ein heißes Bad, ehe sie in einen durchsichtigen Seidenkaftan schlüpfte. Sie ging die Treppe hinunter und genoss das Gefühl des weichen Gewebes an ihren nackten Beinen. Sie war gerade dabei, sich ein Glas Wein einzuschenken, als es läutete.

Zack trug noch seine Arbeitskleidung, Jeans und ein schwarzes T-Shirt. In seinen Augen strahlte ein energiegeladenes Glitzern, das Lydia verriet, wie heiß er auf ein Spielchen war.

»Bist du deiner Intelligenzbestie schon überdrüssig?«

»Sei nicht frech, Zack.«

Er grinste. »Jetzt brauchst du mich also wieder, um dich da zu kratzen, wo es dich juckt.«

Lydia runzelte die Stirn. »Zack, geh nach oben.«

»Kann ich was zu trinken haben?«

»Nein. Geh.«

Zack wollte opponieren, ging dann aber zögernd die Treppe hoch. Lydia folgte ihm und bewunderte die Art, wie die Jeans die festen Backen umschmiegte. Sie gingen in ihr Schlafzimmer, das Lydia mit einer Reihe dunkelblauer und roséfarbener Wachskerzen beleuchtet hatte. Schatten tanzten an den Wänden, denn bei dem geringsten Luftzug wanden sich die kleinen Flammen.

Lydia trat von hinten an Zack heran und streichelte mit beiden Händen seinen muskulösen Rücken. Er wollte sich umdrehen, aber sie grub die Finger in seine Taille. Langsam ließ sie die Hände auf seinen Bauch gleiten, sie fuhr unter das T-Shirt und streichelte seine nackte Brust. Sie zwirbelte die kleinen harten Warzen und hörte, wie er lauter zu atmen begann. Mit ihren sanften Liebkosungen wiegte sie ihn in Sicherheit, dann nahm sie einen Nippel zwischen Daumen und Zeigefinger und drückte kräftig zu.

»Autsch!« Zack riss sich von ihr los. »Das hat weh getan!« klagte er.

Lydia stemmte die Arme in die Hüften. »Das ist gut so. Vielleicht überlegst du das nächste Mal länger, ehe du wieder so rüde zu mir sprichst.«

Zack schmollte und rieb leicht über die Brustwarze. »Du weißt, dass ich es nicht so gemeint habe.«

»Es ist mir egal, ob du es so gemeint hast, und nicht egal ist mir, dass du es gesagt hast.« Lydia wies aufs Bett. »Zieh dein Hemd aus und lege dich hin.«

Immer noch schmollend setzte sich Zack auf den

Bettrand und zog Hemd, Schuhe und Socken aus. Er legte sich hin und schaute stirnrunzelnd zu Lydia, als sie eine Schublade aufzog und Handschellen aus weichem Leder herausholte.

Zack stöhnte. »Nun hör aber auf, Lydia.«

Sie wusste, dass Zack sich nicht gern einschränkte, aber sie wusste auch, dass er aus der auferzwungenen Hilflosigkeit einen intensiven Genuss gewann. Sie kniete sich neben ihn aufs Bett und griff nach seinem Handgelenk.

Sie zog das Lederband fest und schnallte es um den Bettpfosten, dann wiederholte sie die Prozedur mit dem anderen Gelenk.

Der Anblick, wie er angebunden dort lag, während die Schatten der vielen Kerzen auf seinem halb nackten Körper tanzten, löste eine heftige Erregung in ihr aus.

»Lydia ...« Zack zerrte an den Fesseln und versuchte, sich aufzurichten.

Lydia legte eine Hand auf seine Brust und drückte ihn sanft zurück. Befriedigt nahm sie wahr, dass die Beule in seiner Jeans wuchs. »Bewege dich nicht, mein Schatz.«

Sie ging zurück zur Kommode und holte aus einer anderen Schublade eine weiche Lederpeitsche. Sie drehte sich zu Zack um und fuhr mit den langen Fingern über das sanfte Leder. Das Wissen, dass er ganz ihrer Macht ausgeliefert war, hatte auf ihn eine ebenso große Wirkung wie auf sie. Hitze schoss durch ihren Körper und sammelte sich im Delta ihrer Schenkel. Sie spürte, wie ihr Geschlecht feucht wurde und anschwoll.

»Lydia, zum Teufel ...« Zacks Protest brach mitten

im Satz ab, als Lydia die Peitsche über seinen Bauch schmatzen ließ.

Sie wusste, dass Zacks Schmerzensstöhnen übertrieben war. Sie kannte sich mit Peitschen aus, und sie wusste genau, wie dosiert sie zuschlagen musste, um ein Minimum an Schmerz zu erzeugen – oder ein Maximum. Aber sie war nicht darauf aus, Zack Schmerzen zuzufügen, deshalb schlug sie sozusagen mit angezogener Bremse zu. Er sollte die Peitsche spüren, aber er sollte nicht leiden.

Zack stieß wieder einen übertriebenen Schrei nach dem nächsten Peitschenschlag aus.

»So ein respektloser Junge«, murmelte Lydia. Sie fuhr sich mit gespreizten Fingern durch ihre glänzenden Haare, und bei dieser Bewegung drückten ihre Brüste gegen das durchsichtige Gewebe des Kaftans.

Zacks Blick heftete sich sofort auf die harten Spitzen ihrer Brüste, und seine Hüften zuckten unwillkürlich.

Lydia lachte kehlig. »Stimmt das nicht, Zack?«

Er atmete geräuschvoll aus. »Ja, Lydia.«

Lydia trat auf die andere Seite des Bettes und brachte ein paar leichte Schläge auf seine Brust an. Zack wand sich hin und her in dem Versuch, der Peitsche auszuweichen. Bei jedem Schlag stieß er dumpfe Schreie aus. Bald zeigten sich schmale Striemen auf seiner gebräunten Haut.

Aber sein Penis konnte nicht das Ausmaß seiner Erregung verbergen. Die Schwellung in der Jeans drohte den Reissverschluss zu sprengen. Lydia beugte sich über ihn und streichelte die Erektion durch den Hosenstoff. Sie lachte dunkel, als Zack ungestüm die Hüften anhob, ihren Fingern entgegen.

Lydia zog langsam den Reißverschluss auf und

zerrte die Jeans von seinen Hüften. Sie lächelte, als sie den dicken Penis aus dem Gefängnis schnellen sah. Zack stöhnte erleichtert und schloss die Augen, als Lydia ihre Finger um den Stamm legte und von der Wurzel bis zur Spitze rieb. Er pochte und war warm, und auf der Eichel klebte ein durchsichtiger Tropfen. Lydia rieb mit dem Daumen darüber und massierte die Feuchtigkeit in die samtene Haut.

Zack stöhnte und pumpte die Hüften auf und nieder, um die Stimulierung zu verstärken. Das Licht der Kerzen vertiefte die roten Striemen auf Brust und Bauch. Lydia fuhr mit einer Hand über seinen Bauch und spürte, wie heiß er war. Die andere Hand reizte weiter Schaft und Beutel.

»Lydia ...« Zacks Stimme klang wie ein verzweifelter Schrei. Lydia wusste, dass er auf der Kippe stand.

Sie fuhr mit der Hand noch ein paarmal auf und ab, und als sie das Rumoren in seinen Hoden spürte, formte sie einen Ring aus Daumen und Zeigefinger und drückte ihn hart um das Band unterhalb der Eichel. Zack stöhnte zum Erbarmen, sein ganzer Körper war verkrampft vor Frustration.

»Na, na«, sagte Lydia tadelnd, »du würdest doch nicht kommen, bevor ich es dir gestatte, oder?«

Zack schloss die Augen. »Nein.«

Lydia zog den Kaftan die Beine hoch und enthüllte ihre vollen, runden Hüften und die Spalte ihrer Vulva. Sie grätschte über Zacks Leib, rutschte auf den Knien höher, bis sein Kopf zwischen ihren Schenkeln lag. Sie spürte ein Knäuel der Erregung, das sich in ihrer Magengrube ausbreitete, das befriedigende Gefühl der Kontrolle, das sie sowohl sexuell wie intellektuell stimulierte.

Sie hielt sich am Kopfgestell des Bettes fest und ließ sich langsam nieder, seinem Mund entgegen, und sie stieß einen langgezogenen Seufzer aus, als sie seine Zunge spürte, die sofort begann, sie streichelnd zu erforschen.

»Oh, ja«, sagte sie gepresst. »Tiefer.«

Sie streifte sich den Kaftan mit einer Hand von den Schultern, während sie die andere Hand benötigte, um sich in der Hocke halten zu können. Sie rutschte gierig auf den Knien vor und zurück und stöhnte laut, als Zacks Zunge tief in sie hineinstieß. Oh, ja, er war gut bei dem, was er tat.

»Ja, so ist es gut, Zack«, flüsterte Lydia und versuchte, jeden Gedanken an Nicholas aus ihrem Kopf zu verdrängen. Ihre Blut rauschte heiß durch ihre Adern. Sie fuhr mit zwei Fingern über den geschwollenen Kopf der Klitoris und warf den Kopf in den Nacken, während sie sich den Wohltaten von Zacks Zunge hingab. Sie krümmte den Rücken, rutschte auf seinem Mund auf und ab, hin und her, und dann spürte sie, wie Zacks Lippen ihre Klitoris umschlossen und tief einsogen.

Lydia hielt sich wieder mit beiden Händen am Bettgestell fest. Ihr Körper wurde heftig geschüttelt, ihr Atem kam hechelnd, und als der Höhepunkt plötzlich einsetzte, ausgelöst von Zacks geschicktem Saugen an ihrem Kitzler, schrie sie so laut auf, dass sie selbst erschrak.

Lydia strich durch Zacks Haare und stieg umständlich von ihm hinunter. Sie beugte sich über ihn und küsste seine glänzenden Lippen. Zack öffnete die Augen, und sie sah dort einen Blick aus Bewunderung und Verzweiflung. Jeder Muskel seines Körpers war steif vor Fleischeslust, und seine Haut brannte bei der leichtesten Berührung.

»Das hast du wunderbar gemacht, mein Schatz«, murmelte Lydia. »Ich werde mich jetzt um dich kümmern, aber das weißt du sicher, nicht wahr?«

Zack nickte und stöhnte erleichtert auf, als Lydia sich wieder über ihn schwang. Seine Verzweiflung löste eine neue Hitzewelle in Lydia aus, denn sie wusste, dass sie die Einzige war, die seine Qualen in diesem Moment beenden konnte.

Sie nahm seinen Penis in die Hand, hob die Hüften leicht an und ließ sich dann behutsam auf ihm nieder. Er fühlte sich großartig an, hartes, pochendes Fleisch, das in ihrer engen Nässe aufgeregt zuckte. Sie stützte ihre Handflächen auf seine Brust und begann einen leichten Ritt.

Es dauerte nicht lange, und sie spürte wieder das Glühen in ihrem Schoß, während die Hüften sich rhythmisch hoben und senkten. Sie fiel über ihn, drückte ihre Brüste gegen seinen harten Brustkorb und verschärfte das Tempo der Bewegungen ihrer Hüften.

Ah, sie genoss einen harten Schaft und das samtene Schaben an ihren inneren Wänden. Sie genoss es, die feuchten Geräusche der Reibung zu hören. Seltsame kleine Laute drangen aus ihrer Kehle, während sie sich auf ihm bewegte, sich anhob, bis die Eichel nur noch von den geschwollenen Labien gehalten wurde, ehe sie sich qualvoll langsam niederließ und die ganze Länge des Schafts vereinnahmte.

Ein weiterer Orgasmus schüttelte sie durch, und sie drückte ihre Klitoris gegen seinen Schaft und stöhnte bei jeder Reibung laut auf. Nein, größer konnte ein

Vergnügen nicht sein, schöner konnte man die Lust nicht erleben.

Nachdem sich ihr Atem fast normalisiert hatte, begann Zack mit geschickten Stößen aus den Hüften heraus. Er wollte endlich sein Ziel erreichen.

Lydia ließ den Schaft aus sich herausrutschen, presste ihre Finger um den öligen, glitschigen Stamm und rieb ihn mit kräftigen Schüben. Nach nur wenigen Bewegungen der kundigen Hand kam ein Schrei aus Zacks Kehle, und fast gleichzeitig schoss der Samen aus ihm heraus.

»Oh, Lydia!« Zacks Körper zuckte noch ein paarmal, dann wurde er schlaff. Der Brustkorb pumpte noch gewaltig, und Zack rang nach Luft. »Danke, Lydia.«

Lydia streckte ihren gesättigten Körper neben seinem aus, legte einen Schenkel zwischen seine. »Mach es dir nicht zur Gewohnheit, mich zu beleidigen, nur weil du glaubst, dann von mir auf diese Weise behandelt zu werden«, warnte sie.

Zack schüttelte den Kopf.

Lydias Blick verdunkelte sich, irritiert über einen Gedanken, der sie schon die ganze Zeit im Halbbewusstsein behelligte.

Sie fuhr mit einer Hand über Zacks Brust und erhob sich dann vom Bett. Ja, andere Männer konnten ihr diese körperliche Befriedigung geben. Das hatte sie auch schon vorher gewusst.

Und warum musste sie dann immer wieder an Nicholas denken?

»Wohin gehst du?« fragte Zack.

»Ich muss mal telefonieren.« Sie schlüpfte wieder in den Kaftan. »Ich bin gleich wieder da.«

»Lydia, kannst du mir bitte diese Fesseln lösen?« fragte er voller Frustration.

Lydia schüttelte den Kopf. »Nein, du kannst ruhig noch eine Weile so bleiben.«

»He, verdammt, was ist mit dir los?« murrte Zack und zerrte wütend an den Lederbändern. »Du kannst mich doch nicht so hier liegen lassen!«

»Natürlich kann ich das.« Sie ignorierte Zacks Proteste und ging hinunter in ihr Arbeitszimmer. Sie machte die Tür hinter sich zu und ließ sich in den Ledersessel hinter ihrem Schreibtisch fallen. Sie rief Molly an und nagte ungeduldig an einem Fingernagel, während sie darauf wartete, dass sich ihre Freundin meldete.

»Molly?«

»Hallo, Lydia, meine Liebe. Wie geht es dir?«

»Gut. Hast du von Cassie gehört?«

»Ja, sie hat mich vor ein paar Stunden angerufen«, antwortete Molly. »Sie hörte sich sehr verletzt an.«

Lydia seufzte.

»Das kann ich mir denken.«

»Sie wird bald darüber hinweg sein«, meinte Molly. »Es ist nicht so, dass sie völlig vernarrt in Nicholas ist. Sie hält ihn nur für einen guten Menschen.«

»Er ist ein sehr netter Mann.« Lydia musste an seine sanften braunen Augen denken und an die feingliedrigen Finger. So einen wie ihn hatte sie bisher noch nicht kennengelernt. Ihre Liebhaber waren immer gebildet gewesen, oft auch arrogant, und viele hatten Lydia bewundert. Aber dass jemand so offen seine Liebe gestanden hatte ... »Ich weiß nicht, was ich tun soll, Molly«, gestand sie mit einem langen Seufzer.

»Welche Gefühle hast du für ihn?«

»Ich weiß es nicht. Ich habe ihn zuerst für einen ungeschliffenen Diamanten gehalten.«

»Und ist er das nicht mehr?«

»Ja, doch. Ich will nur nicht, dass er von Liebe redet, verdammt!«

»Warum stört dich das so sehr?«

»Molly, ich will nicht, dass er sich in mich verliebt!« wiederholte sie mit irritierter Stimme.

»Warum nicht?«

»Weil ... nun, weil er ... Ich meine, ich bin ... Himmel, Molly, ich will einfach nicht, dass sich ein Mann in mich verliebt.«

»Mit der Antwort kann ich nichts anfangen.«

»Was soll ich denn mit einem Mann anfangen, der sich in mich verliebt?«

»Ich weiß es nicht«, sagte Molly. »Wie wäre es, wenn du dich auch in ihn verliebst?«

Nicholas stellte ein Buch ins Regal und versuchte, das beständige und nervende Platzen von Olives Kaugummiblasen zu überhören. Er stieg von der Leiter und ging in sein Büro, wo ein Dutzend ungeöffnete Bücherkisten seiner Aufmerksamkeit harrten. Seufzend nahm er ein Messer und schlitzte den Klebstreifen des ersten Kartons auf. Er schob die Klappen beiseite und sah Stapel mit erotischen Romanen.

»Olive!« rief Nicholas.

»Ja, Boss?«

»Hast du eine ganze Lieferung erotischer Titel geordert?«

Es entstand ein kurzes Schweigen, dann tauchte Olive neben ihm auf, das Gesicht verdrießlich.

»Nun, ich habe dir gesagt, dass ich eine erotische Abteilung einrichten will, und diese Romane gehen gut«, sagte sie. »Deshalb habe ich mir gedacht, dass ich das Programm ein wenig erweitern sollte.«

»Ein wenig?« rief Nicholas. »Alle diese Kartons enthalten erotische Bücher, nicht wahr?«

»Ich versuche nur, dir zu helfen«, maulte Olive. »Du musst aus deiner verstaubten, ledergebundenen Welt der toten Männer herauskommen und zu leben anfangen.«

»Olive, vielen Dank, aber ich brauche deine Ratschläge und Lebensweisheiten nicht.«

»Nicholas, der einzige Unterschied zwischen dir und diesen verschrumpelten alten intellektuellen Autoren ist der, dass du noch nicht alt bist«, erinnerte Olive ihn. »Lydia Weston hat sich wenigstens bemüht, dich auf einen neueren Stand zu bringen.«

»Ich bin kein Computer, verdammt, ich brauche nicht auf den neuesten Stand gebracht zu werden.«

Olive sagte nichts, aber ihr zweifelnder Gesichtsausdruck war beredt genug.

Nicholas starrte sie an und fragte sich, wie es ihr gelungen war, das Gespräch von einer viel zu großen Lieferung erotischer Bücher zu seiner Beziehung mit Lydia zu lenken.

»Du siehst die Dinge anders, was?« fragte er.

»Ich glaube, dass Lydia gut für dich war, wenn ich mir diese Bemerkung erlauben darf.«

»Klar war sie das. Der Haken an der Sache ist, dass ich nicht gut genug für Lydia bin.« Als er das gesagt hatte, bereute er es sofort. Er konnte jetzt am wenigsten gebrauchen, dass Olive annahm, er benötigte eine Therapie. Und genau das nahm sie an.

»Oh, Nicholas«, murmelte Olive. »Sie hat dich wirklich verletzt, nicht wahr?«

»Nein, sie hatte nichts damit zu tun«, antwortete Nicholas. »Ich habe nur einige vage Vermutungen angestellt.«

»Über sie?«

»Ich möchte das lieber nicht diskutieren.«

»Sie hatte nur dein Bestes im Sinn«, behauptete Olive. »Sie dachte, sie könnte mehr aus dir machen.«

»Nun, dann hat sie sich geirrt.«

»Ehrlich?«

»Himmel, Olive! Sie wollte mich zu etwas machen, was ich nicht bin!«

»Ach, du Armer!« Olives Stimme troff vor Sarkasmus. »Eine attraktive Frau zeigt dir, wie du dich verbessern kannst, und plötzlich siehst du dich als Märtyrer, weil sie nicht bis ans Ende ihrer Tage mit dir leben will.«

»Und was schlägst du vor, das ich tun soll?« fuhr Nicholas sie an. »Soll ich sie auf meinen Rappen schwingen und entführen?«

»Keine schlechte Idee.«

»Sie hat mir deutlich genug gesagt, dass sie für solche romantischen Anwandlungen keine Ader hat.«

»Jede Frau liebt romantische Dinge, Nicholas. Einige von uns wollen es nur nicht zugeben.«

»Lydia Weston ist nicht ›jede Frau‹.«

»Und sie hält dich nicht für ›irgendeinen Mann‹.«

Nicholas wandte sich ab und hob den von ihm geöffneten Karton auf den Boden. Dann begann er, den Klebstreifen des darunter stehenden Kartons aufzuschlitzen. »Die Unterhaltung ist beendet«, verkündete er.

Olive hob die Schultern und ging die einzelnen Stapel der erotischen Titel durch. »Was immer du sagst, Boss.«

Nicholas warf ihr einen spöttischen Blick zu. »Ach, jetzt bin ich wieder der Boss.«

»Nicholas bist du nur, wenn du dich wie ein Idiot anstellst«, erwiderte Olive fröhlich. Sie hob ein Buch aus dem Karton. »He, hast du das jemals gelesen? *Die lüsternen Abenteuer von Alexej, dem Kosaken*. Er war ein verwegener Bursche. Von ihm könntest du lernen, wie man eine Frau erobert, die man haben will.«

»Ich bin sicher, dass ich von ihm noch was lernen könnte.«

Olive gluckste. »Du musst vor allem lernen, den Verstand deinem Liebesleben unterzuordnen.«

»Das habe ich einmal getan – und was hat es mir gebracht?«

»Hoffentlich gibt es einen goldenen Mittelweg zwischen Verstand und Liebesleben.«

Die weibliche Stimme drang unvermittelt zu ihnen, und Olive und Nicholas schauten wie gebannt zur Tür. Nicholas meinte, sein Herz müsste zerspringen.

»Lydia.«

Sie lächelte erst ihn an, dann Olive. »Hallo, Nicholas, hallo Olive.«

Nicholas hätte gern gewusst, wieviel von der Unterhaltung sie mitbekommen hatte. Er starrte Lydia einen Moment lang an, fast verzaubert von ihrer Erscheinung. Sie trug verwaschene Jeans, die eng um ihre wohlgeformten langen Beine lagen, und ein altes Sweatshirt mit einer Aufschrift der Stanford University. Er hatte nicht geglaubt, dass sie sich so leger kleiden könnte.

»Was bringt dich hierhin?« fragte er.

»Ich möchte mit dir reden«, antwortete Lydia. »Das letzte Mal haben wir uns in keiner guten Stimmung verabschiedet, und das hat mir nicht gefallen.«

»Olive, würdest du uns bitte allein lassen?«

»Sicher. Ich stehe hinter der Kasse, wenn du mich brauchst, Nicholas.« Olive bedachte ihn mit einem breiten Lächeln und Lydia mit einem neugierigen Blick, dann nahm sie einen Stapel erotischer Bücher mit und verzog sich zum Kassentisch.

Nicholas spürte, wie sein Herz pochte. Er wies auf sein Büro. »Möchtest du dich setzen?«

»Nein. Was ich zu sagen habe, kann ich auch im Stehen sagen.«

»Bitte.«

»Nicholas, als ich dich für einen geeigneten Kandidaten für unsere Zeitschrift ansah, habe ich nicht im Traum daran gedacht, mit dir zu schlafen, und es wäre mir nicht im Traum eingefallen, dass du stärkere Gefühle für mich hegen könntest. Dann habe ich unsere Affäre abrupt beendet, weil ich glaubte, ein rasches Ende würde besser für uns beide sein. Ist es aber nicht.«

»Warum sollt es besser sein für dich, Lydia?« fragte Nicholas. »Ich verstehe dich. Ich war der Ton, und du der Bildhauer. Du hast mich in dein Ideal verwandelt, nur um festzustellen, dass dein Ideal eigene Gedanken entwickelt.«

»Komm mir nicht philosophisch, Nicholas. Und höre auf, dich als Opfer zu betrachten, das steht dir nicht zu. Du hast von Anfang an gewusst, dass ich eine Frau bin, die sich nicht binden lässt, und trotzdem hast du eine Affäre zugelassen. Oder willst du mir erzählen, ich hätte dich verführt, und du hättest keine andere Wahl gehabt?«

»Nein, will ich nicht. Aber erinnerst du dich noch daran, dass ich dich am ersten Morgen zum Essen eingeladen habe? Du hast mir einen Korb gegeben. Erst als mein Aussehen deinem Standard entsprach, hast du deine Meinung geändert.«

Man musste Lydia zugute halten, dass sie den Kopf senkte und sich in diesem Augenblick schämte.

»Ich weiß, Nicholas, und ich bin nicht stolz darauf, wie ich dich behandelt habe. Du musst verstehen, dass mir so etwas noch nie passiert ist.«

»Mir auch nicht.«

Lydia schaute wieder zu Boden. Sie biss sich auf die Unterlippe. Überrascht erkannte Nicholas, dass sie nervös war.

»Ich kann dir immer noch nichts versprechen, Nicholas. Ich bin nicht für die Einengung, die eine Beziehung von selbst mit sich bringt, aber noch schlimmer wäre es mir, dich zu verlieren. Ich stelle keine Ansprüche an dich, und du solltest auch keine an mich stellen. Wenn das zwischen uns klar ist, möchte ich wieder gern deine Freundin und Geliebte sein.«

Nicholas schaute sie lange an. Er hatte vermutet, dass sie gekommen war, um endgültig Schluss zu machen. Und jetzt wollte sie seine Freundin und Geliebte sein? Er war fast sicher, dass Lydia Weston diese Worte noch zu keinem anderen Menschen gesagt hatte. In ihrem ganze Leben nicht. Sie hatte es nie nötig gehabt.

»Ich verstehe es nicht, Lydia. Du hast aus mir den Mann gemacht, wie du ihn haben wolltest. Äußerlich sehe ich besser aus, aber sonst bin ich immer noch derselbe Mann.«

»Ich weiß.«

»Glaubst du nun, dass du mich auch innerlich verwandeln kannst?«

»Nein, das will ich nicht. Ich mag dich so, wie du bist. Sehr sogar.«

»Woher weiß, dass du mich nicht verändern willst?«

»Nun, eine Sicherheit hast du nicht.« Lydia schüttelte den Kopf und seufzte. »Ich kenne mich mit solchen Situationen nicht aus, Nicholas. Ich habe dir alles gesagt, was ich sagen kann. Jetzt hängt es von dir ab.«

»Und wenn ich mich in dich verliebe?«

»Dann fühle ich mich ungeheuer geschmeichelt. Und – wer weiß? Vielleicht verliebe ich mich Hals über Kopf in dich.«

Ein Lächeln verzog Nicholas' Mund. »Ich habe gleich von Anfang an gewusst, dass du voller Überraschungen steckst, und du enttäuschst mich nicht.«

Sie lächelte. »Nun, was sagst du? Sollen wir es noch einmal versuchen?«

»Ich weiß nicht«, sagte Nicholas ausweichend. »Ich brauche eine Auffrischung meines Gedächtnisses, was es bedeutet, dein Geliebter zu sein.«

Lydia hob eine Augenbraue. »Eine Auffrischung? Um zu wissen, ob es sich lohnt?«

»Nun ja«, sagte Nicholas grinsend, »ich bin ziemlich gut im Bett, wenn ich das in aller Bescheidenheit sagen darf.«

»Dann musst du eine ausgezeichnete Lehrerin gehabt haben.«

Nicholas musste lächeln. »Sie war verdammt gut.«

»Vielleicht kannst du ihr zur Abwechslung mal was beibringen.«

»Ja, gute Idee.«

Mit zwei Schritten hatte Nicholas die Distanz zwischen ihnen überbrückt. Er legte die Hände auf Lydias Hüften und zog sie an sich. Er beugte den Kopf und fing ihren Mund mit seinem ein, fuhr mit der Zunge zwischen ihre Lippen und erforschte die warme Höhle ihres Mundes.

Ein lautes Stöhnen drang aus Lydias Kehle, und der Laut schien als Echo den direkten Weg zu Nicholas' Schoß zu finden. Sein Glied richtete sich sofort auf, ausgelöst durch das sensationelle Gefühl von Lydias Brüsten, die gegen Nicholas' Brustkorb drückten.

Er wartete auf ein Zeichen, und sei es noch so subtil, dass sie die Kontrolle übernahm, aber das Zeichen kam nicht. Sie stieß ihre Zunge gegen seine, hielt sich an seinen Armen fest und überließ ihm die Verführung. Er streichelte über ihren Hintern, fuhr mit einer Hand unter ihr Sweatshirt und labte sich an dem Gefühl, die Richtung zu bestimmen. Er drückte wieder den Mund auf ihre Lippen. Oh, ja, sexuelle Kontrolle war wie ein Rausch.

»Komm her.« Nicholas führte Lydia zu einer schmalen Leiter, die hinauf ins Dachzimmer führte. Er schob sie sanft die Treppe hinauf und genoss den Anblick ihrer Backen in den engen Jeans.

Als sie oben standen, trat er von hinten an sie heran, presste sich an sie und schob die Hände unter ihren Armen durch, bis er ihre Brüste umfangen konnte. Ihre harten Warzen drückten sich gegen den dicken Stoff des Hemds, was seinem Schaft einen neuen Energieschub gab. Er hauchte leichte Küsse auf ihren

Nacken und lächelte, als sie erschauerte. Er schob den Unterleib vor und drückte ihn kreisend gegen ihre Backen, damit sie die volle Kraft seiner Erektion spüren konnte.

»Hm, Geliebter«, murmelte Lydia, »was willst du mit dem Ding anstellen?«

»Was willst du denn, das ich mit ihm anstelle?« flüsterte Nicholas zurück und leckte mit der Zungenspitze über ihre warme Haut.

Er zerrte ihr Hemd aus der Hose und zog es über ihren Kopf. Sie trug einen winzigen BH, durch den die dunklen Warzen schimmerten. Er hakte den BH auf und genoss das Gefühl, wie die vollen Halbkugeln seine Hände füllten. Er massierte sie ausgiebig, und sein Penis zuckte aufgeregt. Lydias Atem kam schwerer, und unruhig rieb sie ihren Hintern gegen seinen Schoß.

Nicholas öffnete den Knopf ihrer Jeans und zog den Reißverschluss auf. Er hatte Mühe, die enge Jeans über ihre Hüften zu ziehen, aber schließlich gelang es, und erst als er sie aufforderte, trat sie aus den Jeans heraus. Nicholas strich mit beiden Händen über ihren flachen Bauch und hinunter zum winzigen Nichts ihres Höschens. Seine Finger glitten unter das Elastikband, und das Blut schoss schneller durch seine Adern, als er ihren rasierten Venusberg berührte. Die Finger stießen weiter vor und trafen die feuchte Furche ihres Geschlechts.

Lydia ruckte mit dem Unterleib vor und zurück, wollte seine Finger tiefer spüren, aber Nicholas erwies ihr diesen Gefallen nicht. Er zog seine Hand zurück und schälte Lydia aus dem hauchdünnen Höschen. Jetzt stand sie nackt da. Sie wollte sich umdrehen, damit sie sich gegenüber standen, aber Nicholas hielt sie an den Schultern fest. Er wies auf den mannshohen Spiegel an der hinteren Wand des Zimmers.

»Gehen wir dorthin«, raunte er.

Er führte sie langsam vor den Spiegel und blieb immer noch hinter ihr. Er konnte jetzt ihre Vorderseite sehen und spürte, wie seine Erregung noch wuchs. Er fuhr mit beiden Händen über ihre Nacktheit und beschäftigte sich wieder ausgiebig mit ihren stolz aufgerichteten Brustwarzen. Er sah den gierigen Ausdruck in ihren Augen, während sie jede Bewegung seiner Hände auf ihrem erhitzten Körper verfolgte. Eine Hand glitt hinunter zu ihrem Geschlecht.

»Nimm die Beine auseinander«, raunte er.

Sie spreizte die Schenkel und gestattete ihm ungehinderten Zugang. Nicholas fuhr mit einem Finger ihre Labien entlang, ehe er mit einem forschenden Finger in sie eindrang. Lydia stöhnte auf und legte den Hinterkopf an seine Schulter.

»Oh, ja, Liebling«, flüsterte sie mit heiserer Stimme. »Mach's mir mit dem Finger.«

Nicholas stieß den Finger immer tiefer in sie hinein, während er die Daumenkuppe über ihre Klitoris rollte. Sie starrten sich im Spiegel an, auch noch, als sie zu wimmern begann und ihren Orgasmus erlebte. Sie stieß einen quietschenden Laut aus, der gar nicht enden wollte, und ihr Körper wurde heftig geschüttelt von den Vibrationen, die Finger und Daumen ausgelöst hatten. Nicholas spürte, dass seine Hand in Saft gebadet wurde.

Sie sah so wunderbar aus, besonders jetzt, als ihr ganzer Körper von einer leichten Röte überzogen wurde und ihre Augen mit einer lüsternen Sinnlichkeit gefüllt waren, dass Nicholas glaubte, ihm müsste das Herz stehenbleiben.

Oh, ja, er liebte diese Frau, wie er noch nie jemanden geliebt hatte, aber er würde ihr kein Wort darüber sagen. Das würde er erst tun, wenn auch Lydia ihre Gefühle gegenüber ihm akzeptierte. Er wusste, dass sie ihn liebte, aber er wusste auch, dass sie länger brauchte, um das zu erkennen.

Lydia tippte einen weiteren Titel in den Computer, aber ihre Gedanken waren meilenweit weg. Ihr ganzer Körper vibrierte noch von der fleischlichen Lust, der sie und Nicholas mehrere Stunden lang gefrönt hatten. Immer wieder waren ihnen neue Dinge eingefallen, und Lydia war klar geworden, dass sie sich gegenseitig angezogen, weil jeder die Eigenheiten und Qualitäten des anderen als ideale Ergänzung der eigenen ansah.

Sie schaute vom Bildschirm hoch, als ein Kunde das Geschäft betrat.

Ihr Gesicht strahlte, als sie Cassie Langford sah, aber gleichzeitig schlug auch ihr Herz ein paar Takte schneller. Was sollte sie Cassie sagen?

»Cassie, wie schön, dich zu sehen. Wie geht es dir?«

»Es geht mir gut, danke. Hast du deinen Job als Chefredakteurin einer angesehenen Modezeitschrift aufgegeben, damit du in Nicholas' Buchladen arbeiten kannst?«

»Nein, ganz so ist es nicht. Olive wollte ihren freien Tag nehmen, und da es Sonnabend ist, war es für mich kein Problem, für sie einzuspringen.«

Cassie blieb am Regal mit den Zeitschriften stehen

und nahm ein Exemplar von *Savoir Faire* in die Hand. »Nicholas sieht gut aus als Titel-Modell.«

»Ja, aber sage ihm das nicht, es sei denn, du willst ihn dunkelrot werden sehen. Er wollte sogar, dass ich jedes einzelne Exemplar bis zu seinem Gesicht mit einem undurchsichtigen Zellophan einschweiße.«

»Bescheidenheit ist keine schlechte Eigenschaft bei einem Mann.« Cassie legte die Zeitschrift wieder ins Regal und lächelte Lydia zu. »Sie kann sogar sehr anziehend sein.«

»Ja, ich weiß.« Lydia zögerte einen Moment. »Cassie, es tut mir schrecklich leid, wie sich die Dinge entwickelt haben. Ich dachte, du und Nicholas gäbt ein wunderbares Paar ab. Es war mir nicht bewusst, dass ich ihn für mich selbst haben wollte. Jedenfalls nicht bis zu dem Augenblick, in dem sich diese Möglichkeit abzeichnete.«

Cassie hob ihre zierlichen Schultern. »Mach dir keine Gedanken darüber, Lydia. Ich habe dir gesagt, dass ich ihn mag, aber das ist alles. Mein Herz zerbricht nicht darüber. Ganz im Gegenteil, möchte ich sagen.«

»Trotzdem; irgendwie werde ich das Gefühl nicht los, ihn dir gestohlen zu haben.«

»Hast du aber nicht. Er hat nie mir gehört, also kannst du ihn mir auch nicht gestohlen haben.«

»Ihr hattet Sex miteinander.«

»Ja. Aber damit gehört er mir noch nicht.«

Lydia nickte. Mit lässigem Sex kannte sie sich aus. Aber seltsam war es doch. Sie hatte das Gefühl, dass sich ihr Verhältnis zu Cassie geändert hatte, aber sie hätte nicht sagen können, auf welche Weise. »Cassie, du weißt, dass du mir mehr bedeutest als alles andere? Du und Molly. Ich würde alles aufgeben, wenn ich damit unsere Freundschaft retten könnte.«

»Ich weiß, Lydia. Du würdest nie zulassen, dass sich ein Mann zwischen uns drängt. Und ich auch nicht.«

»Es ist also alles in Ordnung?«

»Ja.«

»Wieso habe ich das Gefühl, dass nicht alles in Ordnung ist?«

Cassie schüttelte den Kopf. Auf ihren feinen Zügen lag ein Schimmer der Besorgnis. »Es liegt nicht an dir, Lydia. Ich bin es selbst. Im Augenblick bin ich ein wenig verwirrt.«

»Über was?«

Cassie zwang sich zu einem Lächeln. »Wenn ich das wüsste, wäre ich nicht mehr verwirrt.«

»Kann ich helfen?«

»Im Augenblick nicht. Ich komme schon klar, Lydia, du brauchst dir keine Sorgen zu machen. Wenn ich deine Hilfe brauche, komme ich zu dir. So wie immer.«

»Ehrlich?«

Cassie lächelte und nickte. »Ehrlich.«

Sie trat auf die Freundin zu und umarmte sie. »Wenn ihr ans Heiraten denkt, möchte ich mich für die Brautjungfer bewerben«, sagte sie lächelnd.

»Du stehst auf der Liste ganz oben.« Lydia drückte ihre Lippen auf Cassies Wange. »Obwohl mir übel wird, wenn ich an Heirat denke.«

»Ja, nun, du hast auch einmal gesagt, dass dir übel wird, wenn du an eine ständige Beziehung denkst«, erinnerte Cassie sie.

Lydia grinste. »Gewonnen.«

»Pass gut auf dich auf, ja? Ich rufe dich nächste Woche an, vielleicht können wir uns zu einem Essen treffen.«

»Ja, gern. Bitte, melde dich.« Lydia sah Cassie nach, bis sie draußen um die Ecke verschwunden war. Sie sorgte sich um Cassie, obwohl Lydia wusste, dass es der Freundin bisher immer gelungen war, ihre persönlichen Probleme zu lösen.

Sie wandte sich wieder dem Bildschirm zu, hörte dann aber, wie die Bürotür geschlossen wurde. Sie schaute auf, und ihr wurde warm ums Herz, als sie Nicholas sah, sein Blick konzentriert auf dem Buch in seinen Händen. Er trug verwaschene Jeans und ein Flanellhemd, und die Brille saß ganz vorn auf der Nase. Nein, er war nicht der elegante, gestriegelte Gentleman auf dem Titel von *Savoir Faire,* aber Lydia wollte auch nicht mehr, dass er das war. Sie wollte ihn in seiner lockeren, lässigen, ungezwungenen Art. Er sah schnuckelig aus.

»Lydia, das ist eine Erstausgabe des Titels *The Wizard of Oz.*« Nicholas schaute nicht einmal auf, als er sich der Theke näherte, hinter der Lydia saß. »Hast du eine Ahnung, wie selten diese Exemplare sind?«

»Nein, aber ich schätze mal, dass sie sehr selten sind.«

»Ich müsste eine Glasvitrine haben, in der die Luftfeuchtigkeit automatisch geregelt ist«, murmelte Nicholas. »Dort könnte ich solche Schätze präsentieren. Wir könnten sie hinter die Kasse stellen oder auch an die Wand dort, wo die Kunden sie sofort sehen würden. Aber da könnte es Schwierigkeiten wegen des Sonneneinfalls geben.« Er zuckte die Achseln. »Ich will nicht, dass Bücher vergilben.«

»Ich bin sicher, dir wird was Kluges einfallen.«

»Hm.« Nicholas wandte seine Aufmerksamkeit wieder dem Buch zu, aber Lydia streckte eine Hand aus und nahm das Buch an sich. Nicholas sah sie überrascht an. »Was ist?«

»Nichts. Ich denke nur gerade, dass du wahnsinnig gut aussiehst.«

Nicholas grinste, trat hinter die Theke und strich mit den Händen über ihre Hüften. »Ach, ja?«

Lydia nickte. Sie drückte ihre Lippen auf seine, und sie erschauerte, als er sie an sich zog und gegen sich presste, als könnte er nicht genug von ihr bekommen. Und ihr wurde ihre eigene Unersättlichkeit bewusst.

»Nicholas?«

»Hm?«

»Ich glaube, ich könnte mich in dich verlieben.«

Nicholas nahm den Oberkörper zurück und sah sie verdutzt an. »Was?«

»Du hast gehört, was ich gesagt habe. Du hast mir einmal diese Worte gesagt, und nun wiederhole ich sie für mich. Ich verspreche nichts, aber was ich gesagt habe, ist die Wahrheit.«

Ein leises Lächeln brach sich auf seinen Zügen. »Ich liebe die Wahrheit.«

Ihre Lippen trafen sich zu einem Kuss. Wieder war es Nicholas, der sich von ihr löste, aber diesmal ging er zur Tür, schloss ab und legte das Schild GESCHLOSSEN ins Fenster.

Zweiter Teil
Mollys Entdeckung

Erstes Kapitel

Molly schaute zu den Kronleuchtern hoch. Es waren recht einfache Ausführungen, besonders für jemanden wie sie, die in Palästen und Prachtvillen ein und aus ging. Aber heute schienen ihr die Kronleuchter zu einem Traum zu gehören, zu einem Traum, den sie deutlich vor sich sah. Zierliche, zerbrechliche Einzelstücke, kunstvoll durch zarte Schnüre miteinander verbunden, gehalten von einem Strick, der an der Decke befestigt war. Ein Paradoxum, dachte Molly. Ein vulgärer Strick beschützt elegante Zierlichkeit.

»Bist du nicht letzte Woche mit einem neuen Mann verabredet gewesen, Molly?« Es war Lydia, die Mollys Gedanken durchdrang. »Wie war er denn? Und war es gut?«

Molly schüttelte den Kopf und erinnerte sich an den Abend mit dem Geschäftsmann aus Mailand.

»Er war unglaublich irre«, resümierte sie, warf die kastanienbraunen Locken zurück und schürzte verächtlich die Lippen. »Er wollte, dass ich mit seinem Penis spreche! Könnt ihr das glauben? Mittendrin fing er plötzlich damit an. Vielleicht hielt er mich ja für eine Marionette. Es war, als erwartete er, dass ich an ein paar Schnüren ziehe, um sein verdammtes Ding tanzen zu lassen.«

Cassie lachte. »Und? Hast du es tanzen lassen?«

»Himmel, nein! Ich bin aus dem Bett aufgesprungen und war nach wenigen Sekunden durch die Tür. Am nächsten Tag rief er an, als ob nichts gewesen wäre. Er fragte, ob ich mich nicht heiß in Schale werfen könnte, um mit ihm auf eine Party zu gehen. Ich bitte euch! An einem Tag bin ich sein Schwanz-Psychologe, am nächsten Tag seine Dekoration. Ich sagte ihm, was er mich könnte, und legte auf.«

Lydia machte es sich im Sessel bequem und legte die langen Finger um ihr Weinglas. »War er Italiener?«

»Natürlich. Ich liebe Italiener. Aber diesem Typen fehlte die Klasse und die sanfte Bestimmtheit, die ich in Männern suche – ob Italiener oder nicht –, mit denen ich schlafe.« Sie seufzte. »Ich werde zurück zu Piero gehen. Er weiß wenigstens, wie er mich als Frau zu nehmen hat.«

»Nun, wir machen alle Fehler«, murmelte Lydia. »Womit ich natürlich nicht deinen Piero meine, sondern deinen Penis-Besprecher. Und was ist mit deinen anderen gesellschaftlichen Aktivitäten?«

»Oh, das Übliche. Ganz oben steht immer noch die Organisation des Debütantinnenballs im nächsten Jahr, daneben einige Modeschauen und viele Parties. Ich hoffe, ihr beide kommt in diesem Jahr zur Weihnachtsparty meiner Eltern. Letztes Jahr war es verdammt langweilig ohne euch.«

»Ich werde dieses Jahr in San Francisco sein, also komme ich selbstverständlich«, sagte Lydia. »Da wir von Parties sprechen – ihr kommt doch nächsten Freitag zu mir? Nicholas ist ganz außer sich, dass er eine Gelegenheit hat, Harker Trevane kennenzulernen, deshalb habe ich beschlossen, ihm zu Ehren eine Party zu geben. Das Motto ist Japan, weil Trevanes Bücher fast alle in Japan spielen. Ich habe einen kleinen elitären Kreis von hundert Leuten eingeladen, und es gibt ein Vier-Gänge-Essen statt des üblichen Büfetts.«

»Hört sich großartig an. Ich möchte auch gern bei

der Signierstunde dabei sein«, sagte Cassie. »Eine Kollegin von mir studiert amerikanische Gegenwartsliteratur, und sie möchte unbedingt ein signiertes Buch von Harker Trevane haben.«

»Ja, gern«, sagte Lydia und schaute zu Molly. »Möchtest du auch zur Signierstunde kommen?«

»Ja, natürlich.« Molly wandte ihre Aufmerksamkeit dem Essen zu.

Mehr denn je fühlte sie sich von Lydia von oben herab behandelt. Bisher hatte sie sich nie in Konkurrenz zu Lydia gesehen, aber seit ihre Zeitschrift mit der Auflage in die Höhe geschnellt war und seit ihrer Glückseligkeit mit Nicholas spürte Molly, dass ihre Freundin einen unangenehm gönnerhaft Ton ihr gegenüber angenommen hatte.

Entweder das, oder ihre eigenen Unsicherheiten schwappten an die Oberfläche. Sie spießte einen Bissen des Caesar's Salad auf die Gabel und schaute Cassie an. Sie wenigstens hatte sich nicht verändert. Es war tröstlich zu wissen, dass man sich darauf verlassen konnte, dass sich gewisse Menschen nicht veränderten.

»Wann findet die Signierstunde statt?« fragte Molly.

»Am Freitag um zwölf«, antwortete Lydia. »Wir erwarten, dass die Buchhandlung überfüllt sein wird. Ihr kommt am besten durch den Hintereingang. Drückt auf die Lieferantenklingel, dann mache ich euch auf.«

»Hast du ihn schon getroffen? Harker Trevane?« wollte Molly wissen.

»Noch nicht, aber sein PR-Mann behauptet, dass die Hauptperson seiner Bücher und er fast identisch sind. Harker war Enthüllungsreporter, ehe er anfing,

Bücher zu schreiben, deshalb, so der PR-Mann, sei vieles in den Büchern autobiographisch.«

»Um was geht es in dem neuen Buch?« fragte Cassie.

»Um einen Privatdetektiv, der nach Japan geht, um gegen eine Terroristenbande zu kämpfen, die schuld am Tod seiner Eltern sind«, antwortete Lydia und verdrehte geringschätzig die Augen bei der lapidaren Beschreibung. »Er schleicht sich in die Bande ein. Ich habe das Buch gelesen, es ist nicht nur bemerkenswert gut geschrieben, es hält einen auch in atemloser Spannung. Der Held, Nevin Rafferty, ist ein faszinierender Typ.«

»Hört sich an, als wäre er für mich geschaffen«, sagte Molly grinsend.

»Puh, was für ein Mann.«

Molly sah Olive von der Seite an. Die Assistentin trug wieder einen Minirock und einen blauen Pullover, der sich aufreizend ihren Formen anschmiegte. Molly fragte sich, ob Nicholas schon mal von Olives unübersehbaren Vorzügen profitiert hatte.

»Er hat eine wilde Vergangenheit«, raunte Olive ihr zu.

Molly lehnte sich mit den Schultern an ein Buchregal und betrachtete den Mann, der vorn im Buchladen an einem Tisch saß. Seine braunen Haare waren von sonnengebleichten Strähnen durchzogen. Er sah nicht gut aus, dachte Molly, als er den Kopf beugte, um eine Widmung in ein Buch zu schreiben, dafür waren seine Gesichtszüge zu hart.

Tiefe Falten klemmten den Mund ein, und hunderte

Fältchen breiteten sich von den Augenrändern aus. Mollys Blicke wanderten zu seinen Schultern und Armen. Er trug ein weiches Hemd, dessen Ärmel er aufgerollt hatte. Seine Hände sagten eine Menge über ihn aus, sie waren gebräunt und kräftig, und die Finger waren dick und lang.

Nicholas stand neben ihm, er begrüßte jeden Kunden und sah zu, dass jeder ein Autogramm des bekannten Schriftstellers erhielt.

Wie viele Bücher mochte er schon signiert haben? Kunden hatten sich seit dem frühen Morgen in die Schlange eingereiht, schon lange vor der Öffnung der Buchhandlung, und seither war die Schlange noch länger geworden. Molly nahm ein Exemplar von einem Stapel auf dem Boden. Der Titel *Rote Sonne* stand in glänzenden roten Lettern auf schwarzem Grund, und ebenso leuchtend wurde der Name Harker Trevane präsentiert.

»Meine Lieben, es ist ein voller Erfolg«, sagte Lydia, die zu Molly und Olive trat. »Nicholas ist begeistert.«

»Ich frage mich, wie es dir gelungen ist, einen Bestsellerautor davon zu überzeugen, dass Nicholas' Buchladen der richtige Ort für eine Signierstunde ist«, sagte Molly.

»Mit ein bisschen Überredung kann man fast alles erreichen«, erwiderte Lydia. »Savoir Faire wird weibliche Fans für den Autor gewinnen. Bisher gilt Harker Trevane eher noch als Männerautor, und wir hoffen, dass wir das ändern können.«

Molly schaute wieder auf den Umschlag und begann zu blättern. Sie las ein paar Sätze, die in einer harten Sprache verfasst waren und jeder blumigen Prosa mangelten.

»Warum schreibst du keine Kritik darüber?« fragte Lydia. »Positiv, natürlich. Wir bringen sie in der nächsten Ausgabe.«

Molly hob die Brauen. »Du willst eine Buchrezension von mir haben?«

»Ja, warum nicht? Ich wette, es macht dir Spaß, sie zu schreiben.«

»Ich kann's mal versuchen.« Es wäre wenigstens eine Aufgabe. In letzter Zeit fühlte sie sich eher gelangweilt.

»Wunderbar«, sagte Lydia.

»Wann beginnt die Party heute abend?« fragte Molly.

»Um acht. Du kommst doch?«

Molly schaute wieder hinüber zu Harker Trevane, der gerade einem Bewunderer die Hand schüttelte. Dann signierte er ein Buch, das er einer Frau reichte, und als er über die Köpfe in der Buchhandlung hinweg schaute, fiel sein Blick auf Molly.

Der überraschende Kontakt mit seinen kalten blauen Augen verwirrte sie, und unwillkürlich trat Molly einen Schritt zurück. Ihre Blicke hielten einander für einen Moment stand, ehe Trevane sich wieder setzte und fortfuhr, Bücher zu signieren. Molly runzelte die Stirn. Irgendwie kam sie sich abserviert vor, und das war sie nicht gewohnt.

»Ja, Lydia, ich komme.«

An diesem Abend nahm sie sich viel Zeit für ihr Erscheinungsbild. Schließlich entschied sie sich für ein Trägerkleid aus weißer Seide, das in weichen Falten ihren Körper umschmiegte. Sie trug die kastanienbraunen Haare offen und legte nur hauchdünn Make-up auf. Sie betrachtete sich kurz im Spiegel. So, Harker Trevane, mal sehen, ob du mich jetzt auch einfach stehen lässt.

Der Fahrer ihrer Limousine setzte sie vor Lydias Haus ab, und schon draußen erahnte man das Motto des Abends: Bunte Papierlaternen umrahmten den Eingang. Molly reichte ihr Cape dem Dienstmädchen und ging in den Salon.

»Du siehst wunderbar aus, Cassie.« Molly umarmte die Freundin und trat dann einen Schritt zurück, um das graue Seidenkostüm besser würdigen zu können, das Cassies schlanke Figur umschmeichelte. Sie war dabei gewesen, als Cassie es sich vor ein paar Monaten ausgesucht hatte, und Molly hatte es ihr als Geburtstagsgeschenk gekauft.

»Hast du den berüchtigten Autor schon getroffen?«

Cassie schüttelte den Kopf. »Noch nicht. Molly, du siehst hinreißend aus. Das Kleid habe ich noch nicht an dir gesehen.«

»Nein, es ist neu. Ich habe es vergangene Woche in Paris gekauft.« Molly sah sich im Salon um, aber sie konnte Harker Trevane nirgendwo entdecken. Sie vermutete ihn mitten in der Menge vor der Terrassentür.

Lydia hatte sich, wie üblich, eine Menge einfallen lassen, um ihren Gästen eine verschwenderische Party zu bieten.

Die Decke im Salon war mit breiten Seidenbahnen in changierenden Farben drapiert, und Seidentücher mit japanischen Motiven lagen auch auf Kissen und Lampen. Es herrschte eine fröhliche, entspannte Atmosphäre, zu der nicht zuletzt kostbarer Champagner und Wein beitrugen.

»Lydia hat dich neben ihn gesetzt«, informierte Cassie sie.

Molly starrte ihre Freundin an. »Neben wen?«

»Harker Trevane. Sie dachte, du wolltest mit ihm reden, weil du doch eine Buchkritik schreiben sollst.«

»Ich glaube, sie will mich nur beschäftigen«, murmelte Molly.

Cassie sah sie grinsend an. »Mit Harker?«

»Das wäre keine schlechte Beschäftigung.« Molly sah ihn kurz, als er sich aus dem Pulk löste.

Er trug einen Smoking mit weißem Jackett, schwarzer Hose und schwarzer Weste und bewegte sich mit einer maskulinen Anmut, die Molly sofort ansprach. Er schaute in ihre Richtung, und wieder trafen sich ihre Blicke. Ein Wärmeschwall sammelte sich in ihrem Schoß – und das nur durch den kurzen Blickkontakt. Ja, dachte Molly, dieser Harker Trevane ist eine vielversprechende Entdeckung.

»Entschuldige, Cassie, ich will ein wenig an die frische Luft.« Molly nahm vom Tablett eines vorbei schreitenden Kellners ein Glas Champagner und ging durch die Terrassentür. Von der Terrasse aus hatte man einen atemberaubenden Blick über die Bucht mit der Golden Gate Bridge. Salzige Luft wehte ihr entgegen. Molly liebte die Brücke. So elegant geschwungen, eine gewaltige Komposition aus Schönheit und Kraft. Kraft brauchte es auch, denn oft genug peitschten Stürme mit einer Geschwindigkeit von mehr als einhundertsechzig Kilometern pro Stunde über die Bucht.

Molly legte die Hände auf den Marmor des Geländers und genoss die kalte Pracht an ihren Handflächen. Ein erotisches Gefühl, gestand sie sich ein.

Sie hörte Harker Trevor, bevor sie ihn sah. Sie hörte seine Schritte auf dem Marmor, und dicht hinter ihr blieb er stehen. Molly beschloss, sich nicht umzudrehen, aber sie konnte seine Gegenwart spüren, als hätte er sie berührt.

»Sie sind Molly, nicht wahr?«

»Ja. Und Sie sind Harker.«

»So heißt es.«

Wie nahe stand er? Molly bildete sich ein, seine Körperwärme durch die dünne Seide ihres Kleids spüren zu können. Und dann spürte sie einen von Harkers Finger, der behutsam über ihr Rückgrat strich. Molly erschauerte.

»Hübsches Kleid.«

»Danke. Es ist aus Paris.«

»Das sieht man. Was tun Sie hier draußen?«

»Ich schaue mir die Brücke an.«

»Ah, ein phantastischer Anblick. Womit beschäftigen Sie sich, Molly?«

»Ich bin sehr aktiv in der Gesellschaft.«

»Ich habe gehört, dass Ihr Vater der berühmte Zeitungsverleger ist«, sagte Harker. »Und dass Sie viel verreisen.«

»Richtig.«

»Sie gehören zu den oberen Zehntausend, was?«

Molly drehte sich um, und ihre Augen sprühten zornige Funken über seine geringschätzige Art. »Worauf wollen Sie hinaus?« fragte sie kühl.

Ein knappes Lächeln umspielte Harkers Mund. »Ich kenne diesen Typus. Ihr jettet durch die Welt, speist in den feinsten Restaurants, verschafft euch mit ein bisschen Pseudo-Sozialarbeit ein Alibi und habt jeden Kontakt mit der wirklichen Welt verloren.«

Molly war so überrascht, dass sie einen Moment lang keinen Ton herausbrachte. Sie starrte ihn nur an. »Wer, verdammt noch mal, sind Sie, dass Sie glauben, sich mir gegenüber diese Dreistigkeit erlauben zu können? Sie wissen nichts über mich.«

Zu ihrer weiteren Überraschung grinste er. »Ich weiß, dass Sie Temperament haben.«

»Sind Sie gekommen, mir den Abend zu vergällen?«

»Ich habe mich nur nach Ihnen erkundigt, Prinzessin, das ist alles.«

»Warum?« fragte Molly stirnrunzelnd.

»Ich wollte wissen, wer Sie sind.«

»Und Sie sind zum Schluss gekommen, dass ich ein oberflächliches Millionärstöchterchen bin.« Molly wusste, dass sie ihm nicht auf den Leim gehen sollte, aber sie sagte es trotzdem.

»Ich bin zu einem ganz anderen Schluss gekommen. Sie sind eine heiße Frau.«

»Und um das herauszufinden, mussten Sie Erkundigungen einziehen?«

»Nun, sie haben nicht geschadet.«

Molly schien gefangen in der Enge, dicht vor ihr stand Harker, und in ihrem Rücken spürte sie das Terrassengeländer. Sie spürte, dass sich ihre Nippel verhärtet hatten, sie drückten gegen die Seide ihres Kleids. Als Harkers Blick auf ihre Brüste fiel, errötete sie. Die Luft zwischen ihnen lud sich auf, eine elektrische sexuelle Hitze, ausgelöst von Harkers Atem auf ihrer Stirn.

Molly schluckte schwer. »Ich glaube, wir sollten lieber zum Essen gehen«, murmelte sie verlegen.

»Gute Idee.«

Molly schlüpfte an ihm vorbei und betrat mit will pochendem Herzen das Esszimmer, das man eher als Speisesaal bezeichnen konnte. Die runden Tische waren üppig mit exotischen Blumen dekoriert, und neben jedem Tisch stand ein Kellner, bereit zum Servieren.

Lydia und Nicholas standen am Kopfende des Raums und führten die Gäste zu ihren Plätzen.

Harker geleitete Molly an ihren Tisch und rückte ihren Stuhl zurecht. »Bitte, nehmen Sie Platz.« Erst dann setzte er sich neben sie.

»Oh«, sagte Molly. »Solche ausgesuchte Höflichkeit habe ich vom gefährlichen Harker Trevane nicht erwartet.«

»Das überrascht, nicht wahr?« Er breitete die Serviette auf seinem Schoß aus. »Ich bin ein ehrenwerter Mann.«

Molly gluckste.

Sie wusste nicht, ob er ehrenwert war, aber verlockend war er ganz bestimmt. Sie strahlte, dass sie neben ihm sitzen konnte.

Nachdem alle Platz gefunden hatten, servierten die Kellner den ersten Gang. »Ich habe gehört, dass Sie alle möglichen Abenteuer erlebt haben.«

Harker hob die Schultern. »Ich habe einiges erlebt, ja.«

»Genug, um ein Millionärstöchterchen zu erkennen, wenn Sie eins sehen?«

Er grinste sie an. »So ist es.«

»Und Sie halten mich für ein gesellschaftliches Leichtgewicht, weil ich oft verreise und Parties besuche oder gebe?«

»Regen Sie sich nicht auf, Molly. Ich mag Millionärstöchter, ob sie nun mitten im Leben stehen oder abgehoben sind.«

Molly schüttelte kaum merklich den Kopf. Sie wusste nicht, ob er sie necken wollte oder nicht, aber sie wollte ihm nicht noch einmal die Genugtuung geben, sich darüber zu ärgern. »Sie sind ein seltsamer Mann.«

»Ach?« Er brach ein Stück des warmen Brötchens ab. »Sagen Sie mir, Molly, was für Sie erotisch ist.«

Molly sog die Luft tief ein. »Erotisch?«

»Ja.« Ein Lächeln wölbte seine Lippen. »Ich zum Beispiel finde Brot recht sinnlich. Warme Brotscheiben mit einer weichen Oberfläche, biegsam und geschmeidig, und mit einem Aroma, das in alle Öffnungen des Körpers zu dringen scheint und von dem man immer mehr haben will ...«

Seine Stimme brach ab, und er biss mit seinen weißen, ebenmäßigen Zähnen ein großes Stück des warmen, noch dampfenden Brötchens ab. Molly starrte ihn an, ihr Herz klopfte, und ihr Schoß vibrierte.

Sie zwang sich, den Blick abzuwenden und fragte sich, was mit ihr los war. Sie konnte sich nicht erinnern, einen Mann schon einmal mit einer solchen puren Fleischeslust gewollt zu haben. Sie versuchte, sich auf die Suppe zu konzentrieren, die vor ihr stand, aber es war nicht die Suppe, auf die sie Appetit hatte.

»Nun, Molly?« Seine Stimme klang tief und war wie ein Streicheln ihrer nackten Haut. »Wie ist das mit Ihnen?«

»Wenn wir über meine Lieblingsnahrung reden, dann muss ich über dicke, butterweiche Schokolade sprechen. Oder sonst finde ich Blumen erotisch, wenn sich die Blüten unter der Berührung der Sonne öffnen und ausbreiten.«

Sie griff nach ihrem Weinglas und sah ihn von der Seite mit gesenkten Lidern an. Seine dunklen Augen blickten heiß.

»Es ist phantastisch, nicht wahr?« murmelte er. »Erotik kann man überall finden, man muss nur richtig hinschauen.«

Es war Molly bewusst, wie unhöflich sie waren, weil sie die anderen Tischgäste völlig ignorierten, aber sie konnte und wollte das nicht ändern. Ihr war, als versinke sie in den Kokon der Sinnlichkeit dieses Mannes.

»Haben Sie sich das zur Angewohnheit gemacht?« fragte sie. »In allem das Erotische zu entdecken?«

»Es ergibt sich häufig von selbst«, antwortete er. »In der Natur oder bei Menschen. Es gibt Menschen, die strahlen mehr Sinnlichkeit aus als andere. Viele wissen das nicht einmal. Sie kennen es nicht anders.«

Seine Blicke richteten sich auf die Schwellung ihrer kleinen Brüste, die durch ihr enges Mieder hochgedrückt wurden. Molly errötete.

»Sie sind der geborene Verführer«, sagte sie leise.

»Ah, Molly, aber nur für jene, die sich verführen lassen wollen.«

»Und Sie glauben, das trifft auf mich zu?«

»Irre ich mich?«

Himmel, nein, natürlich irrte er sich nicht. Molly nahm einen halben Löffel Suppe. Sie registrierte jede Bewegung des Mannes neben ihr, und jetzt wandte sich ihr Blick auf seinen Schoß. Sie hätte gern gewußt, ob Harker so erregt war wie sie. Aber die Serviette verbarg ein mögliches Zelt.

Molly schaffte es endlich, sich ihrer Tischnachbarin zuzuwenden. Schließlich wollte sie der Arroganz des Schriftstellers nicht noch mehr Nahrung geben.

»Mrs. Edwards, wie war Ihre Reise nach Rom?« fragte Molly höflich.

»Oh, meine Liebe, es war entzückend.« Mrs. Edwards schwärmte in den höchsten Tönen von Hotels und Restaurants und von den Villen der italienischen Familien, die sie besucht hatten.

Molly hörte mit soviel Aufmerksamkeit zu, wie sie aufbringen konnte. Dann spürte sie plötzlich Harkers Hand auf ihrem Oberschenkel. Die Wärme seiner Haut brannte durch die Seide ihres Kleids und floss sofort in ihr Blut.

Sie hinderte ihn nicht daran, als er den Stoff mit der Hand zusammenraffte und hochzog. Mollys Herz schlug wie verrückt.

»Und dann all die vielen Brunnen in Rom«, hörte sie Mrs. Edwards sagen. »Wir haben ...«

»Wie wundervoll ...«, murmelte Molly. Sie konnte der Frau nicht mehr folgen, weil alle Windungen ihres Gehirns von den Gefühlen in Anspruch genommen wurden, die Harkers Hand in ihr auslösten, als er ihre nackte Haut berührte. Seine Finger fühlten sich ein wenig rauh und schwielig an. Sie wusste nicht, wie sie es schaffte, ruhig sitzen zu bleiben

Ohne weitere Vorwarnung tauchten seine Finger zwischen ihre Schenkel und berührten ihren Venusberg, der von der zarten Seide des Höschens kaum geschützt wurde. Molly hielt zischend die Luft an, erstaunt über die Wirkung seiner leichten Berührung.

»Meine Liebe, geht es Ihnen gut?« fragte Mrs. Edwards. Eine steile Falte stand zwischen den angemalten Augenbrauen. »Sie sehen ein wenig fiebrig aus.«

Molly hätte sich beinahe an der Suppe verschluckt. Harker gluckste.

»Es geht mir gut, Mrs. Edwards«, erwiderte Molly und war erleichtert, als sie durch das Servieren des zweiten Ganges abgelenkt waren.

Das Tischtuch verbarg das unanständige Fummeln, aber Molly hatte zunehmend Mühe, ihre äußere Ruhe zu bewahren und sich den Anschein zu geben, dass nichts Ungewöhnliches passierte. Der Kellner nahm den Suppenteller weg, und Harker schlüpfte mit einem Finger unter die Seide. Molly zuckte am ganzen Körper, als er den Finger zwischen ihre feuchten Labien schob.

Er schaute sie an, seine Augen blickten vergnügt. »Köstlich, Molly. Ich will dich.«

In einem Anfall von Verruchtheit streckte Molly ihre Hand nach seinem Schoß aus und suchte unter der Serviette nach einem Beweis seiner eigenen Lust. Und richtig, eine dicke Schwellung hieß ihre forschenden Finger willkommen. Ein leiser Seufzer stahl sich über ihre Lippen, als sie die zuckende Schwellung packte und leicht auf und ab rieb.

»Tatsächlich«, murmelte sie.

Sie lächelte, als er das Gesicht verzog und ihre Hand entfernte. »Vorsicht, meine Süße«, raunte er. »Sonst gerät dieser Empfang doch noch zum Skandal.«

»Es wäre bestimmt nicht dein erster«, flüsterte Molly.

Sie hatte schon einige frivole Dinge in ihrem Leben getan oder mit sich machen lassen, aber bisher hatte sie einem Fremden noch nicht gestattet, bei einem

Essensempfang ihre Muschi zu streicheln. Aber auch jetzt protestierte sie nicht, als sein Finger über den harten Kopf des Kitzlers strich. Heiße Schauer liefen ihren Rücken hinab, und wenn er noch ein wenig länger rieb, würden alle am Tisch – ach, alle im Saal! – hören und sehen können, dass sie einen Orgasmus erlebte.

Rasch presste sie ihre Schenkel zusammen. Harker zog grinsend seine Hand zurück.

Molly hätte später nicht sagen können, um was die Unterhaltung an ihrem Tisch kreiste, und sie wusste auch nicht, was es zu essen gab. Alle ihre Sinne waren auf den Mann gerichtet, der sie um den Verstand zu bringen schien.

Sie hatte nur Augen für ihn, beobachtete ihn beim Essen und sehnte sich wieder nach seinen Berührungen.

Als endlich der Nachtisch gereicht wurde, saß sie wie auf glühenden Kohlen. Sie hatte dem Wein gut zugesprochen, und sie spürte, wie er ihr zu Kopf stieg. Sie leckte etwas Sahne von der Gabel und ließ sie im Mund zergehen. Sie hoffte auf einen späteren gehaltvolleren Nachtisch.

Sie lächelt vor sich hin und bekam mit, dass sich die Dinnergäste verstreuten. Sie wandte sich an Harker.

»Hast du Lydias Bibliothek schon gesehen?« fragte sie. »Ich sage dir, sie ist mehr als beeindruckend.«

»Ich würde sie gern sehen. Zeigst du sie mir?«

»Gern.«

Sie schob ihren Stuhl zurück und stand auf. Als sie durch die Halle schritt, spürte sie ihn hinter sich. Sie hatte keine Augen für die Ölgemälde im breiten, hellen Korridor und steuerte die breite holzgeschnitzte

Tür an dessen Ende an. Molly öffnete die Tür, zog Harker mit sich und schloss rasch die Tür.

Himmel, war dieser Harker sexy! Rauhe Männlichkeit, geheimnisvoll und intelligent. Dass Molly nichts über ihn wusste, erhöhte seine Anziehungskraft noch. Ihr Herz schlug einen primitiven Beat, und ihr Körper fiel in den natürlichen Bewegungsrhythmus, der auch nach außen verriet, wie sehr sie sich zu diesem Mann hingezogen fühlte.

Ein Lächeln spielte um ihren Mund, als sie an ihm vorbei in die Bibliothek schlüpfte. In Leder gebundene Bücher standen auf den Regalen, aber das Prunkstück der Bibliothek war ein dominierender Schreibtisch aus Eiche, der mit Papieren und Zeitungen bedeckt war. Molly ging an einen Schrank hinter dem Schreibtisch, öffnete eine Tür und gab den Blick frei auf eine Batterie von Flaschen frei.

»Möchtest du etwas trinken?«

»Danke, nein.«

Molly drehte sich zu ihm um. Er stand immer noch an der Tür, sein Blick starr auf Molly gerichtet.

»Komm her, Molly«, sagte er, seine Stimme dunkel und vibrierend.

Molly schloss die Schranktür und durchquerte das Zimmer. Sie verschloss die Tür zur Bibliothek und wandte sich jetzt erst Harker zu. Ihr Atem kam in kurzen Schüben, als hätte sie einen kurzen, scharfen Lauf hinter sich. Sie bewegte sich nicht, als Harker auf sie zu kam, sie gegen die Tür schob und ihre Hüften mit beiden Händen packte.

Sein Mund presste so plötzlich auf ihren, dass sie kaum Zeit hatte, vorher einzuatmen. Aber was für eine unglaubliche Lust seine Lippen in ihr erregten!

Molly ließ sich gegen die Tür sinken und spürte, wie ihre Nervenenden sirrten. Sie öffnete den Mund, um ihn einzulassen. Sein Kuss war forschend und verlangend, und sie fühlte sich wie ein delikates Musikinstrument, das von einem Meister gestimmt wurde.

Harkers Finger packten ihr Kleid und lupften es hoch, bis er die nackte Haut ihrer Schenkel berühren konnte. Molly erschauerte beim ersten Kontakt seiner Hände auf ihrer Haut. Sie spürte, wie er die Hände über die Hinterseiten der Schenkel streichelte, dann gruben sie sich in ihre Hinterbacken.

Die Wärme seiner Finger brannte durch das dünne Höschen und fachte das Feuer in ihrem Schoß an. Ohne nachzudenken schlang sie ein Bein um seine Hüfte und presste sich an ihn. Die Beule in seiner Hose drückte gegen ihren Bauch, und Molly zuckte in gespannter Erwartung.

Sie warf den Kopf in den Nacken, als er den Kuss fortsetzte. Ihre Zungen drangen forschend in den Mund des anderen ein, stießen immer ungeduldiger zu. Er schmeckte köstlich, wie Wein und Schokolade. Sie fuhr mit der Zungenspitze über seine Unterlippe und atmete rasch und zitternd ein.

Sie schob eine Hand zwischen ihre Körper und fuhr die Länge seines Penis entlang. Harkers Finger stahlen sich unter das Elastikband ihres Höschens und stießen in die lange Kerbe zwischen den Backen vor.

Molly zuckte zusammen, als er bei ihrem Anus verharrte und leicht gegen den muskulösen Ring drückte. Sie hielt sich an seinen Armen fest und spürte seinen Mund in ihrem Nacken. Seine Lippen huschten über ihre sensible Haut.

»Du bist entzückend«, raunte Harker. »Saftig.«

Seine Finger packten ihr Höschen, und mit einem einzigen kräftigen Griff riss er es herunter. Der Akt der kontrollierten Gewalt schickte einen Thrill durch Mollys Adern und erhitzte ihre Nerven. Sie schlang ihr Bein enger um seine Hüfte und öffnete ihren Körper für ihn. Seine Finger tauchten in die warme, nasse Öffnung zwischen ihren Beinen. Er stieß ein heiseres Lachen aus.

»Scheinst ziemlich ausgehungert zu sein, was?«

»Hm, ja.« Molly rutschte an ihm auf und ab und bat schweigend um die Penetration seiner Finger.

Er schien darauf aus zu sein, sie zu necken. Seine Fingerspitzen glitten sanft durch die seidigen Falten ihres Geschlechts, rieben behutsam über die geschwollenen Labien und tippten nur kurz an die Kuppe des Kitzlers. Seine Berührungen waren leicht und quälend. Und sehr erfahren und geschickt.

Mit einem gedämpften Stöhnen langte Molly nach unten und legte die Hand um seine Erektion. Sie konnte es nicht erwarten, sie in sich zu spüren.

Sie tastete sich zu seinem Reißverschluss vor und zog ihn auf, dann glitt ihre Hand in die Hose hinein. Sie stieß erleichtert die Luft aus, als sie den pochenden Schaft in ihrer Handfläche spürte. Sie rieb mit Daumen und Zeigefinger am Schaft entlang, fand die dicken Adern und folgte ihnen mit dem Daumenballen. Sie spürte, dass Harker sich unter ihren Berührungen anspannte, und schaute zu ihm hoch. Sein Gesichtsausdruck war verkniffen, beinahe wie unter Schmerzen, aber Molly wusste, warum er so angespannt war – er wollte die Kontrolle über sich selbst behalten.

Sie empfand ein leises Triumphgefühl und zog den

Penis aus der Hose. Gebannt schaute sie hinunter, wobei sie unbewusst mit der Zunge über die Unterlippe strich. Sie wollte, dass er sofort in sie eindrang, sie bis zum Äußersten füllte. Aber er unternahm nichts dergleichen. Er öffnete statt dessen ihren BH, streifte die Träger von ihren Schultern und entblößte ihre Brüste.

Mollys Nippel waren so hart, dass sie schmerzten. Sie waren lang und erigiert und verrieten den Grad ihrer Erregung.

Als Harker sich hinunter beugte und einen Nippel zwischen die Lippen nahm, atmete Molly scharf ein und schloss beglückt die Augen. In ihrem Schoß sammelten sich die Säfte, angeregt durch die Hitze, die sich durch ihre Adern wälzte. Pfeile des Verlangens schossen von den Brüsten zu ihrem Geschlecht, und Molly wurde so heiß, dass ihr der Schweiß ausbrach.

Sie stützte sich mit einer Hand auf seiner Schulter ab und stöhnte laut auf, als er sich den anderen Nippel vornahm, während er den anderen zwischen Daumen und Zeigefinger rieb. Er zog und zupfte daran, und Molly spürte, wie sie immer schwächer wurde und sich kaum noch auf den Beinen halten konnte.

»Komm zu mir«, murmelte sie. »Komm, Harker, besorg es mir endlich.«

Sie griff wieder seinen Penis und rieb mit dem Daumenballen über die gespannte, pflaumenfarbene Eichel. Sie spreizte die Beine noch weiter und führte den Penis an ihr Geschlecht, rieb die Spitze in die feuchten Falten und über die zuckende Klitoris.

Plötzlich packten Harkers Hände ihre Backen, und instinktiv schlang Molly auch das andere Beine um seine Hüften. Sie hatte den Boden unter ihren Füßen verloren, hielt sich an seinen Schultern fest und wartete, dass Harker endlich in sie hineinstieß.

Er tat es mit quälender Langsamkeit, schob seine Hüften nur zentimeterweise vor und starrte dabei in Mollys angespanntes Gesicht. Ihre Brüste hoben und senkten sich, während sie die geballten Sensationen genoss, die das Eindringen des harten Schafts in ihr auslösten.

Als er hinten anstieß, schrie Molly auf. Harker lachte befriedigt, zog sich langsam zurück und stieß dann kräftig hinein, immer und immer wieder. Seine Hoden schlugen jedes Mal gegen sie und erfüllten die Luft mit klatschenden Geräuschen der Lust.

Wimmerndes Stöhnen drang aus Mollys Kehle. Sie rieb sich gegen ihn und folgte seinen Stößen vor und zurück.

Harker beschleunigte das Tempo. Sie spürte seinen hechelnden Atem im Nacken. Die intensive Reibung trieb Mollys Empfindungen in eine Spirale, die sich immer schneller drehte. Ihre Finger gruben sich tief in seine Schultern. Ihr Körper wurde von der Wucht seiner Stöße durchgeschüttelt.

Harker schmiegte den Kopf in ihre Halsbeuge. Sein Bart rieb gegen ihre sanfte Haut, während er an ihrem Ohr knabberte und mit der Zunge über Hals und Schulter fuhr.

»Ich will spüren, dass du kommst«, raunte er. »Ich will dein Gesicht sehen, wenn du kommst, Molly.«

Eine Hand glitt zwischen ihre klammen Körper und rieb über ihre Klitoris. Die leichte Berührung ließ Molly explodieren. Ihr ganzer Körper geriet in zuckende Bewegungen. Sie schrie auf, ihre inneren Muskeln griffen seinen Schaft und quetschten ihn, die

Hüften ruckten vor uns zurück, während sie ihrem Orgasmus entgegen ritt.

Sie spürte, wie sich sein Körper anspannte, wie er zu zucken begann, und dann spürte sie das wilde Schütteln, das sich auf ihren Körper übertrug.

Er zog sich plötzlich aus ihr heraus, und während der Orgasmus sie packte, griff sie hastig nach seinem zuckenden Penis und rieb ihn rasch, bis er sich stöhnend wand und sich zuckend ergoss.

Das Geräusch ihres rasselnden Atems erfüllte die Luft in der Bibliothek. Mollys Beine waren so schwach, dass sie einen Moment lang glaubte, sie würde kraftlos an der Tür entlanggleiten, bis sie sich auf dem Boden wiederfand. Sie hielt sich an seinen Armen fest, um die Balance zu halten, und schaute in sein Gesicht. Seine dunklen Augen glommen.

»Ich kenne dich nicht«, flüsterte Molly. Erst jetzt schien ihr die Intensität ihres Tuns mit dem unbekannten Mann bewusst zu werden.

»Nein, aber ich kenne dich«, erwiderte Harker und beugte sich zu ihr, um sie auf den Mund zu küssen.

Molly versteifte sich. »Nein, du weißt nichts über mich.«

Er gluckste. »Belüge dich nicht selbst, Prinzessin.«

»Du bist ein Bastard.«

»Ja, aber sonst ganz harmlos.«

Harker half ihr auf die Füße, und dann richteten sie beide ihre Kleidung wieder her. Er drehte sich um und ging hinaus, drückte die Tür hinter sich ins Schloss. Molly starrte einen Augenblick auf die Tür.

Nein, dachte sie, harmlos ist er ganz bestimmt nicht.

Zweites Kapitel

Harker riss die Zellophanhülle eines weiteren Geschenkkorbs auf und hoffte, diesmal etwas anderes vorzufinden als Champagner und Schokolade. Selbst eine Auswahl von Obst wäre eine willkommene Abwechslung gewesen. Aber das war zuviel erwartet. Er fand drei Schachteln exquisiter Pralinen und eine Magnumflasche Champagner im Korb.

Seufzend öffnete Harker die erste Schachtel und schob sich eine Praline in den Mund. Er überlegte, ob er den Zimmerservice anrufen und wenigstens ein Omelett bestellen sollte, aber dann entschied er sich dagegen. Er brauchte Schlaf. Die vierwöchige Präsentationstournee, die ihn in zwanzig Städte gebracht hatte, war nicht so anstrengend gewesen wie die Signierstunde in dieser kleinen Buchhandlung und wie die Party bei Lydia Weston.

Er öffnete die Champagnerflasche und stellte sie neben sein Bett, dann zog er seinen Smoking aus. Seinem Hemd haftete noch das Parfüm von Molly Radcliffe an, und plötzlich spürte er eine warme Welle, die durch seinen müden Körper rauschte.

Harker streckte sich nackt auf dem Bett aus, nahm einen Schluck aus der Flasche und grinste vor sich hin, als er die vertraute Belebung seiner Sinne spürte. Vielleicht lag diese Belebung weniger am Champagner und mehr an der Frau, die sie geschickt hatte – Lydia Weston.

Ah, Lydia. Seine Gedanken konzentrierten sich auf die schöne, dunkelhaarige Frau. Wirklich erstaunlich.

Noch erstaunlicher war für ihn, dass ein Mann wie Nicholas Hawthorne diesen feuchten Traum auf zwei Beinen reizen konnte. Aber offenbar war ihm das gelungen. Ah, man wusste nie, zu was ein Mann fähig war, wenn sich die Schlafzimmertür geschlossen hatte.

Harker stellte die Flasche wieder ab und griff zur Fernbedienung für seinen Fernseher. Er zappte sich durch einige der frühen Nachrichtensendungen des Morgens, bevor er auf den Pornokanal des Hotels schaltete. Wann hatte er das letzte Mal einen Porno gesehen? Er drückte auf den Knopf, der bestätigte, dass er sich auch wirklich den Streifen ansehen wollte. Der Film begann gerade. Harker gähnte, als er das Knäuel von Leibern sah, die sich in alle Richtungen streckten und wanden.

Er rieb sich mit einer Hand über die Brust, gelangweilt von den vollkommenen nackten Körpern auf dem Bildschirm, vom besten Champagner und vom Hotelzimmer. Er war ein erfolgreicher Schriftsteller geworden, aber er vermisste die Adrenalinstöße, die er empfunden hatte, als er für seine Zeitung als Enthüllungsreporter gearbeitet hatte. Sicher, auch heute konnte es haarige Situationen geben, wenn er für seine Bücher recherchierte, aber das war etwas ganz anderes.

Er brauchte etwas Neues. Eine neue Herausforderung. Er würde nie aufhören, Romane zu schreiben, aber er musste einen neuen Weg finden. Einen anderen Blickwinkel, um sich selbst unter Druck zu setzen.

Harker schob sich eine weitere Praline zwischen die Lippen und starrte auf den Bildschirm. Eine Frau mit langen rötlichen Haaren, die ihn an Molly erinnerten, kniete zwischen den Schenkeln eines Mannes und saugte fröhlich drauflos. Sie stöhnte ununterbrochen, während sie sich dem prächtigen Schaft widmete, als wäre er ein Lutscher. Zu seiner Überraschung spürte Harker, wie sein eigener Penis sich zu regen begann. Jetzt schaute er mit voller Konzentration auf das Geschehen auf dem Bildschirm.

Die Rothaarige beendete die Blasmusik und richtete sich auf. Die schweren Brüste schienen jedem Gesetz der Schwerkraft Hohn zu sprechen. Sie grätschte über den Mann und griff mit einer manikürten Hand um den Schaft, auf den sie sich langsam sinken ließ.

Sie warf den Kopf in den Nacken und machte ein Hohlkreuz, wodurch ihre Brüste hoch aufgerichtet nach vorn stießen, fast in die Kamera hinein, dann begann sie ihn zu reiten. Unbewusst glitt Harkers Hand von seiner Brust zum Schoß. Er nahm seinen Penis in die Hand und begann ihn sanft zu reiben.

Verdammt, die Rothaarige sah wirklich wie Molly Radcliffe aus. Oder seine Phantasie spielte ihm einen Streich. Sah er das sinnliche Millionärstöchterchen jetzt schon überall?

Das schrille Klingeln des Telefons riss ihn aus dem Schlaf. Mit einem Grunzen tastete er blind nach dem Hörer. »Was ist denn?« knurrte er wütend.

»Harker? Ich bin's, Lydia Weston. Ich bin unten in der Halle. Erinnern Sie sich, dass wir uns heute morgen zum Frühstück verabredet hatten?«

»Oh, verdammt.« Harker schaute auf die Uhr neben dem Bett. »Wann waren wir verabredet?«

»Um neun, aber mir ist erst jetzt klar geworden,

dass das eine grausame Zeit ist, denn unsere Parties gehen immer bis in die frühen Morgenstunden. Vielleicht sollte ich in ein paar Stunden wiederkommen, dann treffen wir uns zum Mittagessen.«

Harker rieb sich eine Hand durchs Gesicht und versuchte, den Dunstschleier aus Schlaf und Traum abzuschütteln. »Nein, nein, schon gut. Ich brauche nur ein paar Minuten. Sie können ruhig zu mir kommen und warten. In meiner Suite hat eine vierköpfige Familie Platz.«

»Gern, ich komme.«

Harker legte den Hörer auf und richtete ein Kissen in seinem Rücken auf. Er fühlte sich lausig. Ein paar Stunden Schlaf hätten ihm gut getan, aber das hätte nur weitere Träume von Molly Radcliffe bedeutet, die ihn in der ganzen Nacht nicht losgelassen hatten. Verwundert schaute er an sich hinunter und sah, dass er schon wieder halb steif war.

Es klopfte resolut an seine Tür. Er stieß eine ganze Kette von Flüchen aus, schlang sich ein Badetuch um die Körpermitte und trottete zur Tür.

Der Anblick von Lydia Weston mit ihren glänzend schwarzen Haaren und dem roten Kostüm, dessen Rock viel Bein zeigte, ließ Harker sich wie eine Kröte fühlen, die vor einem sehr modernen Rotkäppchen stand.

»Tut mir Leid«, murmelte er. »Es ist gestern Abend spät geworden.«

»Ich weiß.« Lydia schaute auf seinen Brustkorb und dann flüchtig auf das Badetuch, unter dem sich allerdings nichts zu regen schien.

Harker erwiderte den Blick. Er hätte gern gewusst, ob Molly ihrer Freundin irgend etwas über vergangene Nacht berichtet hatte, aber an Lydias Miene konnte er nichts erkennen. Er zog die Tür weit auf.

»Kommen Sie herein. Ich springe rasch unter die Dusche, dann bin ich fertig.«

Lydia trat an ihm vorbei ins Zimmer, sah die fünf Blumensträuße und die sechs Geschenkkörbe. Neben dem Bett stand eine Magnumflasche Champagner. »Ich sehe, Sie lassen es sich gut gehen«, kommentierte sie. Neben dem Champagner lag eine angebrochene Pralinenschachtel.

»Ja, kann man sagen. Wollen Sie Champagner oder eine Praline – oder beides? Ich habe mehr als genug.«

Lydia hörte seinen spöttischen Ton. »Nein, danke. Vielleicht schicke ich Ihnen demnächst etwas Originelleres.«

»Es ist nicht immer leicht, originell zu sein.«

»Wem sagen Sie das?« Lydia ließ sich in einen Sessel fallen und schlug die Beine übereinander.

Harker wandte sich ab und ging ins Bad. Das dicke Badetuch hatte ihn vielleicht gerettet, obwohl die Beule sich allmählich durchdrückte. Er verstand sich selbst nicht mehr. Ob sie seine Erektion bemerkt hatte? Seit er sechzehn war, hatte er nicht mehr so schnell eine Erektion bekommen. Damals erregte ihn schon der Anblick von der alten Mrs. Pickford von gegenüber, wenn sie sich über ihr Blumenbeet bückte und ihre dicken Brüste fast aus dem Ausschnitt fielen.

Er drehte das kalte Wasser voll auf und verzog das Gesicht, als die eisigen Strahlen auf ihn nieder prasselten. Fünf Minuten setzte er sich der Massage aus, dann spürte er, dass er wieder zurechnungsfähig war. Er schlüpfte in einen Bademantel und betrat wieder den Salon, wo Lydia Weston sich über die Papiere beugte, die über dem Schreibtisch verstreut lagen. Sie schaute schuldbewusst hoch, als er eintrat.

»Tut mir leid, ich war neugierig.«

Harker hob die Schultern. »Da liegt nichts Geheimes. Nur ein paar Notizen für mein neues Buch.«

»Es soll in den Wäldern am Amazonas spielen, nicht wahr? Das klingt faszinierend.«

»Ich hoffe es. Faszinationen lassen sich verkaufen.«

Lydia nickte. »Ja, ich weiß. Werden Sie das Amazonasgebiet besuchen?«

»Nächstes Jahr. Das Buch wird auch in San Francisco spielen, deshalb muss ich noch etwa eine Woche in der Stadt bleiben und mich ein wenig umsehen.«

»Ihr Verleger zahlt für diese Suite, nicht wahr?«

Harker nickte. »Ich habe ein paar Jahre in San Francisco gelebt, ehe ich nach Chicago gezogen bin. Vielleicht komme ich eines Tages zurück.«

»Vielleicht?«

»Es hängt davon ab, ob noch etwas Aufregendes geschieht.«

»Sie hören sich gelangweilt an.«

Harker antwortete nicht, er wollte Lydias Wahrnehmung nicht bestätigen. Er beugte sich über einen Koffer und nahm ein paar Sachen heraus. Dann drehte er sich um und wollte ins Badezimmer gehen, aber nach dem ersten Schritt blieb er stehen. Er mutmaßte, dass Lydia Weston nichts dagegen hätte, wenn er sich an Ort und Stelle umzog. Wahrscheinlich erwartete sie es sogar.

Harker grinste vor sich hin, als er sich vorstellte, vor dieser einflussreichen Frau einen Striptease hinzulegen. Er drehte ihr den Rücken zu und zog sich Unterhose und Hose an, während er den Bademantel anbehielt. Dann streifte er den Mantel ab und trocknete seinen Brustkorb.

»Ihr PR-Mann sagt, dass Sie den Helden in Ihren Romanen nach sich selbst ausrichten«, bemerkte Lydia. »Hat Nevin Rafferty autobiographische Züge?«

Harker wandte sich ihr zu und blickte ihr in die Augen. »Sie wissen, was Hemingway gesagt hat?«

»Nein. Was hat Hemingway gesagt?«

»Das Ziel einer Fiktion ist nicht Realismus, sondern echter zu sein als die Realität.«

»Oh, das ist aber tiefgründig.«

Harker lachte. »Nevin Rafferty ist ein deutlich ehrenwerterer Mann, als ich es bin, Miss Weston.«

»Himmel, Harker, nennen Sie mich Lydia, bitte.« Sie lächelte. »Ist Ehre das einzige Charakteristikum, das Sie von Nevin Rafferty unterscheidet?«

Harker hob die Schultern. »Ehre, Integrität, Moral. Alles Begriffe, die bei den Pfadfindern hochgehalten werden. Aber was sie fürs Leben mehr brauchen als das, ist die Kunstfertigkeit, Schlingen zu legen und Knoten zu entwirren.«

Lydias Augen blinzelten. »Jetzt geben Sie sich aber bescheiden, Harker. Wenn ich mich recht erinnere, ist Nevin Rafferty alles andere als ein bescheidener Mann.«

»Bin ich auch nicht.«

Lydia lächelte. »Harker, Sie sind ein ziemlich undurchschaubarer Mann.«

»Das betrachte ich als Kompliment.« Er fischte ein frisches Hemd aus dem Koffer und zog es an. »Und Sie, Lydia, sind eine höchst aufregende Frau. Wenn Nicholas nicht seinen Claim schon abgesteckt hätte, stünde ich als erster in der Schlange.«

»Oh, glauben Sie mir, kein Mann kann bei mir ›seinen Claim‹ abstecken, sogar mein Nicholas nicht.«

Harker hob eine Augenbraue und blickte Lydia blinzelnd an. »Nein?«

»Nein. Wir lieben uns, aber wir haben eine Abmachung getroffen.«

Jetzt hob sich auch die andere Braue. »Was für eine Abmachung?« wollte Harker wissen.

»Sie bezieht sich auf sexuelle Situationen mit anderen Menschen.«

Harker versuchte, sich den sanften Nicholas mit einer anderen Frau vorzustellen, aber es fiel ihm schon schwer genug, ihn sich mit Lydia Weston vorzustellen. Auf der anderen Seite konnte Harker durchaus glauben, dass Lydia bei manch einem Mann schwach werden konnte.

»Wollen Sie mir sagen«, begann Harker, »dass Nicholas kein Problem damit hat, wenn Sie mit anderen Männern ins Bett gehen?«

»Er hat kein Problem damit, wenn ich ihn nicht hintergehe«, antwortete Lydia. »Es gefällt ihm natürlich nicht, aber angenommen, er geht mit anderen Frauen ins Bett, dann wäre es doch heuchlerisch, wenn er sich über meine Seitensprünge beschwerte, oder?«

»Ja, so kann man das sehen.« Harker sah zu, wie Lydia um den Schreibtisch herum ging und sich ihm näherte. »Weiß er, dass Sie hier sind?«

»Natürlich.« Sie blieb vor ihm stehen und fuhr mit dem Daumen über seine Unterlippe. »Er war es sogar, der mich auf den Gedanken gebracht hat.«

»Aha.«

»Sie sehen wie ein junger Gott aus«, murmelte Lydia. Sie warf sich die Tasche über eine Schulter.

»Gehen wir? Ich habe uns ein wunderschönes Restaurant auf der California Street ausgesucht, wo wir frühstücken können.«

»Solange sie Kaffee haben, ist es mir egal, wohin wir gehen, meinetwegen auch zum Hafen.«

Lydias entsetzter Blick amüsierte ihn. Er warf sich ein leichtes Jackett über und folgte Lydia aus dem Zimmer.

Er hätte es kaum anders erwartet – eine Limousine wartete auf sie, um sie ins Restaurant zu fahren. Der livrierte Chauffeur des schnittigen schwarzen Autos setzte sie direkt vor der Tür ab, und ein maître d' führte sie sofort zu einem Tisch. Harker grinste zufrieden, als eine Kellnerin mit einer Silberkaraffe Kaffee auf sie wartete. Sie schenkte die Tassen fast bis zum Rand voll und reichte ihnen die Karte. Harker schlürfte den starken Kaffee und stöhnte vor Behagen. Er schaute hoch und sah, dass Lydia ihn voller Mitgefühl betrachtete.

»Kater?« fragte sie.

»Nicht genug Schlaf.« Harker wartete auf die Wirkung des Koffeins. »Helfen Sie meinem Gedächtnis auf die Sprünge. Warum wollten wir uns treffen?«

»Ich möchte mit Ihnen und Ihrem Agenten über eine Zusammenarbeit sprechen. Zwischen Ihnen und der Zeitschrift *Savoir Faire*«, präzisierte Lydia. »Vorabdrucke künftiger Romane gegen Rezensionen, redaktionelle Berichterstattung und Anzeigen mit einem noch auszuhandelnden Rabatt.«

»Hört sich gut an. Und warum brauchen Sie mich dazu?«

»Ihr PR-Mann hat mir gesagt, dass Sie am liebsten Entscheidungen dieser Art selbst treffen«, antwortete

Lydia. »Ich will mich nur vergewissern, ob Sie Interesse an einer solchen Zusammenarbeit haben.«

»Ihre Zeitschrift ist sehr beeindruckend«, erwiderte Harker. »Ich schätze, dass ich mit allen Vorschlägen einverstanden sind, die mich und meine Arbeit betreffen.«

»Wie lieb von Ihnen«, murmelte Lydia. »Ich werde unserem Vertragsmanager sagen, er soll eine Vereinbarung vorschlagen. Ich glaube, dass Ihre Romane auch für eine weibliche Leserschaft interessant sind, wenn sie richtig vermarktet werden. Ich habe eine Freundin gebeten, eine Rezension der *Roten Sonne* für meine Zeitschrift zu schreiben.«

Ein leiser Verdacht stieg sofort in Harker auf. Unsicher vergewisserte er sich: »Eine Freundin?«

»Ja.« Lydia nippte an ihrem Kaffee und schob die Manschette der Kostümjacke zurück, um auf die Uhr zu schauen. »Molly Radcliffe. Ich glaube, Sie kennen sie. Ich habe sie eingeladen, mit uns zu frühstücken. Sie sollte jeden Augenblick hier sein.«

Harker wusste, dass er überrascht sein sollte, aber er war es nicht. Aber es ärgerte ihn, hinters Licht geführt worden zu sein. »Miss Radcliffe, eh?«

»Ja.« Lydia schaute ihn mit unschuldigem Blick an. »Sie erinnern sich doch an sie, nicht wahr?«

»Oh, ganz sicher. Hat sie Ihnen nicht gesagt, dass wir gestern abend auf Ihrer Party gevögelt haben?«

Man musste Lydia zugute halten, dass sie mit keiner Wimper zuckte. »Nein, Mr. Trevane, das hat sie mir unterschlagen. Sie hat mir allerdings gesagt, dass Sie sich kennengelernt haben und dass sie Sie faszinierend findet.«

»Ich glaube, sie fand mich mehr als faszinierend.«

»Nun, ich weiß jetzt, woher Nevin Rafferty seine Arroganz hat und vielleicht auch seine Integrität und Moral.«

Harker hob die Kaffeetasse an die Lippen und trank. »Angekommen«, sagte er grinsend.

Lydia schaute zum Restauranteingang. »Da ist Molly schon.«

Sie stand auf, um die Freundin zu begrüßen. Sie umarmten sich kurz.

Harker versuchte, Molly in einem anderen Licht zu sehen, in einem Licht, das nicht von Alkohol, Partydunst und purer Lust vernebelt war. Er versuchte sich einzureden, dass es die Umstände waren, die sie zu dem Akt der Begierde in die Bibliothek getrieben hatten, aber das gelang ihm nicht. Er sah Mollys bezaubernde Locken, die hübschen kleinen Sommersprossen auf dem Nasenrücken, die schlanke, biegsame Figur, die in einer hellbraunen Hose und einer weißen Bluse steckte, und sofort spürte er eine Regung in seinen Lenden.

Verdammt.

»Molly, du kennst Harker Trevane.« Lydia hielt eine Hand auf dem Arm der Freundin, als wollte sie sie beschützen.

Molly streckte die Hand aus. »Ja, wir saßen an einem Tisch gestern Abend. Hallo, Harker.«

»Molly.«

Er drückte ihre zierliche Hand und rief sich in Erinnerung, wie die Finger sich so kräftig um seine Erektion geschlungen hatten.

Molly setzte sich und strahlte Lydia an, während sie nach ihrer Tasse Kaffee griff. »Deine Party war wunderbar wie immer, meine Liebe.«

»Danke. Bei einem solchen Ehrengast fällt das nicht schwer.«

Harker fühlte sich plötzlich wie in einer Falle. »Ich habe den Abend genossen.«

»Ich lese dein Buch«, warf Molly ein. »Lydia hat mich nämlich gebeten, eine Rezension für ihre Zeitschrift zu schreiben.«

»Das hat sie mir eben gesagt.« Harker stürzte einen weiteren Schwall Kaffee durch seine Kehle.

»Ich finde das Buch sehr spannend, aber ein bisschen zu machomäßig«, fuhr Molly fort. »Ich meine, das Machogehabe kann auf die Dauer langweilig werden.«

Harker trank seine Tasse leer und stand auf. »Ich habe den Verdacht, dass es sich hier um etwas anderes handelt als um ein Geschäftstreffen«, sagte er. »Und da ich weder die Zeit noch die Energie habe, bei Spielen mitzumachen, deren Regeln ich nicht kenne, werde ich mich von den Damen verabschieden.« Er wandte sich an Lydia. »Schicken Sie alle Informationen an meine Agentin. Sie wird sich mit mir in Verbindung setzen.«

»Warten Sie.« Lydia legte eine Hand auf Harkers Arm. »Ich habe einen großen Fehler gemacht. Harker, ich wusste nichts von dem, was zwischen Ihnen und Molly gelaufen ist, und ich habe Sie ganz sicher nicht zu dieser Verabredung gebeten, um Sie in eine unbehagliche Situation zu bringen. Mir ist jetzt klar, dass Sie beide noch einiges klarzustellen haben, deshalb bin ich es, die sich verabschiedet.«

»Lydia ...«, begann Molly.

Lydia hob ihre Tasche auf und schüttelte den Kopf. »Molly, du weißt, wo ich zu erreichen bin, falls du mich brauchst.«

Im nächsten Moment hatte sie sich herumgedreht und ging mit raschen Schritten aus dem Restaurant.

Harker nahm wieder Platz. »Nun«, sagte er, »was hast du für ein Motiv, zu diesem Treffen zu kommen?«

»Ich habe kein Motiv«, gab Molly zurück. »Keine Angst, Harker, ich werde dir nicht unterstellen, dass du mich geschwängert hast. Wir hatten Sex, und das war's.«

»Ach? Und warum bist du dann hier? Willst du mir mit einer schlechten Rezension drohen?«

»Wie arrogant du doch bist, um mir so etwas zu unterstellen!« fauchte sie. Ihre Augen blitzten zornig. »Ich wollte dir nur noch einmal sagen, dass ich nicht die leichtfertige Prinzessin bin, für die du mich hältst.«

Harker starrte sie an. Ihm war nach Lachen zumute. »Was? Und deshalb bist du sauer auf mich?«

Stirnrunzelnd antwortete Molly: »Ja.«

Jetzt lachte Harker. »Molly, du bist eine Prinzessin. Eine Prinzessin, die sich selbst verleugnet. Du bist dein ganzes Leben lang mit goldenen Löffeln gefüttert worden, du hast nie eine richtige Arbeit gehabt, und du glaubst, dass sich die Welt um dich und deine Probleme dreht. Du weißt wahrscheinlich nicht einmal, was eine Herausforderung ist.«

»Für wen hältst du dich eigentlich?« fauchte Molly. »Du weißt nichts über mich.«

»Oh, ich weiß mehr, als du ahnst.«

»Nein!«

»Nein? Warum erzählst du mir dann nichts über Belastungen, denen du dich ausgesetzt hast, über die Herausforderung, über deine Grenzen hinauszugehen oder sie wenigstens auszuleuchten. Wann hast du zuletzt etwas getan, woraus du neue Erfahrungen für dich gezogen hast? Bei denen du vielleicht eine ganz andere Molly entdeckt hättest?«

»Ich bin dir keine Rechenschaft schuldig.«

Harker sah ihr in die Augen. »Und warum bist du hier?«

»Ich bin hier, weil ... verdammt, vielleicht wollte ich dir etwas beweisen!« fuhr Molly ihn an. »Du mit deinen Geschichten und Abenteuern schaust auf jeden herab, der ein anderes Leben lebt als du.«

»Ich schaue auf niemanden herab, der ein anderes Leben führt«, antwortete Harker. »Nur auf jene, die mit ihrem Leben nichts anfangen.«

»Aber genau davon rede ich ja! Woher willst du wissen, dass ich nichts mit meinem Leben anfange?«

Harker hob die Schultern. »Also gut, Molly. Warum erzählst du mir nicht etwas über dich und dein Leben?«

»Ich leiste viele Wohltätigkeitsarbeiten, leite Ausschüsse, die sich mit der Restaurierung von Kunstgegenständen beschäftigen und fahre jedes Jahr eine beträchtliche Summe an Spenden ein. Außerdem unterstütze ich Krankenhäuser und Organisationen, die Kindern ...«

»Womit verdienst du deinen Lebensunterhalt?« unterbrach Harker sie und war erfreut über die leichte Röte auf ihrem Gesicht. Ganz offensichtlich erregte sie die hitzige Diskussion.

»Ich bin in der glücklichen Situation, dass mein Vater mich noch unterstützen kann, deshalb habe ich meinen Lebensunterhalt noch nicht selbst verdienen müssen. Aber du kannst mir glauben, dass ich diese Position nicht ausnutze.«

»Das bringt mich zu meiner ersten Frage zurück«, sagte Harker. »Hast du dich jemals schon einer großen Herausforderung gestellt?«

»Jede Aufnahme, die ich übernehme, ist eine Herausforderung.«

»Das ist eine lausige Antwort.«

»Es war eine lausige Frage.«

Harker lehnte sich auf seinem Stuhl zurück und legte beide Hände um die Kaffeetasse. »Vielleicht siehst du deine Herausforderung darin, Männer zu erobern, die du auf Parties kennenlernst«, sagte er. »Fühlst du dich damit bis an deine Grenzen gedrückt? Hast du deine sexuellen Grenzen schon einmal ausgelotet?«

Mollys Augen blitzten wieder zornig. »Wenn ich meine Herausforderungen auf diese Weise wahrnehme, warst du eine leichte Eroberung und nicht wirklich eine Herausforderung, oder wie siehst du das?«

»Stimmt«, räumte Harker ein. »Aber das beantwortet immer noch nicht meine Frage.«

»Männer sind keine Herausforderung.«

»Vielleicht nicht«, stimmte Harker zu. »Aber sie können dir helfen, deine sexuellen Grenzen auszuweiten oder zu erkennen.«

Molly hob eine Augenbraue und sah ihn mit ihren verhangenen blauen Augen an. »Wie?« murmelte sie.

Sie starrten sich an, und es schien irgendwas zu funkeln zwischen dem blauen Starren und dem braunen. Es war, als würde die Luft zwischen ihnen elektrisch aufgeladen. Harker strich mit den Knöcheln über Mollys Handrücken und genoss die Sanftheit ihrer Haut.

»Ich kann es dir zeigen«, murmelte er. Der Adrenalinstoß, der seinen Körper durchjagte, überraschte ihn. Ja, er würde Molly Radcliffe sehr gern zeigen wollen, was er genau damit meinte.

»Was willst du mir zeigen?«

»Vertraust du mir?«

»Nicht sehr.«

»Das müsstest du aber.«

Sie musterte ihn argwöhnisch. »Wozu?«

Harker lehnte sich zu ihr. Die Gedanken, die sich in seinem Kopf formten, nahmen immer mehr Gestalt an und erfüllten ihn mit sinnlicher Vorfreude. Er dachte an all die dunklen, köstlichen Gelüste, die er Molly zeigen konnte. Gelüste, die alle ihre Sinne schärften und sie an Grenzen brachten, von denen sie jetzt noch nicht wusste, dass es sie überhaupt gab. Aber er wusste auch, dass er nichts tun konnte, wenn sie ihm nicht vertraute.

»Du musst mir vertrauen und davon ausgehen, dass ich nichts zulassen würde, was dich verletzt oder verletzen könnte«, murmelte Harker. »Und dass ich nichts tun würde, was du nicht tun willst.«

Molly schaute ihn eine Weile an, dann nickte sie kaum merklich. »Ja, das glaube ich«, sagte sie dann. »Aber ich sehe noch keine Verbindung zu unserem Thema.«

Harker hob die Kaffeetasse und nahm den letzten Schluck. Er hob die leere Tasse, als wollte er Molly zutoasten, und sagte dann in aller Ernsthaftigkeit: »Ich trinke auf den Mann, der den Palstek erfunden hat.«

»Den was?«

»Den Palstek. Das ist ein Knoten, den man bei den Pfadfindern lernt. Er ist schnell geknüpft und hält garantiert.«

Drittes Kapitel

Molly hätte sich nie als waghalsig beschrieben. Aber als Harker jetzt das Taxi nach ihr bestieg und die Tür zuschlug, hatte sie das Gefühl, sich auf ein Abenteuer einzulassen, das man durchaus als waghalsig einstufen konnte.

Sie biss sich auf die Unterlippe und schaute aus dem Seitenfenster. Sie wusste nicht mehr, ob sie sich selbst oder Harker Trevane etwas beweisen wollte, aber sie vermutete, dass beide Motive im Spiel waren. Sie wandte sich an Harker.

»Wohin fahren wir?«

»Du wirst es sehen.« Er verschränkte die Arme vor der Brust und starrte sie an. »Hast du Angst?«

»Meinst du das spöttisch?«

»Nein, ich meine es als Frage.«

»Dann lautet die Antwort: Nein, ich habe keine Angst«, sagte Molly. Sie hatte ihm versichert, dass sie ihm vertraute, spürte aber immer noch den Drang, sich dagegen aufzulehnen, wie ein Gefangener sich gegen seine Ketten auflehnt. »Aber ich bin sehr neugierig.«

»Eins darfst du nicht vergessen, Molly«, sagte Harker. »Wann immer du aufhören und nach Hause gehen willst, brauchst du es mir nur zu sagen. Verstehst du?«

Himmel, worüber redete er? »Womit aufhören?« fragte Molly irritiert.

»Verstehst du?« wiederholte Harker.

»Wenn ich aufhören und nach Hause gehen will,

brauche ich es dir nur zu sagen. Natürlich verstehe ich das. Ich werde auch nicht zu schüchtern sein, das zu verlangen, was ich will.«

Ein dünnes Lächeln spielte um Harkers Lippen. »Das habe ich mir gedacht.«

Molly sah ihn noch einen Moment nachdenklich von der Seite an, dann schaute sie wieder hinaus. Sie fuhren in Richtung Haight-Ashbury. Sie konnte sich nicht vorstellen, was Harker dort zu suchen hatte. Sie war schon seit Jahren nicht mehr in dieser Gegend gewesen. In der Stadt wusste jeder, dass die frühere Heimat der Hippies und Hascher heruntergekommen war. Es gab noch ein paar Geschäfte dort, Billigläden und Bikershops. Vielleicht wollte Harker sie ebenso verwandeln, wie Lydia ihren Nicholas verwandelt hatte, und würde sie mit Bundfaltenhosen und gestreiften Hemden ausstatten.

»So, wir sind am Ziel.« Harker zahlte den Fahrer und stieg vor einem harmlos aussehenden Geschäft aus dem Taxi. Im einzigen Schaufenster des Geschäfts waren Unterwäsche und Körperöle ausgestellt.

»Und das soll's sein?« fragte Molly. »Das ist deine sexuelle Herausforderung?«

Harker antwortete nicht. Er nahm ihre Hand und führte sie in den Laden. Molly blickte sich neugierig um, überprüfte die Spitze eines weißen Bodys zwischen Daumen und Zeigefinger und kräuselte die Nase. Billiges Polyester.

»Harker, bist du das?« Eine kehlige Frauenstimme ließ Molly überrascht aufsehen.

Eine vollbusige, dunkelhaarige Frau trat hinter einem Vorhang hervor, der den Ladenraum von einem Hinterzimmer trennte. Die Frau trug eine tief ausgeschnittene Bluse und einen Minirock aus Leder, und sie bewegte sich mit der Leichtigkeit einer Frau, die mit ihrem Körper im Einklang lebt.

»Du bist es wirklich, nicht wahr? Wie lange ist das jetzt her, dass du zuletzt hier warst?«

»Wenigstens ein paar Jahre, Glenda«, sagte Harker. »Es ist schön, dich zu sehen. Das hier ist meine Freundin Molly.«

Glenda sah Molly flüchtig an und lächelte. Molly nickte zum Gruß. Glenda war eine attraktive Frau, üppig und sexy. Sie strahlte Wärme und Sinnlichkeit aus. Molly fragte sich, welcher Art die Beziehung sein konnte, die Glenda mit Harker hatte, aber sie war nicht sicher, ob sie es überhaupt wissen wollte.

Glenda strahlte Harker an. »Du siehst phantastisch aus. Willst du mit nach hinten gehen?«

Mollys Kinnlade klappte vor Entsetzen nach unten. Betrieb Glenda hier ein Bordell, und war das eigentümliche Geschäft nur ein Vorwand? Aber würde Harker ein solches Etablissement aufsuchen?

»Ja, gern. Molly kommt auch mit.« Harker wandte sich an Molly. »Es sei denn, sie will nicht.«

Molly hörte die unterschwellige Herausforderung in seiner Stimme. »Natürlich komme ich mit.«

Aus irgendeinem Grund wünschte sie, er würde wieder ihre Hand nehmen, aber er tat es nicht. Sie folgten Glenda um die Ladentheke herum, am Vorhang vorbei und ins Hinterzimmer. Molly verharrte mitten im Schritt, als sie die Überfülle der Lederartikel sah, die überall ausgebreitet waren. Unterwäsche aus Leder, Röcke, Blusen, Hemden, Hosen. Noch verblüffender waren die Gegenstände, die an den Wänden hingen. Lederpeitschen in allen Größen und Formen,

Handschellen und viele Dinge oder Geräte, die sie nicht kannte.

Allmählich dämmerte es Molly, in welche Richtung Harker gedacht hatte, als er von einer sexuellen Herausforderung gesprochen hatte.

Sie spürte seinen Blick und schaute ihn an.

»Nun, Molly?«

»Nun, Harker?« gab sie zurück. »Das ist es?«

»Oh, nein, noch lange nicht. Ich dachte, Glenda könnte dir behilflich sein, etwas zum Anziehen auszusuchen.«

Glenda lächelte strahlend. »Das würde ich gern tun. Ich habe fabelhafte Sachen für dich. Bluse und Rock, oder soll es sexy sein, zum Beispiel ein Mieder?«

»Sexy muss es sein«, sagte Harker, »und in Leder.«

Harker wollte sie also in Leder gekleidet sehen. Nun, eine Herausforderung war das nicht. Molly zog Pelze vor, aber in letzter Zeit war das so *déclassé*. Außerdem hatte sie zuletzt bei einer Anti-Pelz-Kampagne mitgemacht.

»Also gut«, sagte sie. »Womit fange ich an?«

Harker setzte sich auf einen Stuhl und streckte die Beine aus. »Dann warte ich hier und überlasse es euch Ladies, das Richtige zu finden. Du weißt, was mir gefällt, Glenda.«

Sie blinzelte ihm zu. »Und wie! Komm mit mir, Molly. Ich zeige dir die schönsten Mieder und Korsetts.«

Molly folgte Glenda in den hinteren Teil des Zimmers und sah zu, wie Glenda Stapel um Stapel durchwühlte, ehe sie ein paar winzige Dinge herauszog, die ihr offenbar zusagten. Dann schritt sie zu einem hohen, dreiteiligen Spiegel an der Wand.

»Das hier«, sagte Glenda und breitete ein Kleidungsstück aus, das etwa bis zum Nabel reichte. »Probiere das zuerst an.«

Molly sah skeptisch auf das Lederstück. »Da ist nicht viel dran, was?«

Glenda lachte. »Ich glaube, das ist Absicht.«

»Wo ist die Umkleide?«

»Du stehst mittendrin. Ich hoffe, du bist nicht schüchtern. Ich habe schon den einen oder anderen Frauenkörper gesehen.«

»Schon okay.« Molly warf im Spiegel einen Blick auf Harker und war erleichtert, als sie sah, dass er sich in eine Zeitung vertieft hatte. Es behagte ihr nicht, sich vor einer fremden Frau auszuziehen, aber sie würde nicht jetzt schon einen Rückzieher bei dem Spiel machen, das Harker sich für sie ausgedacht hatte.

Molly zog sich aus, bis sie nur noch in BH und Slip vor dem Spiegel stand.

»Behalte den Slip an«, sagte Glenda. Sie streckte beide Hände aus und hakte Mollys BH auf. »Der muss weg.«

Instinktiv fuhren Mollys Hände zu ihrem BH, um ihn festzuhalten, aber dann glitten die Träger auch schon von den Schultern.

Glenda gluckste. »Du bist doch schüchtern, nicht wahr? Wie köstlich!«

Molly errötete. Ihr gefiel Glendas gönnerischer Tonfall nicht. Sie streifte den BH ab und versuchte den Gedanken zu verdrängen, dass sie fast nackt in einem Sex- und Leder-Shop stand, Harker Trevane nur ein paar Schritte entfernt, und dicht hinter ihr eine fremde Frau, die ihr in das Teil helfen wollte.

»Man tritt hinein«, sagte Glenda und bückte sich,

um Mollys das Einsteigen zu erleichtern, dann zog sie es die Beine hoch. »Dieses Stück ist an den Hüften hoch angesetzt.«

»Und an den Brüsten ein bisschen tief«, bemerkte Molly. Das Ding lief oben in zwei Streifen aus, die offenbar ihre Brüste bedecken sollten. Sie zuckte leicht, als Glenda die beiden schmalen Träger im Nacken zusammenband. Dann stellte sich Glenda vor sie hin und wollte die Streifen über den Brüsten arrangieren.

»Eh, das mache ich lieber selbst.«

»Du hast hübsche Brüste«, sagte Glenda und legte einen Streifen über Mollys Nippel. »Klein und hübsch geformt. So sollten Brüste sein. Nicht wie diese gewaltigen Melonen.«

Sie wies auf ihre eigene Oberweite, dann legte sie den anderen Streifen über Mollys Brust und fuhr leicht mit einem Finger durch das Tal der Brüste. Molly war entsetzt – zuerst über das, was Glenda sich herausnahm, dann aber noch mehr über das Verhärten ihrer Brustwarzen. Das Gefühl des Leders, die Nähe der anderen Frau und der dezente Duft ihres Parfums.

Sie war erleichtert, als Glenda zurücktrat, damit Molly sich im Spiegel betrachten konnte.

Molly errötete, als sie ihr Spiegelbild sah. Ein großes V aus Haut war bis zum Nabel entblößt. Man konnte die Kurven ihrer Brüste und ihrer Hüften sehen. Das Leder betonte die sanfte Schwellung ihres Bauchs, und Molly hatte auch nicht geahnt, dass ihre Schenkel so prall aussahen.

»Es schmeichelt mir aber gar nicht«, murmelte sie.

Glenda betrachtete Molly nachdenklich und tippte

einen Finger gegen ihre Wange. »Ja, stimmt«, sagte sie. »Wir müssen was anderes anprobieren.«

Nun, wenigstens war die Frau ehrlich, dachte Molly. Sie probierte drei weitere Sachen an, aber alle schienen ihre körperlichen Mängel, die ihr bisher gar nicht bewusst gewesen waren, zu betonen. Bisher hatte Harkers sexuelle Herausforderung nur dazu geführt, dass sie einen gewaltigen Minderwertigkeitskomplex bekam. Sie seufzte, als Glenda ein Bustier in der Hand hielt, an dem es eine Reihe von schmalen Lederbändchen gab.

»Glenda, ich habe offenbar nicht den Körper für Leder«, sagte sie. »Hast du nicht irgendwas anderes? Etwas Langes, Fließendes vielleicht?«

»Molly, jeder hat einen Körper für Leder«, antwortete Glenda. »Es geht nur darum, das richtige Leder zu finden. Komm, probieren wir nur noch dieses hier.«

Molly nahm das Bustier und zog es an. Das untere Teil enthüllte weniger als die anderen Sachen, die sie bisher anprobiert hatte. Es schien sich sogar an ihre Gesäßbacken anzuschmiegen, ohne auftragend zu wirken. Das Top war einfach geschnitten, es bestand aus diesen Bändchen, die ihre Brüste bedeckten. In der Mitte wurde das Bustier geschnürt. Molly ließ zu, dass Glenda ihr die Schnüre festzurrte, aber sie biss sich auf die Zähne, als Glenda zu heftig an den Schnüren zog.

»Ich kann kaum noch atmen.«

»Ach, daran gewöhnt man sich«, sagte Glenda und zurrte noch kräftiger, wodurch Mollys Brüste nach oben gedrückt wurden. Die Frau trat einen Schritt zurück und betrachtete Molly kurz, dann nickte sie, trat hinter Molly und befestigte das Lederband um Mollys Hals. Glenda lächelte. »Da, ich habe es doch gewusst!«

Molly starrte ihr Spiegelbild an. Ja, das Bustier stand ihr wirklich gut. Es engte ihre Taille ein, die Rundungen des Gesäßes wurden betont, und das Leder schmiegte sich verschwenderisch an ihre Kurven an.

»Nicht schlecht«, murmelte Molly.

»Warte nur«, sagte Glenda. »Wenn du erst Netzstrümpfe und hohe Absätze trägst, bist du die umschwärmte *femme fatale.* Ich suche ein paar Schuhe.«

Nachdem sie sich noch eine Weile im Spiegel bewundert hatte, zog Molly das Bustier über ihre Hüften. Während sie in ihre Kleider stieg, warf sie einen Blick auf Harker, aber er schien weder für sie noch für Glenda einen Blick übrig zu haben. Molly ging zu Glenda, und gemeinsam suchten sie Schuhe und Strümpfe aus. Als sie sich Harker näherten, stand er auf.

»Fertig und bereit?« fragte er.

»Ja zu beidem«, antwortete Molly. Sie langte in ihre Tasche, nahm eine Kreditkarte heraus und reichte sie Glenda.

»Warte«, sagte Harker. »Ich zahle.«

Molly schüttelte den Kopf. Sie hatte das bestimmte Gefühl, dass sie zuviel Kontrolle aufgab, wenn sie Harker für das Bustier zahlen ließ. »Nein, ich zahle lieber selbst.«

Glenda drückte die Beträge in die Kasse ein. »Und Harker? Irgendwas für dich?«

Harker wies mit dem Kopf auf eine Papiertüte auf

der Theke. »Ich habe ein paar Sache zusammengetragen.«

»Wann hast du denn eingekauft?« fragte Molly verwundert.

Harker blinzelte ihr zu. »Als du nicht hingeschaut hast.«

»Molly, es war mir ein Vergnügen, dich kennenzulernen«, sagte Glenda. »Ich hoffe, dass ich euch beide bald wiedersehe.«

»Mich wirst du bestimmt wiedersehen«, erwiderte Harker. »Ob Molly dann bei mir ist oder nicht ... nun, das bleibt ihre Entscheidung.«

Molly bedankte sich bei Glenda für ihre Hilfe und ging dann mit Harker hinaus. »Du willst mich in die Welt der sexuellen Lederspiele einführen, nicht wahr?« fragte sie ihn spöttisch. »Das ist die Herausforderung, von der du gesprochen hast.«

Harker schüttelte enttäuscht den Kopf. »Das ist dein Problem, Molly. Du hast eine zu beschränkte Sicht der Dinge. Besonders der Dinge, von denen du nichts verstehst.«

»Woher willst du wissen, dass ich nichts von Bondage und SM verstehe?«

»Was weißt du denn schon davon?«

»Ach, was man so hört und liest und sieht. Ein bisschen mehr Kitzel, ein bisschen abartig.«

Molly war sicher, dass sie damit fertig wurde. Himmel, mit Harker würde ihr das wahrscheinlich großen Spaß machen. Nicht, dass sie je mit Bondage und solchen Sachen zu tun gehabt hätte, aber bei allem gab es das erste Mal. Ja, sie würde damit fertig werden, dachte sie resolut, als sie im Taxi saß, Glendas Einkaufstüte auf dem Schoß. Sie würde Harker Trevane beweisen, dass sie kein Pozellanpüppchen war. Sie würde mit jeder Herausforderung fertig werden, die er sich für sie ausdachte.

Molly war sicher, dass ihr Herz noch nie so verrückt gepocht hatte. Sie schlüpfte mit den Füßen in die Schuhe mit den hohen Absätzen und zupfte an dem Bustier in dem erfolglosen Versuch, etwas mehr von ihrem Ausschnitt zu bedecken. Seltsam, bis heute hatte sie nie die Notwendigkeit empfunden, den ohnehin eher bescheidenen Brustansatz zu verhüllen.

»Molly.« Harkers Stimme auf der anderen Seite der Tür klang voller Ungeduld. »Ich bin des Wartens müde.«

»Ja, schon gut«, gab sie ungehalten zurück. »Warum die plötzliche Eile?«

Wenn sie jetzt noch einmal in den Spiegel schaute, würde sie bestimmt die Nerven verlieren. Molly atmete tief durch und öffnete die Tür. Sie spürte Harkers Blicke auf sich, als berührte er sie mit den Händen. Sie blieb in der Tür stehen und fürchtete sich davor, seinen Ansprüchen nicht zu genügen.

Sie wusste bald, dass ihre Sorge unberechtigt war. Es blitzte in Harkers Augen, und er trat ihr entgegen mit der Sicherheit eines Mannes, der genau wusste, was er wollte. Er ließ seine Hände über ihre Hüften gleiten, legte sie dann auf ihren Hintern und zog sie näher an sich heran.

»Molly, du hast keine Ahnung, worauf du dich einläßt, auch wenn du auf deine flippige Art das Gegenteil behauptest. Sage mir, ob du aufhören willst.«

Molly schüttelte den Kopf, obwohl ihr Herz noch

heftiger schlug. Der Puls in ihrem Hals pochte gegen das Lederhalsband. »Nein, ich will nicht aufhören.«

Harker drückte sie gegen die Wand, umfasste ihren Hals mit einer Hand und presste seinen Mund auf ihren. Molly versank in eine Trance der Begierde, die offenbar nur Harker Trevane bei ihr auslösen konnte. Hitze hüllte ihren Körper ein und erhöhte ihre Wahrnehmung des Leders, das sie einengte. Die Nippel drückten sich beinahe schmerzhaft gegen das weiche Material. Gefühle dieser Art hatte sie noch nie erlebt, sie entstanden aus einer Kombination von Erregung und Zwang.

Harker schob ein Knie zwischen ihre Schenkel und legte die Hände auf ihre Hüften, um sie zu führen. Molly warf den Kopf in den Nacken und stieß gegen die Wand. Ihre Beine gingen auseinander, und ihr Geschlecht rutschte über Harkers harten Schenkel. Sie spürte, wie sich die Feuchtigkeit in ihr sammelte und wie sich das Leder an ihr rieb. Instinktiv ließ sie ihren Schoß kreisen, um den wachsenden Druck in ihrem Innern abzulassen. Harker lachte rauh auf.

»Oh, nein, Molly, meine Liebe. So schnell verschaffe ich dir keine Erleichterung. Aufs Bett mit dir.«

Molly hob den Kopf, starrte ihn an. Er verweigerte ihr einen Orgasmus? Ja, gab es das denn auch? Seit wann verweigerten Männer ihr einen Orgasmus? Gewöhnlich überschlugen sie sich, ihr einen zu besorgen. »Wie, bitte?« fragte sie.

»Aufs Bett.«

Da war sie wieder, der herausfordernde Tonfall in seiner Stimme. Molly bedachte ihn mit einem aufsässigen Blick, ging dann aber aufs Bett zu. Sie streckte sich auf dem Rücken aus und spreizte die Beine in der

Hoffnung, dass er sah, wie bereit sie schon für ihn war. Das lederne Bustier schmiegte sich aufreizend um ihren heißen Körper, es fühlte sich köstlich unanständig auf ihrer Haut an. Ja, sie würde sich rasch an dieses Gefühl gewöhnen.

Sie schloss die Augen, und im nächsten Moment spürte sie, wie er ihre Hände packte, und bevor sie die Augen wieder aufschlug, wusste sie, dass ihre Handgelenke gefesselt waren. Sie schaute Harker an.

»Du fesselst mich?«

»Ja. Gefällt es dir?«

Molly wartete, bis er mit den Knoten fertig war. Sie rutschte unruhig auf dem Bett herum und versuchte, sich über ihre Gefühle klar zu werden. Das Empfinden der Hilflosigkeit vermischte sich mit einer dunklen, gefährlichen Erregung. »Ich weiß nicht«, murmelte sie.

»Soll ich dich wieder losbinden? Das ist der große Vorteil des Palstek: Leicht zu binden und leicht zu öffnen, aber er hält.«

Molly rutschte wieder von einer Backe auf die andere. Ihr Atem ging schwer und schnell, und ihre Brust hob und senkte sich gegen die Lederbändchen. Sie konnte sich nicht erinnern, sich einmal so hilflos und verletzlich gefühlt zu haben.

»Nein, ich will nicht, dass du mich losbindest.« Die Vorstellung, dass er sie nahm, während sie an die Bettpfosten festgebunden war, erregte sie und erhitzte ihren Körper.

»Das Sicherheitswort heißt ›dunkel‹. Wenn du dieses Wort sagst, höre ich sofort auf, das zu tun, was ich gerade tue. Hast du verstanden?«

Molly nickte. Zu ihrer Überraschung legte sich Harker nicht auf sie. Er setzte sich neben sie aufs Bett und fuhr mit den Fingerspitzen die Konturen ihres Gesichts ab. »Molly, warum erzählst du mir nicht deine sexuellen Phantasien?«

Molly starrte ihn an. »Ich soll dir meine Phantasien erzählen?«

»Ja, die verbotenen.«

Mollys Gesicht wurde dunkelrot. »Warum?«

»Weil ich sie kennenlernen möchte. Hast du Angst, sie mir zu erzählen?«

»Warum fragst du andauernd, ob ich Angst hätte?«

»Hast du?«

»Nein.« Sie war argwöhnisch, aber nicht verängstigt. Aus irgendeinem Grund vertraute sie Harker Trevane mehr, als sie je einem Mann vertraut hatte. »Ich habe keine Angst.«

»Dann kannst du sie mir erzählen.«

»Ich stelle mir manchmal vor, es mit zwei Männern zu tun«, sagte Molly bedächtig.

»Und?«

»Das ist alles. Zwei Geliebte.« Molly zerrte an ihren Handfesseln. Wollte er mehr Einzelheiten hören? »Zwei Männer, die mit mir schlafen.«

»Bist du auf Händen und Knien?«

»Harker!« rief Molly entsetzt und starrte ihn tadelnd an. »Was soll denn diese Frage?«

Er legte eine Hand auf ihre Stirn. »Entspanne dich, Molly. Versuch's mal. Versuche, mir in allen Einzelheiten deine Phantasie zu erzählen.«

Konnte sie das? Brachte sie das fertig? Molly war nicht sicher. Sie senkte den Blick und spürte, dass sie noch heißer wurde.

Nach einem längeren Schweigen begann sie, und

ihre Stimme klang so sanft, wie sie selbst sich noch nie gehört hatte.

»Das ist eine Phantasie, die ich schon als Teenager gehabt habe. Ich kenne die Männer nicht, und sie kennen mich nicht. Ich liege auf dem Rücken, habe die Beine gespreizt, und einer der Männer besorgt es mir, während der andere über mir hockt, so dass ich ihn mit dem Mund befriedigen kann.«

»Wie hockt er über dir?«

»Er kniet neben meinen Schultern und sitzt auf meiner Brust.« Molly bemerkte, dass die Erzählung sie noch mehr erregte. »Mit seinen Backen streift er über meine Nippel.«

Harker griff an ihre Brust und streichelte mit den Fingern darüber. »Sind deine Nippel hart?«

»Ja.« Molly konnte nicht glauben, dass sie all das tat, und dann auch noch mit Harker Trevane! Aber im Stadium ihrer Erregung ... Die ganze Fläche ihrer Haut war ein einziges Feuer, und der Lederstreifen zwischen ihren Beinen rieb wonnevoll gegen ihre Labien.

»Weiter.«

»Was willst du denn noch hören?«

»Wie es dir geht. Was du fühlst.«

»In meiner Phantasie?«

»Ja.«

»Erregt, natürlich.«

»Auch dominiert, beherrscht?«

»Ja.« Molly riskierte einen Blick auf ihn und traf seine glänzenden Augen. »Du glaubst, dass ich einen heimlichen Wunsch habe, beherrscht zu werden, was?«

Harker schüttelte den Kopf. »Das glaube ich nicht,

Molly. Obwohl zutrifft, dass Phantasien oft verdeckte Wünsche anzeigen. Möchtest du es mal mit zwei Männern gleichzeitig versuchen?«

»Es käme auf die Männer an.«

»Aber du würdest es gern mal versuchen.«

»Ja.« Molly öffnete die Lippen, um mehr Luft einzusaugen. Sie war verblüfft über ihr Geständnis.

Harker streichelte mit einer Hand über Brüste und Bauch, dann hinunter zum feuchten Dreieck ihrer Schenkel. Seine Finger schlüpften unter den Lederstreifen und in die Falten ihrer Vulva. Molly stöhnte auf und stemmte die Hüften in die Höhe. Harker lächelte und fuhr mit einem Finger die Labien entlang und rieb mit dem Daumen leicht über ihren Kitzler.

»Du darfst noch nicht kommen«, befahl er mit rauer Stimme.

Ein Wimmern drang über Mollys Lippen. »Aber ...«

»Nein, nicht. Dreh dich um.«

Die Bänder an den Handgelenken waren lang genug, so dass Molly sich auf den Bauch legen konnte. Ihr Herz klopfte wie wild, sie hörte das Schaben des Leders an ihren Gelenken, hörte ihr hechelndes Atmen und roch ihre eigene Erregung. Auf Harkers Befehl hin schloss sie die Augen. Sie bebte vor gespannter Erwartung.

Was würde Harker als Nächstes mit ihr machen? Seine Hand strich über ihre Pobacken, dann schlug er mit der flachen Hand zu. Molly stöhnte überrascht auf und wollte sich aufrichten, aber die Fesseln hinderten sie daran.

»Entspanne dich«, murmelte Harker. Er schlug wieder zu, diesmal härter.

»Autsch!« Molly zerrte an ihren Fesseln und

wandte den Kopf nach Harker um. Sie bedachte ihn mit einem giftigen Blick. »Das hat weh getan.«

»Soll es auch.« Seine Finger griffen wieder an ihr Geschlecht, rieben die schmerzende Klitoris. »Soll ich aufhören?«

»Nein.« Molly schloss wieder die Augen. Ihr ganzer Körper zuckte nach dem nächsten Schlag. Unter dem Leder ihres Hinterns begann es zu brennen. Sie hätte nie für möglich gehalten, dass es eine solche Mischung von Gefühlen geben konnte. Harker schlug weiter mit der flachen Hand zu, und die Hitze strahlte in den ganzen Unterleib aus, züngelte wie eine glühendrote Flamme. Sie stöhnte und warf sich herum und wünschte, er würde wieder mit seinen Fingern in ihr spielen. Sie stieß wimmernd seinen Namen aus und wurde wütend, als sie ihn glucksen hörte.

»Meine hungrige Molly.« Sein Mund war dicht an ihrem Ohr. »Würdest du es gern haben, wenn sich Glenda ein bisschen um dich kümmern würde?«

Oh, Himmel. Molly schloss rasch die Augen. Sie musste an die großen Brüste der anderen Frau denken.

»Ja«, stöhnte sie, und es schockierte sie, als sie das Wort hörte. Harkers Hand verharrte auf ihrem Po. Langsam wandte Molly den Kopf und traf seinen Blick. Sie konnte kaum glauben, welche Dinge sie bereit war, ihm anzuvertrauen.

Harker sah sie ernst an. »Soll ich aufhören?«

Molly schüttelte den Kopf. »Nein.«

Molly wachte auf, und ihr Körper pochte vor Begierde. Sie rutschte von einer Seite auf die andere und verzog das Gesicht, als ihr bewusst wurde, dass ihre Arme noch gefesselt waren. Ihre Gedanken wurden allmählich klarer, und sie erinnerte sich daran, dass Harker ihr gestern Abend keinen Orgasmus gestattet hatte. Molly stöhnte. Sie fühlte, dass sie eine neue Ebene der Wahrnehmung und Stimulierung erreicht hatte.

Sie hob den Kopf und schaute sich nach Harker um. Furcht erfüllte sie, als sie ihn nicht sah. Er würde sie doch nicht allein gelassen haben?

Die Tür zum Badezimmer öffnete sich, und Harker trat ins Zimmer. Er trug Jeans und ein schwarzes T-Shirt.

»Oh, meine schlafende Schönheit.« Am Bett blieb er stehen. Er wischte behutsam eine Haarsträhne aus ihrer Stirn. »Ist etwas nicht in Ordnung?«

Molly schluckte ein paarmal und schüttelte den Kopf. »Ich ... ich habe dich nicht sofort gesehen.«

»Ich würde dich nie allein lassen, das weißt du doch.« Harker beugte sich über sie und löste die Knoten mit erstaunlicher Schnelligkeit. Er rieb die roten Stellen an ihren Gelenken. »Sind sie wund?«

»Ein bisschen, nicht sehr.« Molly setzte sich langsam auf. Die Lederkleidung fühlte sich nicht mehr sinnlich an, sondern einschnürend und heiß. »Wie spät ist es?«

»Drei Uhr morgens. Wie fühlst du dich?«

»Heiß.«

»Geh ins Bad und zieh das aus«, sagte Harker. Und komm nackt wieder zurück.«

Molly sah ihn verdutzt an. »Ganz nackt?«

Er nickte. Molly fiel ein, dass er sie bisher noch nicht völlig nackt gesehen hatte. Der Gedanke war irgendwie beunruhigend. Sie stand auf und ging ins Bad, erleichtert, dass sie sich von dem Leder befreien konnte. Sie duschte rasch und trocknete sich ab. Sie zögerte kurz, bevor sie wieder in sein Schlafzimmer trat.

Harker musterte sie ausgiebig, betrachtete ihre Brüste, die ausladenden Hüften und dann das Dreieck. Molly errötete. Sie musste an die kleinen Unzulänglichkeiten denken, die sie so deutlich unter der ersten Lederkluft gesehen hatte. Sie musste an sich halten, um ihre Blöße nicht zu bedecken.

»Du hast eine hübsche Figur, Molly.« Harker nahm einen langen, leichten Mantel aus dem Schrank. »Zieh ihn an.«

»Ist das alles?«

»Das ist alles.«

Molly zog den Mantel an und zog den Gürtel stramm. Sie glitt mit den Füßen in die hochhackigen Schuhe, die Harker ihr hingestellt hatte. Sie fühlte sich sexy, so völlig nackt unter dem Mantel.

»Und jetzt gehen wir«, sagte Harker und warf sich eine Lederjacke über.

»Wir gehen?« fragte Molly düpiert. »Ich soll so ausgehen?«

»Möchtest du nicht?«

Molly überlegte, aber dann stellte sie fest, dass sie schon gar nicht mehr überrascht war, diese Vorstellung erotisch zu finden. »Wohin gehen wir?«

»Komm.« Harker nahm ihre Hand und führte sie zur Tür.

Er ließ auch ihre Hand nicht los, als sie mit dem Lift hinunter fuhren, eine Geste, für die Molly dankbar war. Sie nahmen ein Taxi, und Harker nannte eine Adresse, die Molly nichts sagte. Die Straßen waren fast leer, und die Lampen warfen einen unheimlichen Schimmer über die Stadt.

Das Taxi hielt vor einem dunklen Gebäude. Eine Eisentreppe führte hinunter in das Souterrain.

»Was ist das für ein Haus?« Molly warf Harker einen misstrauischen Blick zu, folgte ihm dann zögernd die Treppe hinunter.

Ihre Hand hielt seine fester umklammert, als sie durch eine schmale Türöffnung einen Raum voller Menschen betraten. Es schien sich um eine Bar zu handeln, aber alle Gäste trugen Lederkleidung, wobei die meisten Wert darauf gelegt hatten, dass der eine oder andere Teil des Körpers entblößt blieb. Es war die seltsamste Gruppe, die Molly je gesehen hatte. Ein Mann trug einen Lederbikini, und eine Frau war von oben bis unten in Latex gehüllt. Entsetzt starrte Molly auf eine Frau, die an ihr vorbeiging und einen Mann an der Leine führte. Laute Musik dröhnte aus allen Ecken des nicht sehr großen Raums.

»Harker, ich bin mir nicht sicher, ob mir das gefällt«, murmelte Molly.

»Ich werde dich nicht allein lassen, Molly, das verspreche ich dir.« Harker führte sie durch die Menge und durch eine andere Tür. Als er die Tür hinter sich zuzog, wurde der Musiklärm erträglicher. Dieser Raum war leer bis auf ein großes rundes Bett. An der Decke befand sich ein riesiger Spiegel.

»Da bist du ja, Liebster.«

Molly zuckte zusammen und sah erst jetzt Glenda, die sich von einem Stuhl erhob. Sie war ganz in Leder gekleidet, wobei der breite und tiefe V-Ausschnitt des

Oberteils die prallen Brüste fast entblößte. Molly erinnerte sich daran, was sie erst vor ein paar Stunden Harker gestanden hatte, und errötete.

Glenda lächelte Molly an, beugte sich vor und küsste sie leicht auf den Mund. »Wie geht es dir, Molly?«

»Es geht.«

»Komm und setz dich.« Glenda ging hinüber zum Bett und wies auf den Platz neben sich. »Hab keine Angst, Molly. Niemand wird dich zwingen, etwas zu tun, was du nicht tun willst.«

»Bist du nicht neugierig?« fragte Harker leise und huschte mit warmen Lippen über Mollys Nacken.

Molly traute sich kaum zu atmen. Zu ihrer Überraschung wurde ihr bewusst, dass sie in der Tat neugierig war. Sie ließ Harkers Hand los und ging hinüber zu Glenda, setzte sich neben sie aufs Bett. Sie spürte, wie ihre Haut sich unter dem Mantel wärmte. Sie fing einen Hauch von Glendas Parfum ein.

»Weißt du, Molly, die Szene besteht nicht aus lauter abgefackten Typen«, erklärte Glenda. »Es sind ganz normale Leute, Geschäftsinhaber, Journalisten, Buchhalter. Menschen, die entweder gern die Kontrolle übernehmen oder sie anderen überlassen. Ich rede von sexuellen Situationen, über die sie sich vorher geeinigt haben. Du kannst es versuchen. Wenn es dir gefällt, heißt es noch lange nicht, dass du sexuell durchgedreht bist. Du hast lediglich eine andere Form der Sexualität kennengelernt.«

Davon war Molly zwar noch nicht überzeugt, aber diese kleine Meinungsverschiedenheit schränkte ihre Neugier nicht ein. Eher traf das Gegenteil zu.

Glenda legte eine Hand auf Mollys Knie, fuhr zwischen die Mantelschöße und streichelte über ihre nackten Schenkel. Ein Schimmer der Erregung leuchtete in Glendas Augen, aber sie drang sehr langsam vor, als ob sie Molly nicht erschrecken wollte. Ihre Finger kreisten auf Mollys nackter Haut und brachten sie zum Zittern. Die Nerven spannten sich in Mollys Bauch an. Nie zuvor hatte eine Frau sie so intim berührt, und sie war nicht sicher, ob es ihr gefiel.

Als Glenda behutsam begann, den Gürtel des Mantels aufzuknoten, zuckte Molly. »Ich weiß nicht ...«

»Wir können aufhören, wann immer du willst«, murmelte Glenda, und ihre Finger verharrten reglos.

Molly schaute zu Harker und atmete tief ein. Sie wollte es tun, sie war neugierig, wie es wohl sein würde, aber ihre Nerven spielten ihr einen Streich. »Ich meine, ich habe noch nie ...«

»Ich weiß, Süße«, flüsterte Glenda. »Aber ich finde dich so lieb, dass ich mich kaum zurückhalten kann.«

Sie drückte ihre Lippen auf Mollys Mund, zuerst sanft, dann mit zunehmender Begierde. Erregung baute sich in Molly auf, sie spürte die Nervenenden in ihrem Schoß, ein Ergebnis der Sinnlichkeit, die Glenda ausstrahlte. Sie fühlte sich ganz anders an als ein Mann, weicher und voller Erotik. Sie öffnete die Lippen unter Glendas Mund, und dann begannen ihre Zungen ein erregendes Spiel.

»Gefällt's dir?« fragte Molly.

Molly nickte und spürte, wie sie sich bereitwillig in den Lustkreis von Glendas Sinnlichkeit hineinziehen ließ. Sie hatte oft über die Liebe mit einer Frau phantasiert, aber sie hatte nie geglaubt, dass es so schön sein könnte. Wie aus dichtem Nebel hörte sie sich sagen: »Bitte ... ich möchte dich sehen ...«

Glenda lächelte. »Du bist ein Schatz.«

Sie stand auf und zog sich aus. Ihre prallen Brüste waren cremig weiß, und die Nippel leuchteten rosa. Molly spürte, wie ihr Mund wässrig wurde. Ja, sie lechzte danach, Glendas nackten Körper an ihrem zu spüren. Glenda beugte sich über sie und drückte ihrer beider Brüste zusammen. Molly stöhnte voller Lust und öffnete instinktiv ihre Schenkel, um der anderen Frau Zugang zu ihrer geheimen Stelle zu gewähren. Glenda küsste und leckte einen feuchten Pfad vom Nabel hinunter, bis sie Mollys Muschi mit der Zunge verwöhnen konnte.

Bei der ersten Berührung von Glendas Mund keuchte Molly auf. »Oh, das ist wunderbar«, jubelte sie mit zitternder Stimme. Sie schloss die Augen und genoss die erregenden Gefühle, die Glenda bei ihr auslöste. Sie wusste genau, was sie tun musste, um Molly größtmögliche Lust zu bescheren.

Ein Orgasmus schüttelte Molly durch, der sich schon vor Stunden aufgebaut hatte. Er überfiel sie von einer Sekunde zur anderen, als Glenda das erste Mal mit der Zunge über Mollys Klitoris strich. Molly schrie auf, ihre Hüften schossen hoch, immer und immer wieder. Glenda langte mit beiden Händen hoch und streichelte und knetete Mollys Brüste, während die Zunge Mühe hatte, die üppig fließenden Säfte aufzufangen.

Mollys ganzer Körper vibrierte wie eine gezupfte Gitarrensaite. Sie öffnete die Augen und starrte in den Deckenspiegel, der die beiden lüsternen Frauen auf dem Bett zeigte. Der Anblick löste bei ihr eine neue Welle der Erregung aus. Lag es an der Neuheit dieser Erfahrung? Oder lag es am Tabu? In diesem Moment kümmerte es sie nicht.

Molly wandte den Kopf und traf Harkers Blick. Er lächelte ihr wissend zu. Sie hatte sich die Lüste nicht vorstellen können, zu denen dieser Mann sie führte. Sie hatte auch nie geglaubt, was sie alles tun würde, um sich ihm gegenüber zu beweisen. Würde sie bereit sein, noch mehr Unbekanntes zu erfahren, wenn Harker ihr das anbot?

Viertes Kapitel

»Du hast *was* getan?« Lydia goss sich gerade Milch in den Kaffee und schaute verdutzt auf. »Molly, das ist eine höchst unsichere Gegend der Stadt.«

»Ja, es hört sich ein bisschen gefährlich an«, bemerkte Cassie. Sie saß am Fenster, von dem aus man über die Bucht schauen konnte, und die Sorge stand ihr im Gesicht geschrieben. »Sie liegt im Tenderloin District, nicht wahr?«

»Ich weiß, ich weiß, aber ich war doch mit Harker zusammen.« Ein lustvoller Schauer lief über Mollys Rücken, als sie den Namen aussprach. »Ich fühle mich sicher bei ihm. Dabei hatte ich keine Ahnung, was es mit Bondage und SM auf sich hatte.«

»Und jetzt, glaubst du, weißt du Bescheid?« fragte Lydia. Sie schüttelte den Kopf. »Das gefällt mir überhaupt nicht, Molly. Ganz und gar nicht.«

Molly schaute die Freundin überrascht an. »Was gefällt dir denn nicht? Dass ich Harker Trevane bumse?«

»Nein, dass er dich in gewisse Aktivitäten einführt, für die du vielleicht nicht bereit bist.«

»Woher willst du wissen, ob ich nicht für sie bereit bin?« fragte Molly.

»Ich will nicht sagen, dass du naiv bist, meine Liebe«, erwiderte Lydia, »aber ich bin sicher, dass Harker über mehr Erfahrungen verfügt als du.«

»Woher willst du das wissen?« Molly sah Lydia verärgert an. Sie hatte wieder das Gefühl, dass Lydia ihre Überlegenheit ausspielen wollte. »Ich habe euch nicht um euren Rat in dieser Sache gebeten. Ich habe euch lediglich über meine Erfahrungen mit einem sehr spannenden Mann berichtet.«

»Der spannende Mann ist auch ein gefährlicher Mann«, gab Lydia zurück. »Und ich möchte nicht, dass er dir weh tut.«

»Er wird mir nicht weh tun, und es wird mir nichts passieren«, parierte Molly. »Warum macht ihr euch plötzlich Sorgen um mich? Ihr habt euch bisher keine Gedanken über meine Liebhaber gemacht.«

»Deine bisherigen Liebhaber waren auch nicht wie Harker Trevane.«

»Aber das ist genau der Punkt! Er ist völlig anders, und das gefällt mir an ihm. Nein, ich liebe es! Ich liebe die Dinge, in die er mich einführt. Ich liebe es, ans Bett gefesselt zu werden. Ich liebe es, mit einer anderen Frau zusammen zu sein. Und ich liebe es sogar, ein bisschen geklatscht zu werden.«

»Ich habe eher den Eindruck, dass du dabei bist, dich selbst zu überzeugen«, wandte Lydia ein.

»Nein, ich liebe all diese Dinge wirklich!« fauchte Molly, wütend darüber, dass Lydias Kommentar der Wahrheit sehr nahe kam. »Das schockiert euch, was?

Gut so. Ihr seid nicht die einzigen, die ein exotisches Sexleben haben können.«

»Molly ...«, begann Cassie.

»Ich habe kein Problem damit, dass du verschiedene Dinge ausprobierst«, unterbrach Lydia sie. »Eher habe ich ein Problem mit dem Mann, mit dem du sie ausprobierst. Er ist nicht der Typ, Molly, von dem ich mich durch die schäbigsten Ecken der Stadt schleifen lassen würde.«

Molly wurde immer wütender. Sie hatte es satt, dass jeder glaubte, ihr überlegen zu sein. »Ich vermute, du bist eifersüchtig, weil Harker mich haben will und nicht dich.«

»Oh, Molly, ich bitte dich!«

Molly starrte Lydia an.

»Ist es nicht so? Da geschieht es tatsächlich einmal, dass ein Mann lieber mit mir ins Bett geht als mit dir, und schon hast du Schwierigkeiten, damit fertig zu werden.«

»Wenn ich es gewollt hätte, wäre es kein Problem gewesen, als ich vor ein paar Tagen in seinem Hotelzimmer war«, gab Lydia heftig zurück. »Aber Molly, wir konkurrieren doch nicht um Männer! Das hat es noch nie zwischen uns gegeben. Ich sage dir noch einmal, es geht uns nur um die Dinge, auf die du dich mit ihm einlässt.«

»Molly, bitte, rege dich nicht auf«, sagte Cassie, und man sah, dass ihre zierliche Gestalt leicht zitterte, seit die Unterhaltung an Schärfe zugenommen hatte. »Lydia sorgt sich wirklich um dich.«

»Dazu besteht kein Anlass«, gab Molly laut zurück. »Ich kann sehr gut auf mich selbst aufpassen.«

»Ich hoffe es«, murmelte Lydia.

»Was hast du gesagt?« fragte Molly, zornige Falten auf der Stirn.

»Ich sagte: ›Ich hoffe es‹.«

»Hör auf, dich zu benehmen, als wären wir noch im Pensionat«, fauchte Molly. »Ich bin kein Schulmädchen mehr, und ich bin auch nicht die leichtlebige Gesellschaftsnudel, für die mich offenbar jeder hält. Mir macht es Spaß, die dunkleren Seiten des Lebens zu erforschen. Warum kannst du das nicht akzeptieren?«

»Weil du dich nicht mit einem Mann einlassen solltest, um etwas zu beweisen. Wenn du es doch tust, und der Mann Harker Trevane heißt, begibst du dich in Gefahren, denen du nicht gewachsen sein wirst.«

»Es hat nichts damit zu tun, dass ich irgendwas beweisen will!« schrie Molly, und noch während sie diesen Satz ausstieß, zweifelte sie selbst an dessen Gültigkeit. »Ich mag ihn sehr, und ich bin sicher, dass er mich auch mag.«

»Aber du begreifst, dass du eine von sehr vielen Frauen bist, die er hat oder hatte?« fragte Lydia.

»Ja, mir ist bewusst, dass er kein klösterliches Leben führt.« Molly stand auf. »Die Unterhaltung ist vorbei. Ich habe keine Lust mehr, meine Beziehung zu Harker Trevane noch länger zu diskutieren, Lydia.«

»Jetzt hört mal auf, ihr zwei«, sagte Cassie mit fester Stimme. »Ich lasse nicht zu, dass ihr euch derart streitet. Lydia, Molly ist klug genug, um zu wissen, was sie tut. Und Molly, du solltest froh sein, dass Lydia sich um dein Wohlergehen sorgt. Es gibt keinen Anlass zum Streit.«

Lydia schüttelte den Kopf. »Es gefällt mir trotzdem nicht. Ich traue ihm nicht.«

»Schön und gut«, gab Molly zurück. »Aber du gehst ja auch nicht mit ihm ins Bett.«

Lydia starrte sie an, stand auf und nahm ihre Tasche. »Ich sehe, dass es keinen Sinn ergibt, in diesem Zustand mit dir zu reden, genauso wenig, als wollte ich mit einem deiner italienischen Liebhaber türkisch reden.« Sie schüttelte den Kopf und wandte sich ab. »Cassie, vielen Dank für den Tee, aber es ist besser, wenn ich jetzt gehe.«

»Lydia, geh nicht.« Cassie lief hinter Lydia her, aber die Hautür fiel gerade krachend ins Schloss. Cassie ging mit sorgenvoller Miene ins Wohnzimmer zurück. »Molly, das ist albern. Du weißt, dass Lydia nichts anderes will, als dich vor einer Dummheit zu bewahren.«

Molly seufzte. »Ich weiß es, Cassie, aber nach einer Weile hängt einem diese Fürsorge zum Hals heraus.«

Cassie hob die Schultern und setzte sich wieder. Nach einem längeren Schweigen fragte sie leise: »Dir gefällt es wirklich, nicht wahr?«

Molly sah der Freundin ins Gesicht. »Was? Die Dinge, die ich mit Harker anstelle?«

Cassie nickte.

»Sie sind aufregend«, sagte Molly. Sie musste wieder an das Gefühl von Leder auf ihrer Haut denken. Auf ihren Nippeln. Und um ihre Handgelenke. Ihr Geschlecht pochte sogar jetzt. »Ich habe so etwas noch nie erlebt.«

»Aber gefällt es dir auch? Fühlst du dich wohl dabei?«

»Natürlich.« Wieder war sich Molly schmerzvoll bewusst, dass ihre Stimme nicht überzeugend klang. »Nun, ich kann mir denken, dass es seine Zeit braucht, bis man sich auf einer psychologischen Ebene daran gewöhnt hat, aber körperlich ist es ein ungeheurer Thrill.« Sie sah die Freundin an und wunderte sich über deren Neugier. »Warum fragst du?«

»Ich weiß es nicht. In letzter Zeit denke ich viel über solche Dinge nach.«

»Sexueller Art?«

Cassie nickte. Sie schaute auf ihre Hände, die sich in ihrem Schoß verschlungen hatten. »Ich hatte Sex mit Nicholas, hast du das gewusst?«

Molly nickte. »Lydia hat es mir gesagt. Sie sagte mir, es hätte sie überrascht, weil sie dir so etwas nicht zugetraut hätte. Auch dann nicht, wenn sie nicht mit ihm ein Verhältnis begonnen hätte.«

»Das ist richtig, eigentlich passte es auch nicht zu mir.« Cassie seufzte. »Es hat mir gefallen, aber ich glaube, in erster Linie wollte ich herausfinden, ob ich dazu fähig war.«

Molly fragte sich, ob das nicht auch ihr Motiv für die Beziehung mit Harker war.

Molly klopfte an die Tür von Harkers Hotelsuite und biss sich unsicher auf die Unterlippe. Ihre Nerven waren mehr als ein wenig angefranst, und das war auch der Grund dafür, dass sie bei ihm sein wollte. Erleichtert atmete sie aus, als er die Tür öffnete.

»Molly!« sagte er und zeigte ihr sein vertrautes Lächeln. »Was für eine schöne Überraschung.«

»Hallo, Harker.« Molly sog seinen Anblick in sich auf. Er stand in engen Jeans vor ihr, dazu trug er ein weißes Hemd. Seine Haare waren feucht, und er roch nach Seife und Rasiercreme. »Wolltest du ausgehen?«

»Nein, überhaupt nicht. Komm herein.« Er schloss die Tür hinter ihr und legte eine Hand auf ihre Schulter, massierte sie leicht. »Ist etwas nicht in Ordnung?«

»Nein, eigentlich nicht. Oder vielleicht ein bisschen. Ich hatte Tee mit Lydia und Cassie, und Lydia war gar nicht glücklich darüber, dass wir uns sehen.«

Harker hob eine Augenbraue. »Warum nicht?«

»Ich ... ich weiß es nicht.« Molly fühlte sich unglücklich. Sie hasste es, sich mit Lydia zu streiten, und gleichzeitig konnte sie nicht verhehlen, dass Lydias Bedenken mit ihren eigenen übereinstimmten. Aber das würde sie Lydia gegenüber niemals zugeben. »Sie mag nicht die Dinge, die du ...eh ... ich meine, die wir da treiben.«

»Ach? Das gefällt ihr nicht? Und was hat das mit ihr zu tun?«

»Nichts!« sagte Molly schnell. »Aber sie ist meine beste Freundin, und ich erzähle ihr und Cassie alles.«

»Nun, was soll ich dazu sagen?« fragte Harker. Er nahm die Hand von ihrer Schulter und setzte sich auf den Bettrand. »Willst du mich nicht mehr sehen? Steckt das dahinter?«

»Das habe ich nicht gesagt. Ich ... ich bin nur verwirrt.«

Harker sah sie stirnrunzelnd an. »Aber du vertraust mir noch, oder nicht?«

Molly nickte.

»Du hättest Lydia nichts sagen sollen.«

»Ich erzähle ihr alles.«

»Aber von nun an nicht mehr. Ich bin nicht glücklich über dein Benehmen, Molly.« Er streckte seine rechte Hand aus und spreizte die Finger. »Komm her.«

Molly trat zu ihm und war erleichtert, als er aufstand und sie in seine Arme nahm. Er zog sie fest an sich. Ah, wie gut ihr das tat. Eine kräftige männliche Umarmung. Er beugte den Kopf und küsste sie, und seine Hände glitten über ihren Hintern. Er zwickte sie, und Molly stöhnte lustvoll.

Harkers Zunge schlüpfte in ihren Mund und sog die Bitterkeit auf, die der Streit mit Lydia bei ihr hinterlassen hatte. Manchmal gibt es nichts Besseres als die Zunge eines Mannes, dachte sie glücklich.

»Zieh dich aus«, murmelte Harker.

Zitternd trat Molly von ihm zurück. Sie knöpfte die Bluse auf und ließ sie auf den Boden fallen. Sie hakte den BH auf und schaute verlegen auf die Brustwarzen, die sich steil aufgerichtet hatten. Oh, ja, sie war schamlos geworden, dachte sie, streifte rasch Rock und Slip aus und stand nackt vor ihm.

»Ich glaube, du brauchst eine Bestrafung«, sagte Harker.

»Was?« Furcht griff nach ihrem Herzen, und doch war ihr bewusst, dass das Wort ›Bestrafung‹ auch ein Zucken in ihrem Schoß auslöste.

»Du hast mich verstanden.«

»Ich habe dich verstanden, ja, aber ich bin nicht sicher, ob ich mit dem Urteil einverstanden bin, Euer Ehren.«

Harker lächelte. »Oh, ich glaube, du wirst einverstanden sein. Du stimmst mir doch zu, dass du Lydia nichts von unseren Aktivitäten hättest erzählen sollen?«

Molly senkte den Kopf und seufzte. Lydia war immer eine gute Freundin gewesen, hatte ihr in vielen stürmischen Zeiten beigestanden, aber verdammt, jetzt war sie wie eine beschützende Glucke.

Ja«, sagte sie schließlich, aber es war so leise, dass

Harker eine Hand hinter sein Ohr legte und sich zu ihr beugte.

»Ja«, wiederholte Molly, »das warf falsch.«

Sie schluckte schwer, als Harker sie bei der Hand nahm und sie über seine Knie legte. Die blassen Halbkugeln zitterten, und Molly schrie überrascht auf, als sie den ersten Schlag mit der flachen Hand spürte. Er schlug rasch hintereinander ein paarmal zu.

Eine rosige Wärme bedeckte ihren Po, auch wenn sie versuchte, sich seinem Griff zu entwinden. Sie schaute zu ihm hoch.

»Wage es nicht, mir in die Augen zu sehen, du Schlampe! Schau auf den Boden!«

Die Worte brannten mehr als seine Schläge. Noch niemand hatte sie Schlampe genannt.

»Du Bastard!« schrie sie und versuchte erneut, sich zu befreien, aber mitten in der Bewegung stieß Harker einen Finger in ihre nasse Vagina.

»Ohhh«, keuchte sie und hörte sofort auf, sich zu wehren. Harker zog die Backen weit auseinander und drückte die Augen fest zu. Es musste eine erniedrigende Position sein, in der sie sich befand, ihre Beine gespreizt, ihr Oberkörper fast auf dem Boden. Ihre Brüste schwangen bei jeder Bewegung. Aber Angst und Erniedrigung trugen nur noch mehr zu ihrer Erregung bei. Harkers Finger, nass von ihren Säften, stieß neckend in die andere, verbotene Öffnung, und Molly schüttelte sich. Sie krümmte den Rücken, spreizte die Beine noch weiter und flehte Harker schweigend an, das Feuer zu löschen, das er in ihrem Innern entfacht hatte. Er rieb weiter mit dem Finger durch die Kerbe und stieß wie unbeabsichtigt gegen ihren Kitzler.

»Harker, bitte ...«

»Bitte, was?« fragte er und ließ eine Hand noch einmal leicht über ihr Geschlecht wandern. »Ah, deine süße Muschel lechzt nach mir«, sagte er glucksend.

»Bitte, bitte ...«, stöhnte Molly.

»Wem vertraust du?« fragte er knurrend und zupfte an den feuchten Haaren, die ihre Labien säumten. »Traust du mir, oder traust du Lydia?«

»Ich vertraue ... ich meine ... oh, Harker!« keuchte sie, und ihr war, als würde der Boden unter ihr in weite Ferne rücken. Sie fühlte sich leicht wie eine Wolke. Ihr ganzes Sein konzentrierte sich auf ihr Geschlecht.

»Wer ist es, Molly?« fragte er wieder, und gleichzeitig quälte er sie. »Wer?«

»Du, Harker.«

»Gute Antwort«, sagte er mit sanfter, teuflischer Stimme, und dann stieß er einen Finger tief in sie hinein.

»Ahhh«, stöhnte Molly. Ihr ganzer Körper versteifte sich. Sie schwebte jetzt auf der Wolke. Ihre zuckenden Bewegungen verstärkten sich, als Harker immer kräftiger in ihr forschte und rieb und streichelte.

Er hielt sie am Rand zum Orgasmus. Ihr Atem ging rasselnd. Sie ruckte mit ihrem Körper den Fingern entgegen, wollte sie tiefer in sich spüren. Sie sehnte sich nach der Explosion ihrer Gefühle und spürte, dass sie immer näher kam.

Aber dann zog Harker die Finger aus ihr heraus. Molly schrie auf. Sie versuchte sich umzudrehen, um zu erkunden, was Harker dazu veranlasst hatte. Er hielt sie jetzt an den Hüften gepackt und hob sie auf die Füße.

»Lege dich aufs Bett.«

Sie tat, wie geheißen, und Harker ging ins Badezimmer. Er kam mit einer Schüssel voll Wasser und einem Rasierer zurück.

Molly starrte ihn an. »Harker …«

»Wem vertraust du?«

Molly nickte. Sie nahm an, dass es sich um den ultimativen Vertrauenstest handelte. Harker legte seine Hände auf ihre Knie und schob die Schenkel weit auseinander. Er legte eine Handtuch unter ihren Po und wischte ihr Geschlecht mit einem Zipfels des Tuchs trocken. Molly stöhnte, die Reibung über die Labien erregte sie wieder. Sie schloss die Augen und überließ sich ganz Harkers Behandlung. Er schäumte die Schamhaare ein und verteilte den Schaum mit den Fingern. Es fühlte sich so gut an, dass Molly den Rasierer schon vergessen hatte. Sie rutschte hin und her und genoss jede Berührung.

»Bleib still liegen«, mahnte Harker.

Molly zuckte beim ersten Strich des Rasierers über ihre Haut, aber Harker ging so erfahren und geschickt mit der Klinge um, dass ihre Angst schwand. Im Gegenteil, sie fand seine Aufmerksamkeit, die er ihrem Geschlecht widmete, überaus erregend. Er führte die Klinge mit ruhiger Hand über ihre Labien.

Molly war es peinlich, das sie soviel Nässe produzierte, die Harker immer wieder wegwischen musste, aber die Prozedur war so erotisch, wie sie es nie für möglich gehalten hätte. Unbewusst spielte sie mit einer Brustwarze.

Harker tunkte den Rasierer in die Schüssel mit dem Wasser und griff nach einer Lotion. Er ließ sie in seine Hand träufeln und verrieb den Balsam dick auf die rasierte Stelle. Dabei ließ er einen Finger tief in ihre Spalte gleiten.

»Oh, ja!« rief Molly und drückte ihre Brüste zusammen, rieb die Nippel zwischen Daumen und Zeigefinger. Pfeile der Lust durchzuckten sie, als ob ihre Nippel eine direkte Leitung zu ihrem Geschlecht hätten.

»Du siehst wunderbar aus«, sagte Harker mit rauer Stimme. »Willst du es selbst mal sehen?«

Molly nickte. Harker rieb noch einmal Lotion über die blanke Stelle, dann nahm er einen Handspiegel und hielt ihn vor ihr Geschlecht. Molly starrte auf die Blöße und staunte über die fetten, feuchten Labien.

»Jetzt sieht man alles«, murmelte Molly und wusste nicht, ob sie das gut finden sollte oder nicht.

»Das ist der Sinn der Behandlung«, antwortete Harker. »Man ist enthüllt, man kann nichts mehr für sich behalten. Und das ist, was ich bei dir erreichen möchte. Glaubst du, dass du das kannst, Molly?«

»Ich weiß es nicht.«

»Sage mir, wovor du Angst hast.«

»Vor mir selbst.«

»Das ist nicht nötig.« Harker zog sich aus. Molly sah ihm dabei zu, und sofort kehrte ihre Lust zurück. Lechzend betrachtete sie seinen nackten Körper. Der Penis zuckte leicht.

»Ich habe Angst vor meinen Gefühlen, wenn ich bei dir bin«, klagte Molly.

»Du lernst mehr über dich selbst.« Harker beugte sich über sie und legte die Hände zu beiden Seiten ihres Kopfes. Er senkte langsam den Kopf und küsste sie, und dabei streifte sein Brustkorb leicht über ihre Brüste. Molly wand sich unter ihm und fragte sich, wie sich seine Erektion auf ihrem glatten Venusberg anfühlen würde. Sie langte nach unten und umschloss seinen pulsierenden Schaft mit den Fingern. Er war warm und hart. Genüsslich rieb sie die Spitze über die feuchten, seidigen Labien. Schauer der Lust regneten ihr Rückgrat hinunter.

Sie stöhnte auf, als Harkers Penis gegen ihre enge, feuchte Passage stieß. Sie schlang die Arme um seinen Nacken und sehnte sich nach der harten Länge in ihrem Körper. Er nahm ihre Backen in beide Hände, öffnete sie noch weiter und sank in sie hinein.

Molly hielt zischend die Luft an. Sie hatte nie geglaubt, wie erotisch das Gefühl sein konnte, die Schamhaare eines Mannes auf ihrer glatten Haut zu spüren. Es gab viele Dinge, die sie bisher nicht gewusst oder geglaubt hatte. Während Harker seinen Rhythmus fand, dachte sie: Was werde ich noch lernen? Was sonst kann ich ihm noch enthüllen?

»Du fühlst dich unglaublich eng an, so glitschig und nass«, flüsterte Harper in ihr Ohr.

Er begann stärker zu stoßen, und seine Hoden schlugen bei jedem Einfahren gegen die Rückseiten ihrer Schenkel. Molly schrie jedes Mal auf. Sie spannte die inneren Muskeln an und lachte befriedigt, wenn er mit einem Aufstöhnen reagierte. Noch zwei, drei Stöße, dann löschte er ihr Feuer mit seinem Samen. Jedenfalls für den Augenblick.

Harker ließ sich kraftlos auf sie fallen, und Molly umfing ihn mit Armen und Beinen. »Ah, Molly, du wirst es noch mehr genießen, an deine Grenzen geführt zu werden. Und eines Tages wirst du andere Menschen an ihre Grenzen führen.«

Molly sah ihn an. »Wie meinst du das?«

»Möchtest du das herausfinden?«

»Ja.«

»Dann zieh dich an.«

Molly brauchte nicht zu fragen, was sie anziehen sollte. Sie nahm das Lederbustier aus der Kommode und stieg hinein. Ihre Po brannte wie wild unter dem Leder. Sie warf sich einen Mantel über und stieg in die Schuhe mit den hohen Absätzen.

Sie war nicht überrascht, als das Taxi vor dem Haus im Tenderloin anhielt, das Molly von dem Besuch vor ein paar Nächten kannte. Glenda wartete im selben Zimmer. Sie trug ein buntes Diamantenhalsband und ein langes schwarzes Kleid, aus dessen eingenähten Körbchen die prallen Brüste fast herausfielen. Molly grüßte sie freundlich und war überrascht, dass Glenda kaum darauf reagierte.

Harker wandte sich an Molly. »Bist du bereit dafür, Prinzessin Molly?«

Molly wusste nicht, wozu sie bereit sein sollte. Das Zimmer war nur schwach beleuchtet. Wieder brannten viele Kerzen und warfen einen gespenstischen Schein. Die Tür öffnete sich, und etwa zehn Menschen drängten sich herein. Fast jeder hielt ein Glas in der Hand. Die Leute plauderten durcheinander und nahmen auf den verschiedenen Sitzgelegenheiten Platz. Eine der Frauen begrüßte Harker mit einem feuchten Kuss. Unbehagen breitete sich in Mollys Magengrube aus.

Harker ging zu einem Schrank und holte eine Augenbinde heraus. Ohne ein Wort legte er Glenda das dunkle Tuch über die Augen und band es am Hinterkopf fest. Er küsste sie und fuhr mit der Zunge über ihre Lippen, bevor er sie in ihren weit geöffneten Mund eindringen ließ.

Molly spürte einen Stich der Eifersucht. Verdammt, gehörte das auch zu den Tests? Seinen Geliebten mit einer anderen Frau zu sehen? Sie musste daran denken, was Lydia gesagt hatte: Harker hat und hatte sehr viele Frauen.

»Danke, Herr«, murmelte Glenda, nachdem Harker den Kuss beendet hatte.

»Aufs Bett, meine schöne Sklavin.«

Molly starrte fasziniert und schockiert zugleich auf die Szene, die sich vor ihren Augen abspielte. Harker führte Glenda zum Bett, und sie ließ sich sofort auf Hände und Knie nieder, während Harker ihr das Kleid hochhob, so daß ihre Schenkel und Pobacken entblößt waren. Durch die gespreizten Beine konnte man ihre dicken Labien sehen, die sich jetzt schon wie eine exotische Blume zu öffnen begannen. Die vollen Brüste schwangen hin und her.

Molly hielt die Luft an, als sie sah, dass eine Frau vortrat und Harker eine Peitsche reichte. Er würde Glenda doch nicht auspeitschen? Ein paar Schläge mit der flachen Hand konnten ja noch lustig sein, aber Schläge mit der Peitsche?

»Sage mir, was du möchtest«, forderte Harker sie auf und fuhr mit dem Peitschenknauf durch die Kerbe zwischen Glendas Backen. Sie zuckte, als er in ihre Öffnung stieß.

Glenda schluckte, der Adamsapfel hüpfte aufgeregt. Harker zog den Peitschenknauf heraus. Glenda wandte den Kopf, als ob sie Harker sehen wollte, aber die Augenbinde machte sie blind. »Lass mich die Peitsche spüren, Herr. Bitte.«

In die kleine Zuschauermenge kam Bewegung. Einer stieß den anderen an und murmelte irgendeine Bemerkung. Molly schlang die Arme um ihren Leib, als wollte sie ihre wachsende Verwirrung für sich behalten. Warum hatte Harker sie hergebracht, um dieser Szene beizuwohnen? Ihr Blick suchte Harkers, aber dessen Augen waren auf Glendas strotzende Hinterbacken gerichtet. Sie sah deutlich, wie Harkers Erektion gegen seinen Hosenstoff drückte. Dass er jetzt schon so erregt war, nachdem er eben erst mit ihr im Bett war, machte Molly wütend.

Harker hob die Peitsche und ließ sie mit großer Genauigkeit auf Glendas Hintern prasseln. Glenda stieß einen Schmerzensschrei aus, ihr Körper ruckte unter der Wucht des Schlags nach vorn. Beim nächsten Schlag zuckte Molly ebenso heftig wie Glenda.

»Danke, mein Herr«, keuchte Glenda, und auf ihren Backen zeichneten sich zwei rote Striemen ab. Nach jedem weiteren Schlag wiederholte sie ihre Dankesformel. Tränen liefen ihr übers Gesicht, aber sie bat Harker nicht, mit den Schlägen aufzuhören. Im Gegenteil, sie krümmte ihren Rücken und stieß den Po weiter vor, als wollte sie den Peitschenherrn um weitere Beweise seiner Liebe bitten.

Harker kommentierte ihre Bemühungen mit einem Lächeln. »Gutes Mädchen.«

Nach einer Serie weiterer Schläge warf er die Peitsche weg und fuhr mit einer Hand leicht über Glendas feuerrote Hinterbacken. Sie schrie auf, drückte sich ihm aber weiter entgegen. Harker glitt mit einer Hand zwischen ihre Schenkel und teilte ihre nassen Labien mit einem Finger. Dabei schaute er zur Seite auf Molly.

Molly schluckte hart.

»Was willst du jetzt?« fragte Harker und schaute immer noch Molly an.

»Gib's mir, mein Herr«, keuchte Glenda.

Harker zog sein Hemd aus. Im flackernden Kerzenschein beeindruckte der muskulöse Torso noch mehr. Er streifte seine Hosen ab, und als er mit einer einzigen flüssigen Bewegung in Glenda eindrang, schien das für die anderen das Signal zum eigenen Agieren zu sein.

Nur Molly blieb reglos stehen, als wäre sie betäubt. Erst ein Orgasmusschrei von Glenda riss sie aus der Starre. Sie drehte sich um und rannte hinaus.

Fünftes Kapitel

Molly trat aus der Dusche und fühlte sich nach einer halben Stunde unter dem dampfenden Wasser endlich sauber.

Sie schlüpfte in einen molligen Bademantel, ging zum Telefon und wählte eine Nummer, die sie auswendig kannte.

»Lydia, ich bin's, Molly.«

»Hallo, Molly.« Man hörte die Zurückhaltung in Lydias Stimme, als wüsste sie nicht, was sie erwarten sollte.

»Lyd, ich möchte mich entschuldigen. Kannst du auf einen Sprung vorbeikommen? Ich brauche dich zum Reden.«

»Natürlich«, sagte Lydia, echte Sorge in der Stimme. »In zwanzig Minuten kann ich bei dir sein.«

Molly wartete ungeduldig auf die Freundin, und als Lydia klopfte, rannte sie zur Tür. In schwarzer Hose und grauer Seidenbluse sah Lydia elegant wie immer aus. Sie lächelte und umarmte Molly.

»Bist du in Ordnung?«

Molly seufzte und nickte. Sie setzten sich ins Wohnzimmer. »Ja, aber du hattest Recht mit Harker. Ich habe mich geirrt.«

Lydia sah sie stirnrunzelnd an. »Hat er dir weh getan?«

»Nein. Er hat nichts getan, womit ich nicht einverstanden war.« Es fiel ihr schwer, das zu berichten, was sie erlebt hatte, sie zwang sich dazu und ließ auch keine noch so erniedrigende Einzelheit aus. Lydia hörte schweigend zu.

»Nun«, murmelte Lydia, als Molly geendet hatte, »für mich steht fest, dass Harker Trevane nicht weiß, wie man eine Frau an Bondage und SM heranführt.«

Molly sah Lydia verdutzt an, dankbar dafür, dass sie nicht wieder so herablassend geurteilt hatte.

»Du hattest Recht, was ihn angeht und auch, was mich angeht«, sagte Molly. »Ich wollte ihm etwas beweisen. Ich wollte beweisen, dass ich ihm gewachsen war. Ich schätze, das wollte ich mir selbst auch beweisen.«

»Du brauchst niemandem etwas zu beweisen«, antwortete Lydia. »Bondage hat nichts mit Beweisen zu tun, nicht einmal notwendigerweise mit Schmerzen. Es geht um Kontrolle und – am wichtigsten – um Vertrauen. Es ist ein anderer Weg zur sexuellen Befriedigung, aber der Weg führt über Ehrlichkeit und Vertrauen. Wenn jemand wie Harker Trevane solche Spiele veranstaltet, um Lust aus Erniedrigung zu beziehen, dann ist irgendwas nicht in Ordnung mit ihm.«

»Was kann das sein?«

Lydia hob die Schultern. »Irgendeine Psychose. Ich bin keine Psychologin, aber ich bin sicher, dass es irgendeine klinische Bezeichnung dafür gibt.«

Molly stieß einen langen Seufzer aus. Sie wusste, dass Harker nicht das Monster war, das Lydia in ihm sah. »Ich weiß nicht«, sagte sie. »Anfangs war es sehr erregend, es war etwas anderes. Aber dann begriff ich, dass er mich dazu bringen wollte, auch das Auspeitschen zu akzeptieren.«

»Er hat keine Geduld gehabt«, sagte Lydia. »Ich glaube, er ist nur noch wenige Tage in der Stadt, deshalb fehlte ihm die Zeit. Ungeduld ist auf diesem Gebiet sehr gefährlich. Bist du sicher, dass er dich nicht verletzt hat? Dass er dich nicht zu irgendwas gezwungen hat, was du nicht tun wolltest?«

»Ja, ich bin sicher. Ich habe mich mit allem, was wir getan haben, einverstanden erklärt, aber dann habe ich begriffen, wie intensiv es werden kann, und das hat mir nicht mehr gefallen.«

»Es ist wirklich kein Spiel für alle«, sagte Lydia. »Ich vermutete, dass es nicht gut für dich war, aber jede Frau muss diese Dinge für sich selbst entdecken. Es tut mir Leid, dass du eine schlechte Erfahrung gemacht hast, Molly.«

»Es war nicht richtig schlecht, es hat mich mehr schockiert«, sagte Molly. »Ich will nichts mit Peitschen zu tun haben. Warum sollte ich freiwillig solche Schmerzen ertragen?«

»Nun, dann hast du deine Grenzen festgestellt«, resümierte Lydia, »und das ist gut so.«

Molly sah ihre Freundin neugierig an. »Aber dir gefällt es, nicht wahr?«

»Ich behalte gern die Kontrolle«, antwortete Lydia. »Und diese Spiele sind eine garantierte Methode, die totale sexuelle Kontrolle auszuüben.«

»Und was haben die Männer davon, die sich peitschen lassen?«

Lydia zog die Beine hoch und klemmte sie unter ihr Gesäß.

»Sie ziehen daraus die Befriedigung, sich einer Frau völlig auszuliefern. Sie wissen, dass sie mir damit Lust oder auch nur Freude bereiten, und außerdem ist es für sie eine willkommene Variante, mal die Kontrolle abzugeben. Ein Mann hat so viele Verpflichtungen im Leben, dass er es manchmal genießt, wenn eine Frau die Führung übernimmt.«

»Aber Schmerz ist Schmerz.«

»Du sagst, es hat dir gefallen, als Harker dir auf den Po geklatscht hat«, erinnerte Lydia sie.

»Nun,. Das hat auch nicht richtig weh getan«, wandte Molly ein. »Das war eine Mischung aus Schmerz und Lust.«

»So ist es auch mit dem Peitschen, wenn auch auf einer anderen Ebene.«

Molly schüttelte sich. »Ich weiß nicht. Mir ist das zu extrem. Ich muss zwar zugeben, dass es irgendwie aufregend war, dabei zu sein und zuzusehen, aber wenn ich das hätte tun müssen ...« Ihre Stimme brach ab.

Lydia fuhr mit einer Hand über Mollys Kopf. »Wie ich schon sagte, du hast deine Grenze kennengelernt.

Es tut mir nur Leid, dass es auf diese Weise geschehen ist.«

»Es war meine eigene Schuld. Ich war einverstanden, mit ihm zu gehen. Ich wollte es.«

»Nein, es war nicht deine Schuld«, widersprach Lydia entschieden. »Er hat dir zu rasch zuviel zugemutet. Ich glaube, ich werde mit ihm reden müssen.«

»Nein.« Molly schüttelte den Kopf. »Das ist mein Problem, und ich werde damit fertig. Ich wollte nur mit dir reden.«

Sie schauten sich verdutzt an, als plötzlich die Türglocke anschlug. Mollys Nerven spannten sich an. Sie stand auf und ging zur Tür, und irgendwie überraschte es sie nicht, dass Harker Trevane vor ihr stand.

»Ich nehme an, eine Entschuldigung reicht dir nicht«, sagte er.

»Sie können es ja mal probieren.« Lydia stand hinter Molly und starrte Harker mit eiskalten Augen an. »Wie konnten Sie es wagen, Molly diesen Dingen auszusetzen, wenn sie noch nicht bereit dazu war? Am liebsten würde ich Sie auf die Psychostation einweisen lassen.«

»Lydia . . .«, begann Molly.

Harker hielt Lydias Blick stand. »Mir ist bewusst, was ich getan habe«, sagte er. »Molly ist eine erwachsene Frau. Ich habe ihr gesagt, sie könnte zu jeder Zeit aussteigen.«

»Sie wusste nichts von den Dingen, die auf sie zukamen!«

»Verzeihen Sie, aber ich sehe nicht, was Sie damit zu tun haben.«

»Ich habe damit zu tun, weil Molly meine beste Freundin ist, und mir liegt sehr viel an ihr«, antwortete Lydia. »Sie wollte Ihnen etwas beweisen, was Sie ihr offenbar eingeredet haben. Es sind Leute wie Sie, die der SM-Bewegung schaden.«

»Hört auf, über mich zu reden, als wäre ich nicht vorhanden«, fauchte Molly. »Lydia, ich weiß, dass du Recht hattest, aber ich habe es satt, von dir wie ein kleines Kind behandelt zu werden.«

Lydia blitzte Harker Trevane an, aber sie sagte nichts mehr. Harker wandte sich an Molly.

»Wir müssen darüber reden.«

»Okay. Komm herein. Lydia, ich komme jetzt allein zurecht.«

»Ich lasse dich nicht mit ihm allein!«

Molly legte eine Hand auf Lydias Arm und führte sie behutsam zur Tür, während Harker im Wohnzimmer verschwand. »Bitte, Lydia. Ich muss damit auf meine Weise fertig werden. Du kannst mich nicht immer beschützen.«

»Molly, nach allem, was er dir angetan hat, willst du mit ihm allein sein?«

»Er wird mir nichts antun«, sagte Molly. »Wenn ich eins über ihn weiß, dann, dass er mich nicht verletzen wird.«

Lydia zögerte. Sie war offenbar nicht so überzeugt von Harkers Selbstbeherrschung wie Molly. »Ich bin drauf und dran, die Polizei zu rufen.«

»Lydia, bitte.«

Lydia biss sich auf die Lippe und nickte. »Also gut. Ich weiß, dass du die Kontrolle über dein Leben übernehmen musst. Aber ich habe mein Handy dabei, und ich gehe jetzt nach Hause. Ich will, dass du mich sofort anrufst, wenn du dich auch nur ein wenig unbehaglich fühlst.«

Molly nickte. »Das verspreche ich.«

Die beiden Frauen umarmten sich herzlich, dann ging Lydia. Molly atmete kräftig durch, ehe sie ins Wohnzimmer trat. Harker stand am Fenster, die Schultern leicht eingesunken, und schaute auf die Golden Gate. Er drehte sich zu Molly um.

»Ich habe dich manipuliert und möchte mich dafür entschuldigen.«

»Du hast allen Grund dazu.«

»Nachdem ich dir den Hintern versohlt und dich rasiert hatte und ich spürte, wie heiß du warst, glaubte ich, du wärst für den nächsten Schritt bereit gewesen.«

»Du hast dich geirrt«, sagte Molly.

»Ja, ich habe mich geirrt. Ich habe dich einer Situation ausgesetzt, für die du noch nicht bereit warst.«

»Stimmt«, sagte Molly. »Trotzdem bin ich dir auf eine masochistische Art dankbar.«

Harker senkte den Kopf und lachte.

»Wieso?«

»Nun, Lydia hat gesagt, irgendwann muss jeder seine persönliche Grenze kennenlernen.« Sie betrachtete ihn nachdenklich. »Wann hast du eigentlich deine Grenzen entdeckt?«

»Ich weiß noch nicht, ob ich sie entdeckt habe. Das wenigstens hast du mir voraus.«

Sie ging zu ihm hin und fuhr mit einem Finger über die Bartstoppeln seines Kinns. Was für ein Mann, der ihr diese dunklen Begierden eingeredet und sie zu Gelüsten und Verwirrung geführt hatte. »Warum wolltest du dich unbedingt mit mir einlassen?« fragte sie neugierig.

»Ich hielt dich für eine Herausforderung.«

Molly musste lachen. »Du wolltest sehen, ob eine Prinzessin es durchstehen würde?«

Harker seufzte. »Du bist keine Prinzessin, Molly. Es tut mir Leid, dass ich dich für ein nutzloses Geschöpf der High Society gehalten habe. Du bist es nicht. Du bist eine starke Frau.«

»Ja, ich weiß.« Es erfüllte sie mit Befriedigung, dass Harker Trevane das eingesehen hatte. »Ich habe es immer gewusst. Aber manchmal zeigt sich Stärke auf überraschende Art.«

»Ja, ich weiß, was du meinst.«

»Weißt du das wirklich?« Sie rieb mit dem Daumen über seinen geschwungenen Mund, dann schlang sie die Hände um seinen Hals. Als sie seinen Kopf herunterzog, empfand sie ein Gefühl der Macht. Harker berührte sie nicht, aber seine Lippen teilten sich, als sie ihre Zunge dazwischen schob. Sie drückte eine Hand auf seine Brust, um seinen Herzschlag zu spüren. Er fühlte sich warm an unter ihrer Handfläche. Es war da, sie konnte es ahnen, dieses kaum unterdrückte Machtgefühl, das ein prägender Teil seiner Persönlichkeit war. Er war keiner, der Kontrolle aufgab, er führte sie aus.

Bis jetzt.

Sie knöpfte sein Hemd auf und schob es von den Schultern, fuhr mit den Fingern durch die dunkle Matte seines Brustkorbs. Ihre Haut begann zu vibrieren, als sie darüber nachdachte, worum sie Harker bitten würde. Er würde auch eine Entdeckung machen, dachte sie lächelnd.

Er legte seine Hände auf Mollys Hüften und wollte sie näher an sich heranziehen, aber Molly schob ihn weg.

»Nein«, flüsterte sie. »Du darfst mich nicht anfassen.«

Es behagte ihr, dass er die Hände zurückzog und die Arme an den Seiten baumeln ließ. Er rührte sich nicht, als sie an seinen Nippeln zog und zupfte, nur einmal verzog er kurz das Gesicht zu einer Grimasse.

Molly knöpfte seine Jeans auf und zog den Reißverschluss hinunter. Ihr Herz pochte wild, als sie die vielversprechende Beule unter ihren Fingern spürte. Sie trat einen Schritt zurück und betrachtete die Form seines Schritts.

»Zieh sie aus«, befahl sie leise.

Harker schob Jeans und Shorts über die Hüften und entblößte sich vor ihr. Der Penis war schon geschwollen und pulsierte in offenkundiger Gier. Molly blies zischend den Atem aus. Sie spürte die Feuchtigkeit zwischen ihren Schenkeln. Der Gürtel ihres Bademantels lockerte sich und enthüllte ein V aus klammer Haut, auf das Harkers Blick gerichtet war.

Molly lächelte. Es war ihr, als kehrte sie zu sich selbst und zu ihrer eigenen Sexualität zurück, und diesmal zu ihren Bedingungen. Und Harker konnte nicht eingreifen.

Sie griff nach seinem Penis und ließ die Finger über den Schaft gleiten. Harker hielt keuchend die Luft an. Molly blickte nach unten und sah, dass er dicker wurde. Sie fuhr mit dem Daumen über die feuchte Spitze und drückte zu. Harker stieß einen überraschten Schrei aus.

»Oh, mein Armer! Habe ich dir weh getan?«

Harker biss sich auf die Unterlippe, während Molly die Bewegungen des Daumens auf der Eichel fortsetzte. »Nein, es fühlt sich nur so ... so ...«

Molly warf den Kopf in den Nacken und empfand eine Genugtuung wie schon lange nicht mehr. Sie hatte den berühmten Schriftsteller zur Sprachlosigkeit gebracht.

»Setz dich jetzt.« Molly zeigte auf einen Stuhl mit hohem Rücken. »Und bewege dich nicht.«

Er gehorchte. Schweiß brach auf seinem Brustkorb aus und ließ seine Haut glänzen. Molly betrachtete ihn, und plötzlich begriff sie, warum Lydia so sehr von der sexuellen Kontrolle schwärmte. Sie öffnete den Gürtel und ließ den Mantel offen. Harkers Blicke sogen sich am Dreieck ihrer Schenkel und an ihren Brüsten fest, aber er machte keine Anstalten, vom Stuhl aufzustehen.

Molly stellte sich hinter Harker, fesselte seine Handgelenke mit ihrem Gürtel und band ihn an den Stuhlrücken. Dann ging sie ins Schlafzimmer und kam mit zwei Silberschals zurück, mit denen sie Harkers Beine an die Stuhlbeine band.

Sie stand auf und betrachtete voller Stolz und Befriedigung ihr Werk. Ihre Klitoris pochte beim Anblick des mächtigen Harker Trevane, der hilflos auf dem Stuhl saß, während der Penis schamlos zuckend seine Not verriet.

Sie legte die Hände auf Harkers Schultern und beugte sich vor. »Komm schon«, befahl sie sanft, »sei ein guter Junge und sauge an meinen Brüsten.«

Harkers Lippen schlossen sich um den Nippel der rechten Brust. Ein elektrischer Funken schien durch Mollys Körper zu jagen, so sehr erregte sie das gekonnte Saugen. Molly grätschte über seine nackten Schenkel und bog den Rücken durch, um ihm die Brüste besser präsentieren zu können.

»Jetzt die andere.«

Gehorsam wandte sich Harker der linken Brust zu und widmete sich ihr mit der gleichen Aufmerksamkeit. Molly stöhnte leise auf. Sie langte hinter sich und rieb leicht über Harkers Schaft. Sie war stolz, dass sie diese starke Erektion ausgelöst hatte. Sie hob sich ein wenig an, hielt das Glied fest und ließ sich quälend langsam darauf nieder. Nur der Spitze gewährte sie Einlass.

Sofort begannen seine Hüften zu zucken.

»Nein«, flüsterte sie, »du bewegst dich überhaupt nicht.«

Harker nickte. Seine Augen glänzen vor Hitze und Leidenschaft. Molly beugte den Kopf und küsste ihn. Bei ihren italienischen Liebhabern hatte sie immer die Kontrolle gehabt, aber der Reiz, bei einem so bestimmenden Mann wie Harker diese Kontrolle auszuüben, war von einer ganz anderen Qualität und von einer Stimulanz, die sie noch nie erlebt hatte. Sie rieb ihre Brüste gegen seinen Brustkorb und genoss das Kribbeln seiner Härchen auf ihrer weichen Haut.

Sie hielt immer noch den Penis fest, spreizte die Beine weiter und presste die feuchte Blume ihrer Vulva gegen ihn.

»Oh, verdammt«, zischte er mit geschlossenen Zähnen. »Tu's, Molly, reite mich.«

»Alles zu seiner Zeit.« Molly ließ ihre Hüften kreisen und rieb mit der Eichel gegen ihre Klitoris. Der feuchte Kopf erzeugte eine wundervolle Reibung. Und Molly spürte, wie sie fast auslief aus Vorfreude auf das, was kommen würde. Mit heißen Augen starrte sie auf die Verbindung ihrer Körper. Sie ließ sich ein wenig tiefer sinken. Ah, was für ein Gefühl!

Ganz langsam sank sie tiefer, bis die harte Länge in ihr pochte und zuckte. Die Hitze seines Stabs schien die Vulva direkt an ihre Adern weiterzugeben. Harker bäumte sich unter ihr voller Ungeduld auf.

»Kämpf nicht dagegen an, Prinz Harker«, sagte sie und schaute in sein lustverzerrtes Gesicht.

Sie legte die Hände auf seine Schultern und schwang sich auf und ab, während er von unten tief und rhythmisch in sie hineinstieß. Ihre Brüste hüpften, und sie ließ den Mantel von den Schultern fallen, so dass sie völlig nackt war. Das nasse, klatschende Geräusch ihrer Vereinigung hallte im ganzen Zimmer wider, als Molly das Tempo beschleunigte.

Sie spürte, wie sich der Druck in ihrem Schoß aufbaute, und ließ sich immer härter auf Harkers Schaft nieder.

Plötzlich löste sich der Druck in ihr, und ihr Geschlecht verkrampfte sich um den stoßenden Schaft, und eine Welle purer Lust raste durch ihren Körper. Ihre Bewegungen wurden schwächer, jetzt bestimmte Harker das Tempo, bis er sich mit einem dumpfen Aufschrei in ihr ergoss. Sie hielt sich an seinen Schultern fest, bis ihr aufgewühlter Körper sich beruhigt hatte.

Molly stand auf und schwankte hin und her. Sie hob den Bademantel auf und warf ihn über die Schultern. Sie kniete sich und löste Harkers Bein- und Handfesseln. »Ich kann verstehen, dass das erregend ist«, murmelte sie.

Harker rieb sich die Handgelenke. »Verdammt, Molly! Du hast wirkliches Talent für die dominante Rolle.«

»Wie du für die arrogante Rolle?«

Harker gluckste und zog sich wieder an. »Gut gekontert.«

»Ich habe eine Menge von dir gelernt, Harker«, sagte sie.

»Du meinst, ich habe dir zum Beispiel gezeigt, wie man einen leichten, aber verlässlichen Knoten bindet.«

Sie nahm einen der Schals, faltete ihn zusammen und schlug ihn damit. »Nein, ich meine etwas anderes. Ich habe gelernt, dass ich meine schwache Seite nicht ablegen muss, um stark zu sein.«

»Ich glaube nicht, dass ich dir das beigebracht habe. Das hast du selbst erfahren.«

»Ja, aber durch dich.«

Harker lächelte. »Ich habe von dir auch einiges gelernt. Das meiste in den letzten fünfzehn Minuten.«

Molly grinste. »Besser spät als nie.«

Sonne strömte durch das Fenster und wärmte Mollys nackte Haut. Molly drehte sich auf die andere Seite und drückte den Kopf ins Kissen. Das lange Schlafen war eines der größten Privilegien ihres Lebens. Sie träumte von einem venezianischen *gondoliero,* der ihr italienische Liebesgedichte vortrug. Sie konnte den Text nicht verstehen, aber das Gesicht des Mannes war entzückend. Er wollte sie mit dem Gedicht verführen, und sie würde es zulassen. Unwillkürlich spreizte sie die Beine und rieb das weiße Laken gegen die pochende Spalte.

Das Telefon klingelte und holte sie barsch in die Wirklichkeit zurück.

Sie ließ es dreimal klingeln, ehe sie seufzend den

Arm ausstreckte, aber dann hatte sich der Anrufbeantworter schon eingeschaltet.

»Hallo, Molly, ich bin's, Harker. Ich habe gepackt und reise jetzt ab, doch vorher wollte ich noch einmal mit dir sprechen. Ich dachte, wir könnten vor meinem Flug noch einen Kaffee zusammen trinken.«

Molly streckte wieder die Hand nach dem Hörer aus, aber sie blieb unterwegs in der Luft hängen.

»Nun, du wirst noch schlafen. Ich wollte dir sagen, dass ich in etwa sechs Monaten wieder in San Francisco sein werde, vielleicht sehen wir uns dann wieder.«

Vielleicht, dachte Molly. Grundsätzlich hatte sie nichts dagegen, aber sechs Monate waren eine lange Zeit. So weit im Voraus wollte sie ihre Zeit nicht planen.

»Nun, dann verabschiede ich mich. Pass gut auf dich auf und setz dich gegen deine Freundin Lydia durch. Goodbye, Molly.«

Molly streckte die Arme und gähnte. Sie stand auf und trat ans Fenster. Die Sonne schickte goldene Strahlen in ihr Zimmer. Das Wasser in der Bucht glitzerte, als wären es Millionen von winzigen Diamanten.

Sie duschte und überlegte, was sie alles zu tun hatte.

Kurz vor Mittag begann eine Sitzung des Vorstandes des Modern Art Museum. Auf dem Rückweg fuhr sie an der Redaktion der *Savoir Faire* vorbei. Sie fand einen Parkplatz, nahm den Aufzug und stand im Büro von Lydias Sekretärin. »Ist sie da?«

»Ja. Ich melde Sie kurz an.« Mona drückte den Knopf der Sprechanlage. »Lydia, Molly ist hier.«

»Du siehst wunderbar aus«, sagte Lydia zur Begrüßung. »Sehr entspannt.«

»Ich fühle mich auch entspannt«, sagte Molly. »Danke, Liebling.«

»Gern geschehen.«

»Nein, nein, Lydia, ich bedanke mich, dass du mich die letzten Wochen ertragen hast. Ich weiß, wie schwierig das war.«

»Du würdest das auch für mich tun, Molly.«

Molly legte den Kopf schief und lächelte. Lydia hatte Recht, und das war eine wunderbare, wärmende Erkenntnis. Sie wollte ihre Beziehung mit Lydia wieder so haben, wie sie war, bevor Harker Trevane in ihr Leben eingebrochen war. Und doch war ihr bewusst, dass sich etwas Fundamentales geändert hatte. »Ich glaube, ich werde Piero heute Abend anrufen. Ich brauche zur Abwechslung mal etwas Erbauendes.«

»Genau richtig, meine Liebe. Ich mag Piero – soweit man italienische Männer mögen kann.«

Sie lachten beide, und es klang wie eine Befreiung. So spontan hatten sie lange nicht mehr gemeinsam gelacht. Molly langte in ihre Tasche und zog eine Kladde heraus. »Hier ist meine Kritik zu Harkers Buch.«

Lydia hob die Brauen. »Du hast sie geschrieben?«

»Keine Sorge, es ist eine positive Rezension. Mir hat das Buch gefallen. Vielleicht gibst du mir bei Gelegenheit wieder einen Auftrag.«

»Gern.«

»Hast du Zeit zum Essen?« fragte Molly.

»Sofort.« Sie legte die Kladde in eine Schublade und zog sich den Mantel an. »Aber auf meine Rechnung.«

Dritter Teil
Cassies Wandlung

Erstes Kapitel

Cassie schaltete den Computer aus und griff nach einem Buch von einem der vielen Stapel auf ihrem Schreibtisch. Sie zweifelte, ob ihre Faszination über William Blake je schwinden würde. Seine Poesie strotzte von so erstaunlichen Verbindungen wie Religion und Erotik und von mystischen Bildern. Sie konnte gut nachempfinden, dass sich eine Frau wie Mary Wollstonecraft, selbst Schriftstellerin und frühe Feministin, so sehr in Blakes Leben verstrickte.

Cassie blätterte in *The Songs of Experience*. Mary Wollstonecraft hatte sich offenbar eine Affäre mit Henry Fuseli gewünscht, während Blake in sie verliebt gewesen war. Möglicherweise hatte er nicht nur eine Affäre mit ihr haben wollen, sondern es auf eine *ménage à trois* abgesehen, während Mary bereit gewesen war, mit Fuseli und seiner Frau zu leben. Historiker hatten bisher nicht herausgefunden, ob die *ménage à trois* tatsächlich gelebt worden war, aber die sexuellen Verwicklungen unter den drei kreativen Seelen waren hinreichend bewiesen.

Cassie legte das Buch aus der Hand und trat an ihr übervolles Bücherregal. Sie zog ein großes gebundenes Buch heraus. Es beinhaltete viktorianische erotische Zeichnungen und Stiche. Viele Bilder behandelten die körperliche Liebe einer Frau zu zwei Männern.

Cassie streifte ihre Slipper ab und setzte sich aufs Bett, während sie sich die Hochglanzseiten anschaute. Ein Stich hatte es ihr besonders angetan. Zwei Frauen lagen ausgestreckt auf einem Bett, eine auf der anderen, während ein Mann hinter ihnen stand und eine der Frauen mit seinem dicken Penis penetrierte. Wärme sammelte sich zwischen Cassies Schenkeln, während sie das Bild betrachtete. Sie stellte sich vor, selbst eine der Frauen zu sein, die Schenkel gespreizt, die kleinen Brüste auf die Brüste der anderen Frau gepresst.

Sie ließ das Buch zur Seite fallen und streckte sich auf dem Bett aus. Sie gab sich nicht vielen Versuchungen hin, aber ihre Leidenschaft für Bücher und kleine Kissen mochte sie nicht bekämpfen.

Sie sank mit dem Rücken in die weichen Kissen und schloss die Augen, während sie sich selbst in einer solchen Szene sah. Sie öffnete die Beine, zog das Nachthemd über die Hüften und glitt mit einem Finger zwischen die schon feuchten Labien. Wie würde sie sein, jene Phantasie, die schon Mary Wollstonecrafts Geschlecht hatte anschwellen und feucht werden lassen? Zwei Männer, die einen gleichzeitig penetrierten. Oder die Umarmung einer anderen Frau zu genießen. Ihre Nippel an den eigenen zu spüren. Ihre sanften Lippen, die deine Haut berührten.

Cassie teilte seufzend die Lippen mit zwei Fingern, während eine Hand ihre Brüste streichelte. Den Zeigefinger schob sie tief in sich hinein. Ihr schlanker Finger müsste eigentlich ein schwacher Ersatz sein für den Penis eines Mannes wie Nicholas Hawthorne, aber Cassie empfand das nicht so. Sie genoss das Vergnügen, das sie sich selbst bereitete, sie konnte sich ganz auf sich konzentrieren. Nicht, dass sie Männer nicht mochte, aber wenn sie allein war, brauchte sie nicht an ihr Aussehen zu denken oder daran, was der Mann wohl von ihr dachte.

Sie spreizte die Beine noch weiter und massierte das Gewebe rund um die Klitoris. Sie spürte schon die vertraute Spannung, die sich in ihrem Bauch aufbaute. Hinter den Augenlidern wurde ihre Phantasie noch deutlicher. Sie sah sich selbst, wie sie ihre Zunge in den offenen Mund einer anderen Frau stieß, während ein Mann seinen steifen Schaft von hinten in sie hinein pumpte.

Cassie hatte absolut keine Ahnung, wer die Frau und der Mann waren, und es war ihr auch egal. Sie drückte den Rücken durch, ihre Hüften rotierten, während Daumen und Zeigefinger wild über den Kitzler rieben. Ihr Orgasmus wühlte ihren Körper auf wie ein Gewittersturm den lauen Sommertag. Während sie darauf wartete, dass sich ihr Atem normalisierte, streichelte sie versonnen ihre Brüste.

»Hallo, Liebling!«

Lydia erhob sich aus der hockenden Haltung und wischte sich den Staub von der Jeans. »Wie schön, dich zu sehen. Ich würde dich umarmen, aber ich bin völlig verdreckt.«

Cassie lächelte. Trotz der zerrissenen Jeans und des verstaubten T-Shirts sah Lydia reizend und glücklich aus. »Macht ihr Inventur?«

»Nicholas hat eine Menge wunderbare Ideen, wie er den Buchladen neu gestalten will«, sagte Lydia. »Und da habe ich natürlich meine Hilfe angeboten.«

»Was würde Nicholas wohl ohne dich anfangen?«

»Gute Frage.«

Cassie drehte sich nach der männlichen Stimme um und lächelte Nicholas an, der mit einem Armvoll

Bücher in den Gang zwischen den Regalen trat. Seine Verwandlung, die Lydia zu verdanken war, beschränkte sich nicht nur auf Äußerlichkeiten. Selbst Cassie bemerkte, dass Nicholas deutlich mehr Selbstbewusstsein ausstrahlte. Es war das sichere Auftreten, das eine Frau wie Lydia einem Mann einpflanzen konnte.

»Hi, Cassie.«

»Hallo, Nicholas.«

Cassie dachte an den Tag zurück, als sie ihn in seinem Büro verführt hatte – einfach nur, um herauszufinden, ob es ihr gelingen würde. Er war lieb und sanft gewesen, deshalb war es eine schöne Erfahrung für sie, obwohl sie schon während des Geschehens gewusst hatte, dass irgend etwas fehlte. Wahrscheinlich genau das Gefühl, das Nicholas für Lydia empfand.

»Hast du neue Bücher für mich?«

»Noch nicht. Ich sage dir Bescheid, wenn sie eingetroffen sind«, sagte Nicholas, während Lydia ihm die Bücher abnahm. »Ich glaube, ich habe mindestens zwölf Titel für dich bestellt.«

»Du vergisst doch nicht unser Essen heute Abend?« fragte Lydia. »Wir drei sind unter uns. Molly hat zwar am späten Nachmittag noch ein Treffen ihres Wohltätigkeitskomitees, aber gegen sieben wird sie da sein.«

Wir drei sind unter uns.

Dieser Satz brachte Farbe in Cassies Wangen, denn es erinnerte sie an ihre Faszination mit einer *ménage à trois*. »Nein, natürlich vergesse ich das nicht. Soll ich irgend etwas mitbringen?«

»Nur dich.«

»Suchst du jetzt ein bestimmtes Buch?« fragte Nicholas.

»Nein, danke. Ich schaue mich nur ein bisschen um.« Cassie ging in den anderen Raum des Ladens und näherte sich beinahe heimlich der erotischen Abteilung. Sie hatte in letzter Zeit eine Reihe erotischer Titel gekauft, viktorianische Romane mit allen nur denkbaren sexuellen Szenarien.

Sie ging die Titel durch und hielt nach neuen Romanen Ausschau.

»Kann ich helfen?«

Olive stand plötzlich neben ihr. Sie trug einen langen Rock mit einem Blümchenmuster und eine Bluse, die züchtig im Schnitt, dafür aber durchsichtig war. Cassie wünschte, sie fühlte sich in ihrem Körper so wohl wie Olive in ihrem.

»Hi, Olive. Nein, ich stöbere nur ein wenig.«

Olive wies stolz auf die Regale mit den erotischen Titeln. »Es ist unvorstellbar, wie das Geschäft läuft, seit wir diese Abteilung aufgebaut haben«, sagte sie. »Nicholas muss jeden zweiten Tag Titel aus dieser Abteilung nachbestellen.«

»In letzter Zeit habe ich einige der viktorianischen Romane gelesen«, sagte Cassie. Olive hatte ihr bei der Auswahl geholfen, deshalb war es ihr auch nicht peinlich, mit der Assistentin über ihre neue Vorliebe zu sprechen.

»Soll ich Ihnen helfen, etwas anderes zu finden?« fragte Olive. »Ich habe viel Erotik gelesen, Prosa und Lyrik.« Sie ging die Titel in den Regalen durch und zog ein dickes Taschenbuch heraus. »Das ist eine sehr schöne Anthologie aus literarischen erotischen Romanen. Mir gefällt sie, weil sie Autoren aus der ganzen

Welt enthält, einschließlich der Lateinamerikaner und der Japaner.«

Cassie nahm das Buch und blätterte es kurz durch. »Sie lesen wirklich viel Erotik, ja?«

Olive lachte. »Ich habe wohl eine lüsterne Seele.«

Cassie lächelte und bewunderte die Fröhlichkeit in Olives Lachen. »Danke für die Empfehlung, ich nehme die Anthologie.«

Sie zahlte und verabschiedete sich von Lydia und Nicholas, dann fuhr sie zur Universität. Der Campus der Uni von San Francisco war eine kleine Oase aus Rasen und Bäumen mitten in der großen, umtriebigen Stadt. Cassie parkte und ging in ihr Büro. In diesem Semester hielt sie nur wenige Vorlesungen, daher blieb ihr genug Zeit für ihre Nachforschungen.

»Ah, Cassie, da sind Sie.«

Cassie warf ihren Mantel über einen Stuhl und sah den Mann an, der in der Tür stand. Groß und hager war Adler Smith ein Mann, in dem man alles andere vermutet hätte als einen Professor. Er sah gut aus, trug einen adrett getrimmten Bart und hatte sein langes, dichtes Haar zu einem Pferdeschwanz zusammengefasst. Er hatte die Angewohnheit, Batik-T-Shirts und Jeans mit weiten Hosenbeinen zu tragen, die vor drei Jahrzehnten aus der Mode gekommen waren. Adler war gerade mal vierzig Jahre alt, aber er sehnte sich in die psychedelische Ära vergangener Tage zurück.

»Hallo, Adler, ich habe angefangen, mich mit dem Buch *Amerika, Eine Prophezeiung* zu beschäftigen. Ich will herausfinden, wie es zur öffentlichen Meinung gegen König George passt.«

Adler trat in ihr Büro. Ein Hauch von Weihrauch umgab ihn. Er setzte sich und legte die Füße auf Cassies Schreibtisch. »Sehr gut. Wir sollten uns am Wochenende darüber unterhalten. Sind Sie verfügbar?«

»Ja. Ich wollte sowieso arbeiten. Wenn Sie am Sonnabend kommen können, mache ich uns was zu essen.«

Adler hob eine Augenbraue. »Sie können kochen?«

Cassie grinste. »Ich bin nicht ganz hilflos in der Küche.«

»Können Sie kochen?« wiederholte Adler.

»Nein, aber warum wollen Sie nicht mal ein Risiko eingehen?«

Adler kratzte sich am rechten Ohr. »Ich bin immer bereit, etwas Neues auszuprobieren.«

Adler zog mit einem Fuß die Tüte von Libri Antiqui heran, die auf Cassies Schreibtisch lag. »Ist das ein neues Buch über William Blake?«

Cassie hob die Tüte auf und errötete. »Nein, das ist nur ein Roman, den ich lesen möchte.«

»Was für ein Roman?«

»Nur ein Roman.« Cassie öffnete ihren Schreibtisch und legte die Tüte hinein, aber Adler stand blitzschnell neben ihr.

»Nun kommen Sie schon, lassen Sie mich das Buch sehen.«

Er wollte ihr die Tüte aus der Hand reißen.

»Adler, hören Sie auf! Es ist nur ein Buch.« Cassie drückte die Tüte gegen ihre Brust.

Aber Adler war fast einen Kopf größer als sie, und es fiel ihm nicht schwer, ihr die Tüte aus den Händen zu ziehen. Grinsend hielt er die Tüte hoch.

»Adler!« Cassie starrte ihn wütend an, als Adler die Tüte öffnete und das erotische Buch herausnahm.

»*Der Altar der Liebe – Erotika aus der ganzen Welt*«, las

er. Beide Augenbrauen hoben sich bis zum Haaransatz. »Seit wann lesen Sie Erotika?«

Cassie starrte ihn immer noch wütend an. »Verdammt, Adler, ich bin keine Nonne, mir ist es nicht verboten, Erotika zu lesen, und ich lese sie gern.«

Adler schlug das Buch auf und überflog einige Seiten.

»Wer hätte gedacht, dass unsere zurückhaltende Professorin Cassie Langford in Wirklichkeit der ungehemmten Lust lebt?«

»Adler!« Cassie war rot geworden, aber jetzt musste sie lachen. »Nun, soweit würde ich nicht gehen.«

Adler betrachtete sie neugierig. »Ich habe nichts gegen ungehemmte Lust.«

»Ach, hören Sie auf damit.« Cassie schnappte das Buch aus seinen Händen und verschloss es in ihrem Schreibtisch. »Es ist nur ein Buch. Dafür treibe ich mich nicht in Pornokinos und Striplokalen herum.«

Adler grinste. »Schade. Ich dachte, wir würden uns da mal über den Weg laufen.«

Cassie schüttelte lachend den Kopf. »Adler, gehen Sie zurück in Ihr Büro. Ich habe zu arbeiten.«

»Okay. Steht die Einladung noch zur Gourmetmahlzeit bei Ihnen?«

»Nur wenn Sie versprechen, das zu essen, was ich gekocht habe.«

»Versprochen. Anschließend können wir uns gegenseitig aus Ihrem neuen Buch vorlesen.«

Cassie warf einen Bleistift nach ihm. Adler gluckste und lief geduckt aus ihrem Büro. Cassie setzte sich hinter ihren Schreibtisch und begann, die e-mails durchzusehen. Sie bereitete sich auf die Vorlesung vor, und am Nachmittag empfing sie Studenten zur

Sprechstunde. Bevor sie nach Hause ging, nahm sie das Erotikbuch aus ihrem Schreibtisch.

Unter der Dusche dachte sie über die Szene mit Adler Smith nach. Manchmal ärgerte es sie, dass sie sich den Anschein einer spröden, zurückgezogenen Frau gab. Adler hätte sie nicht mit dem Buch geneckt, wenn die Lektüre zu dem Bild gepasst hätte, das andere von ihr hatten. Dieses Bild hatte sie seit ihren Tagen im Pensionat perfektioniert.

Damals hatte sie geglaubt, wenn sie sich aus allem zurückhielt und als graue Maus lebte, würde sie nicht mehr das Ziel der grausamen Streiche der Mitschülerinnen sein. Es hatte nicht funktioniert, und dann waren Lydia und Molly zu ihrer Rettung gekommen. Aber später war sie mit ihrer zurückhaltenden Art gut gefahren. Sie hatte den Ruf, verantwortlich, zuverlässig und vorhersehbar zu sein. In einem Wort – langweilig.

Sie schlang ein Badetuch um sich und lief ins Schlafzimmer. Vor dem Spiegel zögerte sie kurz, dann ließ sie das Badetuch fallen. Sie hatte die Unart, ihren Körper mit den üppigeren Maßen von Lydia und Molly zu vergleichen. Cassie betrachtete ihre zierliche Gestalt, die kleinen Brüste mit den spitzen Nippeln, den flachen Bauch, die Kurven der Hüften, die relativ kurzen Beine.

Nun ja, für ihre Größe war sie wohlproportioniert, aber diese Erkenntnis schwächte kaum ihr Gefühl der Unzulänglichkeit ab, das sie am stärksten überfiel, wenn sie mit einem Mann zusammen war. So groß ihr Selbstvertrauen war, wenn es um ihren Intellekt und um ihren Job ging, so unsicher war sie über die sexuelle Anziehungskraft ihres Körpers.

Cassie hob das Badetuch auf und trocknete sich ab. Sie entschied sich für eine marineblaue Hose und eine weiße Bluse, die bis zum Hals geknöpft wurde. Als sie bei Lydia klingelte, öffnete Molly die Tür. Sie trug einen langen, fließenden Kaftan mit durchwirkten Goldfäden. Ihre kastanienbraunen Haare schimmerten unter dem Kronleuchter in der Halle.

»Cassie, Liebling, wie geht es dir?« Molly nahm Cassie freundlich in die Arme. »Ich glaube, während der Affäre mit Harker Trevane habe ich dich ein wenig vernachlässigt.«

»Was ist eigentlich aus ihm geworden?« fragte Cassie. »Du siehst übrigens bezaubernd aus.«

»Danke. Ich habe mir das Ding vor ein paar Wochen aus Indien mitgebracht. Die Stoffe dort haben immer die faszinierendsten Farben.« Molly nahm Cassies Arm und führte sie ins Wohnzimmer. »Harker ist vor einem Monat zurück nach Chicago geflogen. Ich weiß nicht, ob er zurückkommt, aber im Moment bin ich mit Piero mehr als glücklich.«

»Und was ist mit diesem Bondage- und SM-Zeug, das dich so in Bann gezogen hat?«

»Ich lerne. Piero und ich lassen es spielerisch angehen. Diese harte Tour, die Harker fuhr, ist nichts für mich.« Sie lächelte. »Piero ist ein begabter Schüler. Beinahe hätte ich's vergessen – Lydia ist in der Küche, wenn du sie begrüßen willst. Ich genehmige mir noch einen Drink und helfe dann mit dem Essen.«

Lydia stand vor einem Tablett mit kleinen Appetithappen. Ihr dünnes schwarzes Haar fiel sanft und verbarg eine Hälfte ihres Gesichts. Sie schaute auf und lächelte. »Hallo, Cassie, Liebling. Wie war dein Tag?«

»Gut, nichts Aufregendes.« Sie nahm ein Glas und

schenkte sich Weißwein ein. »Ich habe mir heute ein neues erotisches Buch gekauft.«

»Olive hat es mir gesagt. Literarische Erotik. Hier, probiere mal diesen Brie. Er ist unglaublich köstlich.«

Cassie naschte vom Tablett. »Hast du gewusst, dass William Blake es wahrscheinlich darauf angelegt hat, mit Mary Wollstonecraft und Henry Fuseli eine *ménage à trois* einzugehen?« fragte sie während des Kauens.

»Gut für William!« rief Molly glucksend. Sie bückte sich und schaute im Backofen nach den röstenden Wachteln.

»Ich höre gern vom Liebesleben historischer Gestalten«, sagte Lydia. »Irgendwie werden sie dadurch menschlicher und realer. Und für eine Frau, die sich zur damaligen Zeit schon auf einen Dreier einließ, habe ich hohen Respekt.«

»Hast du ...?« fragte Cassie mit vollem Mund.

»Was? Bei einem Dreier mitgemacht? Klar.«

»Wirklich?« Cassie schluckte, stützte die Ellbogen auf den Tisch, legte das Kinn auf die Hand. »Und wie war es?«

Molly schaute vom Backofen hoch. »Ja, richtig, Lydia, du hast schon einige Dreier gehabt, hatte ich ganz vergessen.«

Lydia kaute auf einem Cracker. »Das erste Mal war während der Collegezeit mit zwei Männern. Es war furchtbar, weil keiner wusste, was er mit wem wie anfangen sollte. Dann hatte ich ein Erlebnis mit zwei Männern in Frankreich, und das war absolute Spitze. Es gibt nichts Schöneres, als sich von zwei Männern gleichzeitig verwöhnen zu lassen. Und vor ein paar

Jahren habe ich mal einen Dreier mit einer anderen Frau gehabt.«

»Wie war das?« fragte Cassie eifrig. »Dieses eine Mal mit der anderen Frau?«

Lydia hob die Schultern. »Es war natürlich erregend. Ich war vorher noch nie mit einer Frau zusammen, deshalb war das Neue schon aufregend genug.«

»Und hat es dir gefallen?« drängte Cassie. »Ich meine, mit einer anderen Frau zusammen zu sein?«

»Kann schon sein.« Lydia schob sich noch einen Cracker in den Mund und nahm einen Schluck Wein. »Den Körper einer Frau zu berühren ist eine sehr sinnliche Erfahrung. Ich weiß nicht, ob es mir gefallen hat, aber es war zweifellos faszinierend.« Sie schaute Molly an. »Du warst doch auch schon mit einer anderen Frau zusammen, nicht wahr?«

Molly nickte. »Es war gut, solange es geschah, aber es passierte während der ganzen Erfahrungen mit Harker, deshalb war ich mir später nicht mehr sicher. Ich glaube, es kann wunderschön sein, wenn man mit einer anderen Frau zusammen ist, aber die Umstände müssen richtig sein.«

»Würdest du es wieder tun?« fragte Cassie.

»Möglich. Ich glaube, es hängt von der Frau ab.«

Lydia schaute Cassie neugierig an. »Warum stellst du all diese Fragen?«

»Ich weiß nicht. In letzter Zeit denke ich oft darüber nach.«

»Worüber?«

»Nun ja, über meine sexuellen Erfahrungen. Natürlich kann ich nicht annähernd mit so vielen Variationen aufwarten wie du und Molly.«

»Glaube mir, Cassie«, sagte Molly, »je mehr Erfahrungen du machst, desto höher wird auch die Zahl deiner Enttäuschungen.«

»Nun, mir ist es gelungen, ohne große Erfahrung auf eine hohe Quote der Enttäuschungen zu kommen.«

Lydia zog die Augenbrauen zusammen. »Wirklich? Du hast enttäuschende Erfahrungen gemacht?«

»Ja, einige.«

»Wie war es mit Nicholas?« fragte Lydia.

Cassie errötete. Sie und Lydia hatten nie über ihre Begegnung mit Nicholas im Detail gesprochen, und Cassie war sich auch nicht sicher, ob sie das wollte.

»Nun ... nein«, sagte sie, »das war nicht enttäuschend, aber es war auch nicht richtig ... nennen wir es erfüllend.«

Molly hob die Schultern. »Vielleicht warst du emotional noch nicht bereit dazu. Ich weiß alles über das emotionale Bereitsein. Tatsache, auf dem Gebiet bin ich Profi.«

»Ich weiß nicht.« Cassie seufzte und nahm einen Schluck Wein. »In letzter zeit bin ich ziemlich verwirrt.«

»Du bist schon seit langem verwirrt, habe ich den Eindruck«, sagte Lydia. Sie stellte sich neben Cassie. »Was ist los mit dir? Seit ein paar Monaten stehst du schon neben dir.«

»Ich weiß es nicht, Lydia. Wenn ich es wüsste, wäre ich nicht verwirrt.«

»Denkst du darüber nach, einen Dreier zu versuchen?« wollte Molly wissen.

»Möglicherweise. Ich meine, ich phantasiere darüber.«

»Das will noch nicht heißen, dass du es auch in

Wirklichkeit tun willst«, sagte Lydia. »Ich glaube, du hast nur noch nicht den richtigen Mann getroffen. In der Vergangenheit bist du ein paarmal mit Verlierertypen ausgegangen, und der Wirrwarr mit Nicholas hat auch nicht geholfen. Warum bringe ich dich nicht mit ein paar Männern zusammen, die ich kenne?«

»Oh, Lyd, ich weiß nicht ...«

»Das ist eine wunderbare Idee!« mischte sich Molly ein, und in ihren blauen Augen blitzte es auf. »Ich kenne einige Männer, die würden dich anbeten, Cassie! Oh, ja, lass dir von uns helfen.«

Cassie wusste, dass es zwecklos war, die beiden Freundinnen daran hindern zu wollen, den richtigen Mann für sie zu suchen, deshalb gab sie nach. »Also gut«, sagte sie, »aber ich will nicht in meine Wohnung kommen und mit zwei nackten fremden Männern konfrontiert werden.«

»Keine Sorge«, beschwichtigte Molly und blinzelte der Freundin verschwörerisch zu. »Das ist ein Szenario, das ich schon für mich reserviert habe.«

»Ich wüsste mal gern, welches Problem sie hat.« Lydia ließ den Seidenmantel von den Schultern gleiten und schlüpfte neben Nicholas ins Bett.

Nicholas nahm die Lesebrille ab, legte einen Arm um Lydia und zog sie näher an sich heran. »Hat sie Ärger im Job?«

»Nicht, dass ich wüsste, und die Nachforschungen zu ihrem Buchprojekt gehen auch zügig voran.« Lydia fuhr mit einer Hand über seinen Brustkorb und beschrieb sanfte Kreise. »Ich hoffe, sie wird bald wieder wie früher sein.«

»Besonders, wenn du und Molly euch um ihr Liebesleben kümmert.«

»Ich glaube, das ist es, was ihr fehlt«, sagte Lydia. »Sie ist auf diesem Gebiet bis heute zu kurz gekommen.«

»He«, rief Nicholas und zog eine Schnute. »Sollte ich mich jetzt beleidigt fühlen?«

»Das Erlebnis mit dir war die Ausnahme, das versteht sich von selbst. Sie braucht mehr Erfahrung, das ist alles. Oder jemanden, mit dem sie alle Variationen ausleben kann.«

»So wie wir?«

»Ja, genau.«

Lydia richtete sich auf die Ellenbogen auf, beugte sich zu ihm und küsste ihn. Sie und Nicholas hatten zu Beginn schwankenden Boden unter den Füßen gehabt, aber dadurch schätzten sie ihr blindes Verstehen jetzt noch mehr. Sie stieß mit der Zunge durch seine Lippen und erforschte gemächlich seinen Mund, während sich eine angenehme Wärme in ihrem Körper ausbreitete. Sie kreiste mit einem Zeigefinger um seine Nippel und gluckste froh, als sie hart wurden.

Lydia hatte einmal geglaubt, dass ein Mann sie bald langweilen würde, aber Nicholas hörte nicht auf, sie zu erregen. Nie hätte sie es für möglich gehalten, dass so ein bieder aussehender Mann, wie er es noch vor wenigen Monaten gewesen war, eine solche Phantasie in der Liebe entwickeln konnte. Ihre Hand streichelte wieder über die Brust und glitt tiefer, unter seine Pyjamahose. Sein Penis fühlte sich heiß an. Sie nahm ihn sanft in die Hand und war begeistert, wie schnell er steif wurde.

»Zieh sie aus«, flüsterte Nicholas und schob eine

Hand um ihren Nacken, um sie näher heranzuziehen.

Lydia schob die Pyjamahose hinunter und küsste dabei seinen Bauch, ehe sie den Penis in den Mund nahm. Der salzige Geschmack stimulierte ihre eigene Erregung, und sie spürte, wie ihr Geschlecht vor Hitze und Feuchtigkeit anschwoll. Ihre Nippel wurden steif und drückten sich gegen die Seide des Nachthemds.

Nicholas raffte den hauchzarten Stoff mit einer Hand zusammen und zog es an ihrem Körper hoch. Ihre vollen Brüste pressten sich gegen seine Schenkel.

»Ahh, Lydia ...« Nicholas ließ sich zurück in die Kissen sinken, eine Hand in Lydias Nacken, während sie mit der Zungenspitze den Adern seines Schafts nachfuhr. Der Penis zuckte in ihrem Mund, und Lydia gluckste froh.

Lydia hob den Kopf. Ihr Gesicht strahlte Wärme und Glückseligkeit aus, als sie sich weiter nach unten beugte und die Säckchen seiner Testikel in den Mund nahm. Ja, sie liebte es, ihm diese Lust zu geben. Sie fuhr mit den Händen über seine Schenkel, während Nicholas ihren Rücken streichelte bis hinunter in die Kerbe zwischen ihren Backen.

Er liebkoste die perfekten Rundungen, und als er tief in die Kerbe glitt, stöhnte Lydia auf. Sie spreizte sich weiter, grätschte über seine Schenkel, schwang sich über ihn und hielt sich am Kopfbrett fest. Seine Finger tauchten in den dunklen Spalt ihrer Backen und spielten mit dem Ring ihres Anus.

»Oh, ja.« Lydia schüttelte sich. Sie beugte sich über ihn und flüsterte in sein Ohr: »Tu's.« Sie nahm das Ohrläppchen zwischen die Lippen und saugte daran.

Nicholas tauchte einen Finger in die Nässe ihrer Vulva und verrieb die Feuchtigkeit über den Anus.

Lydia stöhnte wieder und senkte den Körper, damit er tiefer eindringen konnte. »Da willst du's haben?« raunte er.

»Ja, ja.« Lydia schloss die Augen.

»Dreh dich um.« Er gab ihr einen leichten Klaps auf den Hintern.

Erregt über alle Maßen griff Lydia nach einem Kissen und legte sich auf den Bauch. Ihre letzten Versuche, Sex auf diese Weise zu genießen, waren kläglich gescheitert, aber irgendwie wusste sie, dass es mit Nicholas anders sein würde. Sie wusste es, weil sie noch keinem Mann so vertraut hatte wie ihm.

Sie schob das Kissen unter ihre Hüften, damit der Po weit herausgestreckt war. Nicholas stieß einen bewundernden Pfiff aus, beugte sich über sie und küsste die beiden Halbkugeln, während er mit einem Finger die Kerbe entlang rieb. Lydia wiegte sich hin und her. Ihr Geschlecht lief über, und ihr Blut strömte wie flüssiges Feuer durch ihren Körper.

Sie drückte ihr Gesicht gegen die Matratze, spreizte die Beine weiter und raunte heiser: »Nicholas, beeile dich.«

Er streichelte und rieb weiter, und sie zuckte ungeduldig hin und her. »Es gefällt mir, wenn du bettelst«, flüsterte er.

»Bitte«, stieß sie hervor, »mach's mir, Nicholas.«

Länger hielt Nicholas es nicht mehr aus. Er setzte die Spitze an den muskulösen Ring. Lydia keuchte, als sie den Druck spürte, und zwang sich zu entspannen. Nicholas rieb mit einer Hand über ihre zuckende Klitoris. Als er die Knospe zu massieren begann, schloss Lydia die Augen, verzückt über die Vielfalt der Sensationen, die durch ihren Körper rauschten.

Nicholas stieß zu und drang langsam ein. Er wartete, bis sich ihr Körper an die unvertraute Spannung gewohnt hatte.

»Gut?« wisperte er.

»Oh, ja.«

Lydia hatte sich noch nie so erregt gefühlt. Der Schaft drang tiefer in ihren Kanal und stimulierte jeden Nerv. Nicholas begann langsam zu pumpen, grub die Finger in ihre Backen und drückte sie weiter auseinander, damit er sie tiefer penetrieren konnte. Seine Finger stießen parallel in ihr nasses Geschlecht.

Lydia schrie auf, und es klang wie eine Erlösung. Der Orgasmus überfiel sie wie eine Naturgewalt. Sie hechelte, um genug Luft in die Lungen zu bekommen, und während sie ihre Finger in die Matratze bohrte, hörte sie Nicholas dumpfes Stöhnen.

Er lehnte sich über sie und drückte die Lippen in ihren Nacken. »Alles in Ordnung?«

Lydia wandte den Kopf und schlang einen Arm um seinen Hals. Verliebt schaute sie ihm in die Augen. »Ich fühle mich wunderbar«, hauchte sie.

Nicholas grinste. »Du bist es.«

Zweites Kapitel

Cassie band ihre Haare im Nacken mit einer Spange zusammen und überprüfte ihr Aussehen im Spiegel. Der Gedanke, mit einem wildfremden Menschen verabredet zu sein, jagte ihr unbehagliche Schauer über den Rücken, aber Molly war so begeistert gewesen, dass Cassie nicht das Herz gehabt hatte, die Freundin zu enttäuschen.

Das Telefon klingelte. Cassie hob den Hörer ab und meldete sich.

»Hi, ich bin's, Molly. Bist du fertig?«

»Ja, seit ein paar Sekunden.«

»Was hast du angezogen?«

Cassie schaute an sich hinunter. »Ich trage einen blauen Rock und eine weiße Bluse.«

»Puh! Das hört sich ja umwerfend an. Sei auf der Hut, dass Brad nicht den Verstand verliert, wenn er eine so provozierend gekleidete Frau sieht.«

Cassie grinste. »Habe verstanden, Molly. Aber ich werde mir wegen Brad nicht ein paar Hotpants kaufen.«

»Ich glaube, Brad wird dir gut gefallen. Er ist für jeden Spaß zu haben. Ruf mich morgen an und lass mich wissen, wie es gelaufen ist, ja?«

»Ja, gut. Bis später.«

»He, trage wenigstens die Schuhe, die ich dir letztes Weihnachten geschenkt habe, sie sind sexy.«

»Okay, versprochen.« Cassie legte auf und ging hinüber, wo ihre Schuhe standen. Die nackten Füße schlüpften in die marineblauen Schuhe mit den hohen Absätzen und Riemchen um die Fesseln. Da es ein ungewöhnlich warmer Abend war, verzichtete sie auf Strümpfe. Im nächsten Augenblick klingelte es an der Tür.

Sie blieb kurz stehen, atmete tief durch, übte ein freundliches Lächeln und öffnete die Tür. Sie sah nur einen gewaltigen Blumenstrauß, der unten in zwei Hosenbeinen endete. »Brad?«

Blaue Augen blinzelten durch eine Öffnung zwischen Nelken und Margeriten. »Hallo, Cassie. Die sind für Sie.«

»Danke. Oh, sind sie hübsch ... so ein großer Strauß! Kommen Sie herein.«

Sie hielt die Tür weit offen, und Brad brachte den Strauß heil durch die Öffnung. Auf dem Weg zum Wohnzimmer hinterließ er eine Spur von Blütenblättern. Er legte die Blumen auf den Couchtisch und strahlte Cassie an.

Cassie erwiderte das Lächeln und rief sich in Erinnerung, ihm eine Chance geben zu müssen. Ein so riesiger Strauß war eine nette Geste. Brad sah gut aus, groß mit breiten Schultern, dichtes blondes Haar. Er hatte was Bodenständiges an sich, als wäre er auf einer Farm im Mittelwesten aufgewachsen.

»Nett, Sie kennenzulernen«, sagte Cassie. »Molly hält große Stücke von Ihnen.«

»Von Ihnen auch.« Er schüttelte ihre Hand und schob sich einen Haarwuschel aus der Stirn. Er blickte auf ihre Füße. »He, die Schuhe sind aber scharf.«

Seltsames Kompliment, dachte Cassie, aber immerhin ein Kompliment. »Danke. Sie sind ein Geschenk von Molly.«

»Sie hat einen großartigen Geschmack, nicht wahr?« Dann gleich der nächste Satz. »Sollen wir gehen?«

»Ja, klar.« Cassie langte nach ihrer Tasche und ging mit ihm zu seinem Auto, das sich als schnittige rote Corvette mit schwarzen Streifen herausstellte.

»Cool, die Karre, was?« sagte er stolz.

»Ja«, stimmte Cassie zu. »Sehr ... cool.«

»Ich schlage vor, wir gehen zu diesem großartigen

mexikanischen Restaurant auf der Mission Street«, sagte Brad, als er den Motor startete.

»Ja, gern.« Cassie schaute ihn während der Fahrt von der Seite an. »Molly sagt, Sie arbeiten als Broker.«

»Ja, richtig«, sagte er und grinste sie an.

»Und was machen Sie sonst so?«

Brad hob die Schultern. »Manchmal bin ich am Wochenende mit dem Bike unterwegs, aber in letzter Zeit habe ich einen Narren an Rennwagen gefressen.« Er sah sie an. »Und Sie?«

»Ich bin Professorin für englische Literatur.«

Brad hob die Augenbrauen. »Ist das wahr? Davon hat Molly mir nichts gesagt.«

»Woher kennen Sie Molly eigentlich?«

»Ich bin mal mit einem Mädchen in ihrer Benimm-Klasse ausgegangen«, erklärte Brad und fuhr auf den Parkplatz des Restaurants.

»Dann sind Sie keiner von Mollys Freunden?« Cassie schlug die Autotür zu.

»Nun ja, wir hingen immer mal zusammen, aber ich hatte nie eine richtige Verabredung mit ihr. Wir sind ... nun ja, wir sind Freunde.«

Im Restaurant war es voll und laut, und in der Luft hing der Schwaden von abgestandenem Bier. Cassie und Brad kämpften sich bis zu einem Tisch in einer Ecke durch.

Cassie fand den Lärm beinahe wohltuend, er enthob sie der Pflicht, sich mit Brad zu unterhalten. So verbrachte sie den größten Teil des Abends damit, über die Mengen Nahrung zu staunen, die Brad in sich hineinschaufeln konnte.

Er lehnte sich über den Tisch und schrie ihr ins Ohr: »Wollen Sie Nachtisch?«

»Nein!« schrie Cassie zurück. »Es ist wohl besser, wenn wir gehen.«

»Okay.«

Noch draußen dröhnte die Musik in Cassies Ohren. Die kühle Brise erfrischte sie. »Damit sollten wir es bewenden lassen«, sagte sie.

»Jetzt schon?« Er sah sie überrascht an. »Wollen Sie nicht tanzen gehen oder sowas?«

»Nein, lieber nicht.«

Brad hob die Schultern und schloss das Auto auf. Unterwegs zu ihrer Wohnung dachte sie, vielleicht hätte sie ihm keine richtige Chance gegeben. Schließlich hatten sie kaum reden können, und sie hatte so gut wie nichts über ihn erfahren.

»Wollen Sie noch auf einen Kaffee mit ins Haus kommen?«

»Ja, das wäre großartig.« Mit fröhlichem Klingeln seiner Schlüssel folgte er ihr.

Nachdem sie ihm einen Platz angeboten hatte, fragte Cassie: »Sind Sie in San Francisco aufgewachsen?«

»Nein, in Los Angeles. Beverly Hills, um genau zu sein.«

Cassie stellte die Kaffeemaschine in der Küche an. »Und was hat Sie nach San Francisco verschlagen?«

»Mein Job«, antwortete Brad. »Ich dachte, es wäre ein cooler Ort, um eine Zeitlang dort zu wohnen.«

Cassie wartete, bis der Kaffee durchgelaufen war, dann schenkte sie zwei Tassen ein. Sie reichte Brad eine Tasse und setzte sich neben ihn auf die Couch. Als sie sich zurücklehnte, bemerkte sie, dass er ihre Füße anstarrte.

»Das sind wirklich sexy Schuhe«, sagte er.

»Danke«, sagte sie wieder. Cassie konnte sich nicht erinnern, dass ein Mann ihren Schuhen schon einmal so viel Aufmerksamkeit geschenkt hatte.

»Sind es Ferragamos?« wollte er wissen.

Cassie schaute auf ihre Schuhe. »Kann sein. Molly hat sie in Italien gekauft.«

»Die Riemchen sitzen wie angegossen um diese wunderbaren Fesseln.« Brad bückte sich und fuhr mit einem Finger über die Riemchen. »Wirklich schöne, schlanke Fesseln.«

Cassie sah ihn leicht verdutzt an. »Danke.«

Er lachte breit und zeigte weiße, ebenmäßige Zähne. »Glauben Sie, ich kann Sie küssen?«

»Ich weiß nicht«, gab Cassie trocken zurück. »Können Sie?«

Sie bezweifelte, dass sie ihn je wiedersehen würde, aber was war schon dabei, einen Mann zu küssen? Wollte sie nicht eine Basis für spätere Vergleiche haben? Sie lehnte sich zu ihm und spürte seine Lippen auf ihren. Es war ein warmer, freundlicher Kuss, nicht sehr fordernd. Cassie fuhr mit einer Hand durch seine strohblonden Haare. Brads Lippen bewegten sich zwingender, und Cassie spürte die wachsende Anspannung in seinem Körper. Es faszinierte sie immer wieder, die sexuelle Reaktion eines Mannes auf eine Frau zu erleben.

Brad löste sich von ihr. Seine blauen Augen hatten eine dunklere Färbung angenommen, und sein Atem ging schwer. »Cassie, wenn ich dich um etwas bitte, darfst du mich aber nicht für abartig halten, bitte. Einverstanden?«

»Ich will's versuchen.«

»Darf ich deine Schuhe ausziehen?«

Er schien wirklich ein Faible für ihre Schuhe zu haben. Nun, sie war doch auf Variationen aus, oder? »Ja, sicher, wenn du möchtest.«

Sie lehnte sich auf der Couch zurück, legte die Füße auf den Tisch und wartete darauf, dass er ihr die Schuhe auszog. Brad ging äußerst umsichtig vor, streichelte über die Lederriemchen und zog behutsam die Schuhe von ihren Füßen.

Neugierig warf Cassie einen Blick auf seinen Schoß, und ihr Herz begann zu pochen, als sie dort eine nicht zu missdeutende Beule bemerkte. Oh, Mann, war er vielleicht nach einem Kuss und nach dem Ausziehen ihrer Schuhe schon so erregt? Bizarr. Jetzt spürte sie, wie er mit den Fingern über ihre nackten Zehen strich.

»Ah, dieses hohe Fußgewölbe, es ist einfach perfekt«, sagte er seufzend. »Und wie lieblich deine Zehen sind.«

Cassie war fasziniert. Sie hatte noch nie jemanden mit einem Fußfetisch kennengelernt. Brad schien ein Kenner zu sein. Zu ihrer Überraschung stellte sie fest, dass seine Bewunderung sie erregte. Brad hob ihre Beine über seine Schenkel und nahm einen Fuß in beide Hände. Seine Erektion drückte gegen ihre Wade.

Plötzlich bückte er sich und küsste ihre Zehen. Instinktiv zuckte sie zusammen und fragte sich, ob das nicht zu weit ging. Brad saugte einen Zeh in seinen Mund. Das Gefühl des Zehs in der warmen Nässe seines Mundes machte sich sofort durch ein Zusammenziehen ihrer inneren Muskeln bemerkbar, und unwillkürlich stieß sie ein leises Stöhnen aus. Das ermutigte Brad noch mehr.

Cassie quietschte und drückte ihre Wade gegen

seine Erektion. Ihr Rock war die Beine hoch gerutscht, und er hätte ihr weißes Höschen sehen können, aber Brad wandte seine Aufmerksamkeit dem anderen Fuß zu. Er saugte nacheinander alle Zehen in seinen Mund, während seine Hände beide Füße massierten.

»Cassie, verzeih mir, aber ich muss es einfach tun ... du erregst mich zu sehr ...« Brads Gesicht war rot vor Aufregung, und auf seiner Stirn sammelten sich die Schweißtropfen, während er ihren rechten Fuß mit einer Hand hielt und mit der anderen seine Hose öffnete.

Ein Teil von Cassie war schockiert von der Selbstverständlichkeit, mit der sie ein so fremdartiges Verhalten hinnahm, aber der andere Teil von ihr war gerade dadurch über alle Maßen erregt. Nie zuvor hatte sich jemand so sehr mit ihren Füßen beschäftigt, nie hatte sie an einem Abend so viele Komplimente gehört.

Sie starrte schluckend auf den zuckenden Schaft von Brads Penis, der gerade aus seinen Shorts schnellte. Die Eichel war dunkelrot, und die Hoden hingen schwer unter dem zuckenden Stab.

Cassie hätte am liebsten zugepackt, aber sie zwang sich, sich zurückzulehnen und darauf zu warten, was als Nächstes geschah. Sie öffnete ihre Beine weiter, als wollte sie Kühlung für die Hitze in ihrem Geschlecht, und jetzt konnte sie sich nicht länger beherrschen und glitt mit einem Finger unter das Elastikband des Höschens. Langsam strich sie über die glitschigen Labien.

Heftig atmend kniete sich Brad auf die Couch. Cassie hielt die Luft an, als er ihren Fuß nahm und über seinen harten Penis rieb. Das Gefühl der seidigen

Haut an ihrer Fußsohle löste einen weiteren Feuchtigkeitsschwall zwischen ihren Schenkeln aus. Wie von selbst bewegte sich ihr Fuß hinauf und herunter. Nein, so etwas war ihr noch nie passiert. Mit den Zehen des anderen Fußes streichelte sie über seine Hoden.

»Ja, ja, Cassie, genau so ist es richtig, ahh ... wunderbar«, ächzte Brad. »Du ahnst ja nicht, was mir das bedeutet ...«

Sein Lob stimulierte Cassie noch mehr. Ihre Finger breiteten sich in ihrem Geschlecht aus, während sie beide Füße einsetzte, um ihm sein bizarres Vergnügen zu sichern.

»Schneller«, keuchte Brad, die Augen halb geschlossen. Er hielt ihren Fuß umschlossen und drückte ihn fest gegen seinen unruhigen Schaft. »Schneller.«

Die Finger in ihrer Scheide nahmen den Rhythmus ihrer Füße auf, und dann stieß Brad einen Schrei aus, sein ganzer Körper versteifte sich, und im nächsten Augenblick sah Cassie, wie es aus dem Penis schoss. Er hörte nicht auf, sich an dem Fuß zu reiben, und das Gefühl der warmen Nässe auf ihrem Fuß löste auch Cassies Orgasmus aus. Zuckend bäumte sie sich auf, ihre Finger verharrten, die Klitoris pochte, und dann hörte man im Zimmer nur noch das keuchende Atmen der beiden Menschen.

Cassie ließ einen langen Seufzer hören. Sie war wie erschlagen von der Intensität ihrer Gefühle und zugleich auch von der Fremdartigkeit des Geschehens, das diese Gefühle ausgelöst hatte. Sie streckte eine Hand aus und legte sie auf Brads Knie.

Er schlug die Augen auf und sah sie an. »Verdammt, Cassie, du bist einmalig. Können wir uns wiedersehen?«

»Ich weiß nicht«, sagte Cassie ehrlich. »Ich glaube, du solltest jetzt gehen.«

Brad zog seine Hose hoch. »Ich hoffe, ich habe dich nicht ...«

Cassie schüttelte den Kopf. »Nein. Es war ... interessant.«

Brad küsste ihre Wange, bevor er ging.

Cassie blieb lange auf der Couch sitzen und versuchte, sich über ihre Gefühle klar zu werden. Ja, es war schön gewesen. Sehr gut. Sie ging ins Badezimmer und trat unter die Dusche, schaute sich ihre Füße an. Ihr fiel nichts Ungewöhnliches auf. Sie musste lächeln. Brad jedenfalls hatte sie mehr als sexy gefunden.

Sie schlang sich ein Badetuch um den Körper und ging ans Telefon, wählte Mollys Nummer. »Molly, habe ich dich geweckt?«

»Nein, mein Schatz. Wie war es? Er ist ein netter Kerl, nicht wahr?«

»Ja, aber er ist nicht mein Typ. Er hat einen Fußfetisch.«

Ein verlegenes Schweigen entstand, weil Molly offenbar nichts wusste, was sie sagen sollte. Dann fragte sie leise: »Das hat er dir schon gesagt?«

»Er ... eh ... er hat ihn demonstriert.«

»Cassie! Ehrlich?«

Cassie errötete, aber zugleich empfand sie so etwas wie Stolz. Lydia und Molly waren nicht die einzigen, die in unterschiedlichen Sexpraktiken zu Hause waren. »Ja, er war mehr als begeistert von meinen Füßen.«

»Ich kann es nicht glauben. Warst du schockiert?«

»Ja, aber es war auch faszinierend. Nie zuvor habe

ich irgend etwas Vergleichbares getan oder mit mir geschehen lassen. Ich wusste nicht einmal, ob es in der Wirklichkeit überhaupt Fußfetischisten gibt.«

»Ich bin wie vor den Kopf geschlagen«, erklärte Molly. »Ehrlich, Cassie, ich weiß, dass Brad ein bisschen simpel ist, aber nie hätte ich gedacht, dass er dich gleich am ersten Abend mit seinem Spleen konfrontiert.«

»Deshalb wolltest du, dass ich ihn kennenlerne, nicht wahr?« fragte Cassie. »Du hast gedacht, er weiht mich allmählich in seinen Fetisch ein, und ich würde fröhlich mitmachen.«

»Nun, hast du nicht gesagt, dass es dir an Variationen fehlt?« fragte Molly. »Du bist mir doch nicht böse, oder?«

»Nein, überhaupt nicht, aber ich hätte mir eine kleine Vorwarnung von dir gewünscht. Brad ist nicht der Mann, mit dem ich eine Beziehung haben möchte, aber es war eine witzige Erfahrung.«

Molly gluckste. »Ich muss schon sagen, du überraschst mich. Ich hätte nie gedacht, dass es am ersten Abend schon zu so etwas kommt.«

»Ich auch nicht«, sagte Cassie. »Aber vielleicht habe ich es gerade deshalb getan.«

»Hat es Ihnen gefallen?«

Cassie blickte auf, als sie Olives Stimme hörte, und lächelte. An diesem Tag sah die junge Frau besonders attraktiv aus. Sie trug ein langes, purpurfarbenes Kleid, und ihre blonden Haare hielt sie mit einem bunten Tuch zusammen.

»Was hat mir gefallen?«

»Das Buch natürlich. Internationale Erotik.«

»Oh, ja. Ich bin mittendrin. Ich fand die Geschichte einer indischen Autorin besonders gut.«

Olive nickte. »Diese Geschichten sind Beweis dafür, dass Erotika sinnlich sein können, ohne explizit zu sein.« Sie fügte grinsend hinzu: »Obwohl es auch eine Zeit für derben Wortschatz gibt.«

»Ich stimme voll und ganz zu.« Cassie wandte sich wieder den Büchern im Regal zu. »Die Geschichte der Literatur ist voll von erotischen Geschichten und Gedichten, aber sie sind meist unterdrückt worden. Bei meinen Nachforschungen stoße ich häufig darauf.«

Olive lehnte ihre Schulter an das Buchregal. »Lydia hat mir gesagt, dass Sie Nachforschungen anstellen über das Leben eines Schriftstellers namens William Blake.«

»Ja. Er war ein britischer Dichter und Künstler im ausgehenden achtzehnten Jahrhundert«, sagte Cassie. Sie schaute Olive an und sog den leichten Duft der Lotion ein, der von Olives Haut ausströmte. »Seine Arbeiten enthalten viele erotische Andeutungen.«

»Wollen Sie sich in Ihrem Buch darauf konzentrieren?«

»Ich werde das in einem Kapitel abhandeln«, antwortete Cassie. »Ich habe einen Partner bei meinen Nachforschungen, und er ist der Meinung, ich sollte ein ganzes Buch über die sexuellen Bezüge in den Arbeiten von William Blake schreiben. Vielleicht wird das mein nächstes Buch.«

»Schreibt der Partner das Buch mit Ihnen zusammen?«

»Nein, ich übernehme den größten Teil der Nachforschungen und schreibe das Buch allein. Er hilft mir nur, indem er die Tatsachen überprüft und meine Theorien abklopft.«

»Wissen Sie, einige unserer Sachbuchtitel könnten auch nützlich für Sie sein«, sagte Olive. Sie lehnte sich vor, an Cassie vorbei, und nahm ein Buch aus dem Regal. »Ihre Freundin Molly hat dies hier kürzlich gekauft.«

Cassie zuckte kurz, als sie Olives Brüste an ihrem Arm spürte.

Diese Berührung war nicht weniger beunruhigend als die Tatsache, dass Olives Nippel hart waren. Olive konnte sie durch den dünnen Stoff ihres Kleids spüren.

»Dies hier«, wiederholte Olive. »Es geht um SM und um die verschiedenen Fetische.«

»Fetische?« Cassie nahm das Buch und betrachtete den Umschlag. War sie wirklich an Fetischen interessiert? Das durfte doch nicht wahr sein.

»Olive, arbeitest oder plauderst du?« Nicholas' Stimme kam von der Kassentheke.

»Ich arbeite natürlich«, antwortete Olive und blinzelte Cassie zu.

»Ich sollte gehen«, meinte Cassie widerstrebend. Sie stellte das Buch zurück ins Regal. »Ich muss heute Abend für meinen Kollegen etwas kochen.«

Olive hob eine Augenbraue. »Das hört sich nach was Ernstem an. Haben Sie was mit ihm?«

»Oh, nein.« Cassie musste bei dem Gedanken lächeln, mit dem psychedelischen Adler was zu haben. »Nein, wir sind nur gute Freunde. Er trägt Sandalen im Winter, Batik-T-Shirts und will Woodstock ins neue Jahrtausend retten.«

Olive grinste. »Er hört sich großartig an, aber er ist bestimmt nicht Ihr Typ.«

Cassie sagte Olive nicht, dass sie sich zu fragen begann, wer denn ihr Typ sei. Offenbar gehörten Männer wie Adler oder Brad nicht dazu.

Sie fuhr nach Hause und bereitete einige der Arbeiten vor, die sie mit Adler diskutieren wollte, dann machte sie sich an die Lammkoteletten heran. Lydia hatte ihr das Rezept gegeben. In der Wohnung roch es schon sehr gut, als Adler eintraf. Zur Feier des Tages hatte er eine karierte Fliege zu seinem T-Shirt angezogen. Die Jeans waren zerrissen.

»He, Adler, Sie haben sich ja wirklich in Schale geworfen.« Cassie lächelte und nahm die Flasche Wein, die er mitgebracht hatte. »Das wäre aber doch bei mir nicht nötig gewesen – weder die Flasche noch die Fliege.«

»Mir liegt immer daran, eine reizende Dame zu beeindrucken«, erklärte er.

»Setzen Sie sich. Das Essen brutzelt, vorher möchte ich gern ein paar neue Dinge mit Ihnen besprechen, die ich herausgefunden habe.« Cassie holte zwei Weingläser und schenkte ihnen ein, dann setzte sie sich neben ihn auf die Couch im Wohnzimmer. Die Bücher und Notizen hatte sie auf dem kleinen Tisch davor ausgebreitet, und Adler stöberte schon fleißig.

»Blake hatte wirklich ein ausgeprägtes Sexualleben, was?« Adler überflog einen Zettel, auf dem Cassie eine Reihe von sexuellen Details festgehalten hatte. »Ist es denn nun zu dem Dreier mit Fuseli und Wollstonecraft gekommen?«

»Das habe ich noch nicht herausfinden können«, sagte Cassie. »Ich glaube aber, dass Blake und seine

Frau sie wenigstens bei einer Gelegenheit verführt haben. Mary Wollstonecraft wollte auch mit Fuseli und dessen Frau in einer Dreierbeziehung leben, aber Fuselis Frau hat sie aus dem Haus geworfen, als Mary diesen Gedanken zur Sprache brachte. Und dann habe ich noch entdeckt, dass Blake seiner Frau das Lesen beigebracht hat, wenn sie nackt im Hinterhof gesessen haben. Er glaubte, nackt würde sie die Lektionen mehr verinnerlichen.«

»He, was für eine Idee! Soll ich Ihnen das Lesen beibringen?«

Cassie grinste. »Zu spät.« Sie diskutierten dann noch eine Weile über Blakes episches Werk über den amerikanischen Bürgerkrieg und über seine Illustrationen.

Ihre intensiven Diskussionen wurden erst unterbrochen, als Rauch ins Wohnzimmer drang.

»Nein!« Aufstöhnend lief Cassie in die Küche. »Ich habe die Lammkoteletten vergessen! Adler, warum haben Sie mich nicht erinnert?«

»Wieso hätte ich Sie erinnern können? Ich wusste doch nicht einmal, welche Köstlichkeiten mich erwarteten. Brauchen Sie Hilfe?«

»Nein, alles unter Kontrolle.« Cassie zog den Topf aus dem Backofen. Sie stieß mit einer Gabel in die Koteletten. Nun ja, sie schienen ein wenig trocken zu sein, aber nicht verbrannt. Sie legte sie auf zwei Teller, teilte den Salat in zwei kleine Schüsseln auf, und dann ging das Telefon.

»Soll ich rangehen?« fragte Adler.

»Nein, der Anrufbeantworter ist eingeschaltet«, rief Cassie und öffnete den Kühlschrank. Wohin hatte sie das Salatdressing gestellt? Sie fand zwei Möhren und schälte sie in der Spüle, damit der Salat nach etwas mehr aussah.

Sie hörte, wie der Anrufbeantworter den Anruf übernahm, und im nächsten Augenblick wurde die Wohnung von einer Stimme aus dem Lautsprecher erfüllt.

»Hi, Cassie, hier ist Brad. Ich wollte dir nur sagen, wie gut es mir gestern Abend bei dir gefallen hat. Ich kann gar nicht aufhören, an deine Füße zu denken, die so sexy sind ...«

Oh, nein! Sie ließ die Möhren fallen und rannte zurück ins Wohnzimmer, aber bis dahin dröhnte Brads Stimme weiter durchs Wohnzimmer.

» ...und mich tierisch anmachen. Du warst so unglaublich heiß, Cassie ...«

In ihrer Panik drückte sie offenbar die falschen Knöpfe, jedenfalls dröhnte Brads Stimme weiter.

» ...Wenn ich an deine Zehen denke, Cassie, sehe ich immer das Bild vor mir, wie sie bekleckert sind von ...«

Cassie riss in ihrer Verzweiflung das Kabel aus der Wand, und so wurde Brad abgewürgt, bevor er weitere unkeusche Einzelheiten enthüllen konnte.

Sie stand mit hochrotem Kopf da und traute sich erst nicht, in Adlers Richtung zu schauen. Vielleicht war er ja schon gegangen, hoffte sie gegen besseres Wissen. Sie schaute dann doch hin. Er saß auf der Couch, hatte die Füße auf den Tisch gelegt, ließ die Zehen spielen und grinste von einem Ohr zum anderen. Cassie wünschte, der Boden würde sich auftun und sie verschlucken.

»Ich will kein Wort hören«, sagte sie leise und wusste, dass er sich nicht daran halten würde.

»Sieh an, sieh an, unsere kleine Cassie Langford überrascht uns ein weiteres Mal.« Adler grinste immer noch. »Brad scheint wirklich eine Schwäche für Ihre Füße zu haben.«

»Adler, das geht Sie überhaupt nichts an.«

»Wenn Sie mir jetzt sagen, dass Sie nebenbei als Dominatrix arbeiten, kann ich dann einen Termin bei Ihnen haben?«

»Adler!« Die Röte auf Cassies Gesicht wurde noch tiefer. »Hören Sie sofort damit auf! Brad und ich hatten eine Verabredung, und mehr brauchen Sie nicht zu wissen. Nein, verdammt, Sie brauchen nicht einmal das zu wissen.«

»He, ich weiß schon eine Menge mehr«, erinnerte Adler sie. »Aber gut, ich höre auf damit. Oder soll ich Ihnen was über mich sagen, was mich auch verlegen macht? Ich habe nämlich eine Schwäche für Frauennabel.«

Cassie sah ihn zweifelnd an. »Und das ist Ihnen peinlich?«

»Nun ja, ich habe auch noch einige andere Anwandlungen, aber die verrate ich Ihnen nicht.«

»Vielleicht ist das auch besser. Jetzt setzen wir uns an den Tisch und fallen über das Leder her, das ich gekocht habe.«

Adler folgte ihr in die Küche. »Haben Sie das auch für Brad gekocht?«

»Ja, und es hat ihm geschmeckt. Und Ihnen wird es auch schmecken.«

Drittes Kapitel

Cassie schaute zu Peter hinüber. Er war ein sehr gut aussehender junger Mann mit einem Wuschelkopf voller lockiger schwarzer Haare und den intensivsten grünen Augen, die Cassie je gesehen hatte. Peter war Lydias Empfehlung, und Cassie fühlte sich verpflichtet, auch Lydias Kandidaten eine Chance zu geben, nachdem sie sich Molly zuliebe mit Brad verabredet hatte.

Bisher hatte sich Peter als angenehmer Tischpartner erwiesen. Er erzählte viel und spannend von seiner Arbeit als Art Director bei *Savoir Faire*. Cassie fiel es nicht schwer, sich einzugestehen, dass Peter sie sexuell reizte.

»Lydia hat mir gesagt, dass Sie oft in London sind«, bemerkte er, nachdem er ihr Weinglas nachgefüllt hatte.

Cassie nickte. »London gefällt mir. Eigentlich sollte ich mir eine Wohnung in der Bibliothek des Britischen Museums kaufen, weil ich so viel Zeit dort verbringe. Die Archive dort enthalten unglaubliche Schätze.«

»Werden Sie bald wieder dort sein, um Ihre Forschungsarbeiten fortzusetzen?«

»Ich hoffe es.« Cassie kratzte den letzten Rest der *mousse au chocolat* vom Teller und lehnte sich zurück. »Bis zum Monatsende werde ich wissen, ob man mir den Zuschuss für weitere Forschungsarbeit gewährt, den ich beantragt habe. Wenn ja, habe ich genug Geld, um wenigstens ein Jahr lang in England zu arbeiten.«

»Sehr beeindruckend.«

Cassie lächelte. »Es kann nur beeindruckend sein, wenn ich den Zuschuss erhalte.«

Sie plauderten, bis sie die Flasche ausgetrunken hatten, dann spazierten sie um den Union Square. Da sie früh zu Abend gegessen hatten, waren die meisten Geschäfte noch geöffnet. Sie blieben vor den Auslagen in den Schaufenstern stehen, und plötzlich rief Peter aufgeregt: »He, schauen Sie sich das an!« Sie standen vor dem Kaufhaus Neiman-Marcus, und die Puppen trugen Unterwäsche. »Dieses Gedicht in Pink!«

Cassie sah sich den Spitzen-BH und den dazu passenden Slip an. »Ja, sehr hübsch.«

»Würden Sie so etwas tragen?«

»Ja, sicher. Das ist einer der wenigen Vorzüge, wenn man klein geraten ist, dann findet man immer Unterwäsche, die passt.«

»Wollen Sie es anprobieren?«

Cassie sah ihn misstrauisch an. »Sie stehen nicht auch auf Füße, nicht wahr?«

»Füße?« Peter schaute zu ihren Schuhen. »Sie sind hübsch, ja.«

Variationen, rief sich Cassie in Erinnerung. Lydia und Molly hatten alle möglichen Schattierungen des Sexuallebens kennengelernt , und es war höchste Zeit, dass sie aufholte. Und Unterwäsche anprobieren war etwas ganz anderes, als einen Mann mit der Fußsohle zu masturbieren.

Sie nahm Peters Hand und ging mit ihm ins Kaufhaus. »Ich probiere es an.«

Die Wäscheabteilung war fast leer, von den Verkäuferinnen und ein paar Frauen in Kostümen abgesehen. Cassie war ein bisschen nervös; ihr fiel ein, dass sie noch nie mit einem Mann Unterwäsche gekauft hatte.

Sie suchte sich zuerst die richtige BH-Größe heraus und fand dann den passenden Slip dazu.

»Werden Sie mir das Ergebnis vorführen?« fragte Peter eifrig.

Cassie lächelte, und in ihren Augen blitzte ein Schimmer. »Vielleicht.«

Sie ging zu den Umkleidekabinen. Sie spürte die Schmetterlinge in ihrem Bauch flattern. Cassie schaute sich nach der Verkäuferin um, die sich mit einem Preisschild beschäftigte.

»Warten Sie hier«, flüsterte sie Peter zu, nur noch einige Schritte von den Kabinen entfernt.

»Warten? Den Teufel werde ich tun!«

»Peter!«

»Okay, dann warte ich in der Nachbarkabine.«

Cassie musste lachen. Vom Personal war niemand zu sehen. Sie verschwand in einer Kabine, während Peter in die daneben liegende schlüpfte.

»Ziehen Sie sich aus?« hörte sie seine leise Stimme durch die dünne Wand.

»Pst.«

Cassie knöpfte mit zitternden Fingern die Bluse auf, öffnete den BH und streifte ihn ab. Sie zog das ›Gedicht in Pink‹ an, zog Rock und Höschen aus und schlüpfte in den Hauch von Slip.

»Wie sieht es aus?« Peters dunkler Kopf tauchte am Boden auf, denn die Trennwände hörten zwei Handbreit über dem Boden auf. »Wau! Phantastisch!«

Cassie hätte fast einen Lachanfall bekommen. »Peter, verschwinden Sie!«

»Sind Sie verrückt? Sie sehen großartig darin aus.« Er rutschte über den Boden, zwängte sich durch die Öffnung und stand im nächsten Augenblick in Cassies

Kabine. Er streckte sich und grinste sie an. »Wirklich umwerfend!«

Cassie lachte so sehr, dass sie vergessen hatte, darüber schockiert zu sein, halb nackt neben einem fremden Mann in der Umkleidekabine zu stehen. Sie zwang sich, ruhig zu bleiben und bemerkte, wie Peter sie anstarrte.

»Okay, Peter, wir haben das Spiel ein wenig übertrieben.« Cassie wischte sich eine Lachträne aus dem Augenwinkel und betrachtete sich im Spiegel. Überraschend stellte sie fest, wie provozierend die Wäsche wirkte. Ihre Nippel und das dunkle Dreieck waren durch die Spitze sichtbar, und der BH drückte die Brüste auf erregende Weise zusammen.

Sie sah Peter an, der sie hungrig anstarrte.

»Wirklich sexy«, murmelte er.

Cassie spürte, wie sich ihre Nippel gegen die Spitze drückten und hart wurden, und ein Echo der Erregung hallte in ihrem Blut wider – allein schon durch seine bewundernden Blicke.

Das Wissen, dass sie sich an einem öffentlichen Ort aufhielten, und dass sie jeden Moment erwischt werden könnten, erhöhte ihre Erregung noch. Peter schob sich näher an sie heran. Sie konnte nicht ausweichen, als er sie küsste.

»Das ist verrückt«, flüsterte sie.

»Nein.« Peter fuhr mit einer Hand über ihren Bauch, mit der anderen streichelte er über ihre Brüste. Ein Daumen rieb über die Nippel. »Du fühlst dich wunderbar an.«

»Peter, jeden Augenblick kann einer hereinkommen und uns hören«, flüsterte Cassie. Aber sie protestierte nicht, als er sein Knie zwischen ihre Beine schob.

»Ich weiß.« Peter drückte sein Knie höher, bis ihre Beine gespreizt waren und ihr Geschlecht sich an seinem Schenkel rieb. Cassie stöhnte.

Peter presste die Lippen auf ihren Hals, spürte ihren Puls, der sie durchraste.

Sie genoss seine Küsse, schloss die Augen und lehnte sich mit einer Schulter gegen die Wand. Sie tauchte tief hinein in diese verbotene Erfahrung. »Oh«, hauchte sie, »das fühlt sich gut an.«

Sie legte die Hände auf seine Brust und spürte seine Wärme durch den dünnen Hemdenstoff. Dann glitten ihre Hände auf seinen Rücken. Sie verharrten, als ihre Finger auf ein elastisches Band stießen.

»Eh ... Peter?« Cassie wich einen Schritt zurück, die Augenbrauen hochgezogen, als ihr bewusst wurde, wonach sich das Elastikband anfühlte.

Er errötete. »Entschuldige, aber ich habe nicht damit gerechnet, dass ich es so bald schon erklären müsste.«

Cassie starrte ihn an. »Was erklären?«

»Nun, dass ich Frauenunterwäsche liebe.«

»Alle Männer lieben Frauenunterwäsche.«

Peter knöpfte bedächtig sein Hemd auf und enthüllte einen dunkelblauen BH, der seine Brust schmückte. »Nicht alle Männer tragen sie auch.«

Cassie stöhnte auf und schlug beide Hände vors Gesicht. »Bist du ein Transvestit?«

»Nein, bin ich nicht, Cassie«, sagte er lächelnd, »aber manchmal ziehe ich mich gern wie einer an.«

Cassie begriff, dass sie eigentlich lachen sollte, aber ihr war das Lachen vergangen.

»Es fühlt sich phantastisch an, Cassie, das ist alles.«

»Du hast für dich selbst ›das Gedicht in Pink‹ im

Schaufenster ausgesucht, nicht wahr?« Cassie drückte ihn zur Seite und langte nach ihrem Rock. Wieso war sie zum Magnet aller Verrückten in dieser Stadt geworden? Brad hatte wenigstens Männershorts getragen. »Peter, in letzter Zeit habe ich genug Abartigkeiten über mich ergehen lassen.«

»Das ist nicht abartig!« protestierte Peter. »Ach, komm schon, Cassie, ich bin doch nicht pervers.«

»Nein, pervers ist es bestimmt nicht«, sagte sie ernst, »das muss jeder für sich selbst entscheiden, wie er ans Ziel kommt. Aber ich möchte gern mit einem Mann zusammen sein, der mich den BH tragen lässt.« Sie knöpfte ihre Bluse zu und hob ihre Tasche auf.

»Cassie, warte! Ich kann das erklären!«

»Mach dir gar nicht erst die Mühe.« Verärgert schritt Cassie aus der Umkleidekabine. Sie war schon fast aus dem Kaufhaus, als ihr einfiel, dass sie noch das ›Gedicht in Pink‹ trug.

Sie wollte schon umkehren, um in der Wäscheabteilung dafür zu zahlen, aber dann wäre sie Peter begegnet, wahrscheinlich mit ihrem BH und ihrem Höschen ausgestattet, und dieser Gedanke verursachte ihr Übelkeit. Sie sah sich rasch um und verließ dann das Kaufhaus.

Draußen hielt sie ein Taxi an. Sie hatte dem Fahrer schon ihre Adresse genannt, aber dann änderte sie das Fahrtziel – sie ließ sich zu Lydias Haus fahren. Ungeduldig drückte sie auf den Klingelknopf.

Lydia zog die Tür auf. »Cassie? Was ist passiert?«

Cassie kreuzte die Arme vor der Brust und schaute die Freundin wütend an. »Du hättest mich warnen können, dass Peter gleich bei unserer ersten Verabredung in Frauenwäsche auftreten würde.«

Lydia schlug sich eine Hand vor den Mund, die Augen weit aufgerissen. »Das hat er nicht getan!«

»Aber ganz gewiss hat er das getan.«

»Oh, verdammt.« Lydia fasste Cassie am Arm und zog sie rasch ins Haus. »Cassie, ich hatte keine Ahnung. Es tut mir leid.«

»Ha!« stieß Cassie aus. »Du und Molly! Was ist mit euren Freunden los? Ist es eine Grundbedingung, anders als stinknormal zu sein?«

Lydia musste lachen, dann fragte sie: »Wie hast du von Peters ... nun, Neigungen erfahren?«

»Wir haben uns in der Umkleidekabine von Neiman-Marcus gegenseitig heiß gemacht«, antwortete Cassie und ließ sich erschöpft aufs Sofa fallen. »Bis dahin gehörte das noch zu meinem Bestreben, mein Sexleben aufzuwerten. Aber dann bemerkte ich, dass er nicht nur meinen BH aufhaken wollte, sondern ich sollte auch seinen BH ausziehen.«

Lydia lächelte verhalten.

»Und soll ich dir noch was sagen? Ich bin zur Ladendiebin geworden, weil ich ihm nicht noch einmal über den Weg laufen wollte!«

»Was?«

Lydia schaute sie mit großen Augen an.

»Beruhige dich, man hat mich nicht erwischt. Ich war so versessen darauf, ihm zu entkommen, dass ich die Wäsche von Neiman-Marcus, die ich noch trage, völlig vergessen hatte. Stell dir vor, sie hätten mich geschnappt. Ich hätte mich ausziehen müssen, damit sie den Beweis meiner Straftat in Augenschein nehmen könnten.«

»Cassie, es tut mir leid«, sagte Lydia. »Ich habe wirklich nichts davon gewusst, dass Peter auf dieser

Schiene fährt. Du glaubst doch nicht, dass ich euch sonst zusammengebracht hätte?«

Cassie seufzte. »Ach, vergiss es. Schließlich habe ich was gelernt dabei.«

»Was denn?«

»Ein Mann in einem BH macht mich nicht an.« Wieder ein Seufzer. »Nun, mein Bedarf an Variationen ist fürs erste gedeckt. Ich glaube, ich bin für die Langeweile geschaffen.«

»Das darfst du nicht sagen, Cassie. Du musst weiter nach einem Mann Ausschau halten, der dir zusagt.«

Cassie gluckste. »Im Moment finde ich den nur in Büchern. Ich werde zu Olive gehen. Sie hat mir ein Buch über Fetische empfohlen. Ich habe zwar keine Lust, mich darauf einzulassen, aber nach der Erfahrung mit den beiden Männern bin ich neugierig über den psychologischen Hintergrund.«

»Du hältst viel von Olive, nicht wahr?«

»Ja, ich mag sie sehr. Sie ist freundlich und kann sich leicht in einen anderen hineindenken.«

»Vielleicht solltest du sie mal zum Kaffee einladen.«

»Eine gute Idee«, sagte Cassie. »Das will ich vielleicht mal tun.«

Cassie steckte ihre Unterlagen wieder in die schmale Aktentasche und beantwortete Fragen von Studenten, die nach ihrer Vorlesung im Hörsaal zurückgeblieben waren. Dann waren alle Fragen beantwortet, und sie ging in ihr Büro zurück.

»Hi, Adler.« Cassie langte in ihrer Tasche nach dem Schlüssel und sah Adler an, der ihr aus der anderen Richtung entgegen kam. Weil heute Vorlesungstag war, hatte sich Adler Smith besonders angestrengt – seine Jeans waren geflickt, und er trug Socken zu den Sandalen.

»Wollen Sie morgen Abend zum Essen kommen?« fragte Adler. »Wir können die Feinarbeit am ersten Kapitel machen, und außerdem schulde ich Ihnen eine Delikatesse für das wunderbar zarte Lamm, das Sie mir zubereitet haben.«

Cassie zog eine Grimasse. »Sie sprechen von dem trockenen Leder, das ich beinahe auch noch verbrannt hätte?«

»Ich will mir nicht nachsagen lassen, ich sei kein Gentleman.«

»Das würde ich nie abstreiten«, versprach Cassie. »Ja, gerne komme ich zum Essen. Gegen sieben?«

»Ja, großartig. Ich wohne in Haight.« Er schrieb seine Adresse auf.

»Warum überrascht mich das nicht?«

»Haight-Ashbury ist der Ort, an dem eine der wichtigsten Kulturrevolutionen in der amerikanischen Geschichte stattgefunden hat«, informierte Adler sie. »Vielleicht sogar die wichtigste.«

Cassie hielt eine Hand hoch, als wollte sie sich ergeben. »Entschuldigung, ich wollte nicht respektlos sein.«

Sie nahm den Zettel mit seiner Adresse und betrat ihr Büro, während Adler weiter ging. Cassie schaute auf die Uhr. Wenn sie sich beeilte, konnte sie bei Libri Antiqui sein, ehe Olive Feierabend hatte.

Olive saß hinter der Kasse und polierte ihre schon perfekten Fingernägel. Sie schaute hoch und lächelte freudig, als sie Cassie sah.

»Cassie, wie geht es Ihnen? Sie sind ein paar Tage nicht hier gewesen.«

»Danke, es geht mir gut.« Cassie stellte zu ihrer eigenen Überraschung fest, dass ihr Herz schneller pochte. Sie schrieb das dem Umstand zu, dass sie sich beeilt hatte, um früh genug in der Buchhandlung zu sein. »Und Sie?«

»Mir geht's großartig.« Olive grinste. »Ich arbeite mich zu Tode, wie immer.«

»Ich finde immer noch viel Vergnügen an der erotischen Anthologie«, sagte Cassie. »Ich habe Lydia von einer *ménage à trois* zwischen zwei Frauen und einem Mann erzählt, die besonders gut geschrieben war.«

»Ist das der Beitrag des französischen Autors?« fragte Olive. »Die hat mir auch gut gefallen. Macht einen richtig an, nicht wahr?«

Cassie nickte. »Haben Sie in den letzten Tagen neue Titel hereinbekommen?«

»Nein, ich kann Ihnen aber ein weiteres Buch mit Kurzgeschichten zeigen, die Ihnen gefallen könnten.« Olive hüpfte vom Schemel und führte Cassie in die erotische Abteilung.

»Hallo, Cassie, wie geht es dir?« Nicholas stand auf einer Leiter, um Bücher neu zu sortieren. Er winkte Cassie zu. »Olive, an die Arbeit.«

»Ich arbeite so hart ich kann, Boss«, gab Olive lachend zurück. »Wenn ich mir das recht überlege, hänge ich schon in der ersten Überstunde drin.«

Sie zog Cassie weiter und flüsterte ihr vertraulich zu: »Wenn er nicht so verdammt gut aussähe, wäre ich wahrscheinlich nie auf den Gedanken mit der erotischen Abteilung gekommen.«

Cassie hob überrascht die Augenbrauen. »Nicholas hat Sie dazu inspiriert?«

»Nun, ja, es war ... ein kleines Zwischenspiel, das mich auf den Gedanken gebracht hat.« Sie machte sich an einem Regal zu schaffen und richtete ein paar Bücher aus.

»Ein Zwischenspiel zwischen Ihnen und Nicholas?« hakte Olive nach.

»Sicher. Schauen Sie ihn doch an. Er ist zum Hinknien köstlich.« Olive schaute Cassie an, und erst jetzt schien ihr bewusst zu werden, was sie gerade enthüllt hatte. »Das war noch vor seiner Bekanntschaft mit Lydia«, fügte sie hastig hinzu. »Seit sie zusammen sind, ist nichts mehr vorgefallen. Das würde ich auch nie tun.«

»Das habe ich auch nicht von Ihnen angenommen«, versicherte Cassie. Sie war ein wenig durcheinander, als sie sich Olive und Nicholas zusammen vorstellte, aber sie zwang sich, diesen Gedanken zu verbannen. »Wie heißt der Titel des anderen Buches?«

Olive zog das Buch aus dem Regal. »Es ist eine Sammlung von lesbischen Geschichten. Kann sein, dass es Sie nicht interessiert, aber sie sind wirklich gut geschrieben und zeigen die Frauen in einem positiven Licht.«

»Haben Sie sie gelesen?«

»Natürlich. Ich habe mir selbst ein Exemplar gekauft.«

Cassie nahm das Buch aus Olives Hand, betrachtete es und war überrascht, dass sie überhaupt erwog, Geschichten zu lesen, in denen es nur um Frauen ging. Der Umschlag war sehr erotisch, ein unscharfes Schwarzweißfoto von zwei eng aneinander gepressten Frauenkörpern. Die Kurven ihrer Brüste und der Hüften war visuelle Poesie. »Vielleicht sollte ich es mal versuchen«, sagte Cassie.

»Sie meinen das Buch?« fragte Olive, und ihre braunen Augen blitzten listig.

Cassie nickte. Ihr war bewusst, dass sie irgendwas nicht begriffen hatte. Sie folgte Olive zur Kasse, und ihr war auch bewusst, dass es ihr nicht leicht fiel, Olive zum Kaffee einzuladen. Es schien völlig töricht zu sein, aber ihre Nerven flatterten. Sie schaute zu, wie Olive das Buch in eine Tüte steckte.

»Olive, was sagen Sie zu einem Kaffee, zu dem ich Sie an irgendeinem Abend einladen möchte?« Cassie spürte, wie ihr Herz pochte.

Olive lächelte. »Ja, gern, großartig. Wann?«

»Nächste Woche?« schlug Cassie vor, verdutzt über die rasche Zusage der jüngeren Frau. »Wie wäre es mit Dienstag?«

»Wunderbar.« Olive schrieb ihre Telefonnummer auf den Kassenzettel, den sie in die Tüte steckte. »Warum holen Sie mich nicht hier ab, denn ich bezweifle, ob mich der Sklaventreiber früher gehen lässt. Weiter unten auf der Straße gibt es ein kleines Bistro, das wirklich gut ist. Sie haben Salate und Sandwiches, dann können wir es mit einem leichten Abendessen verbinden.«

»Einverstanden. Und danke für das Buch.« Cassie nahm die Tüte und ging hinaus. Gar nicht so schlecht, dachte sie. Sie mochte Olive, und sie freute sich über einen Gedankenaustausch außerhalb der Enge der Buchhandlung.

Cassie war noch nie in Adlers Wohnung gewesen, aber es überraschte sie nicht, dass alle ihre Vorstellungen über seine Wohnung zutrafen.

Poster von Grateful Dead und Jefferson Airplane hingen an den Wänden, und Perlenvorhänge teilten Wohnzimmer, Küche und Schlafzimmer ab. Die Einrichtung des Wohnzimmers bestand hauptsächlich aus mehreren Sitzsäcken und einem breiten Futon, dann standen mindestens drei Stehlampen mit weißen runden Schirmen aus Reispapier herum sowie eine gerahmte Fotografie von Allen Ginsberg. Cassie reichte Adler eine Flasche Wein und schaute sich neugierig um.

»Interessant, Adler. Es passt zu Ihnen.«

»Danke.« Barfuß und in einer weiten Trainingshose sowie einem T-Shirt mit dem Kopf von Jimi Hendrix sah Adler so mit sich selbst im Reinen aus wie ein König in seinem Schloss. Er zeigte auf einen Sitzsack. »Setzen Sie sich. Ich habe Samosas im Ofen.«

»Nun sagen Sie mir nicht, dass Sie sie selbst gemacht haben.« Cassie ließ sich auf den Sitzsack sinken und streckte die Beine aus. »Sie wollen mir Minderwertigkeitsgefühle einreden.«

Adler grinste. »Nein, sie sind gekauft, aber ich habe uns ein Essen gekocht. Hähnchen in Curry und Mango-Chutney.«

Cassie hob die Brauen. »Wo haben Sie die indische Küche gelernt?«

»Ich habe in meinen Zwanzigern ein Jahr in Indien gelebt«, erklärte Adler. »Wussten Sie das nicht?«

»Nein. Ich weiß, dass Sie sich in ostindischer Kultur auskennen, aber ich wusste nicht, dass Sie dort gelebt haben.«

»Ich habe mit einem Musiker zusammengelebt und Unterricht im Sitarspielen genommen.« Adler ging in die Küche und kam mit einigen Samosas auf einem Teller zurück. Er reichte Cassie eins und ließ sich dann ihr gegenüber auf einen Sitzsack fallen. »Seine Frau hat mir das Kochen beigebracht. Ich habe auch die philosophischen Aspekte des Hinduismus und des Buddhismus studiert.«

»Und warum studieren Sie jetzt die britische Literatur des achtzehnten Jahrhunderts?« fragte Cassie. Sie biss in ihr Samosa. Es war wunderbar gewürzt.

Adler hob die Schultern. »Es interessiert mich eben.«

»Ich bin froh darüber«, sagte Cassie, »sonst wäre ich ganz schon aufgeschmissen. Sie haben mir bei den Nachforschungen über William Blake sehr geholfen.«

»Dann werden Sie auch das zweite Buch über Blakes erotische Themen schreiben«, sagte Adler voraus.

Cassie lächelte. »Ich werde mich nicht dagegen wehren, aber ich muss zuerst einmal sehen, dass mein erstes Buch beendet wird.«

»Und was hat das mit Brad und seiner Obsession mit Ihren Füßen zu tun?«

»Adler, ich werde nicht wieder über Brad mit Ihnen reden!« sagte sie streng.

Adler sah sie beleidigt an. »Was soll das heißen – ›wieder‹? Sie haben noch nie mit mir über Brad geredet. Ich weiß nur, dass Ihre Füße ihn angemacht haben.«

»Wenn Sie von dem Thema nicht lassen können, gehe ich nach Hause.«

»Ah, kommen Sie schon, Cass. Ich will Sie doch nicht in Verlegenheit bringen.«

»Ha!« sagte Cassie nur.

»Nein, wirklich nicht. Es hat mich nur verdutzt, dass Sie an Interesse an ... nun, sagen wir – nicht alltäglichen Spielarten haben.«

»Ich habe kein Interesse an nicht alltäglichen Spielarten!« sagte Cassie empört. »Brad hatte diesen Fetisch, und ich habe ihn machen lassen. Aber das ist nicht mein Ding.«

»Und was ist Ihr Ding?« fragte Adler. »In aller Abgeschiedenheit Erotika zu lesen?«

»Adler, warum fragen Sie mich das alles?«

»Ich bin neugierig. Ich meine, Sie sind so kühl und professionell, und diese Dinge, die ich in den letzten Tagen herausgefunden habe, sind wirklich spannend.«

»Warum? Weil Sie auch was Bizarres haben, das Sie an mir ausprobieren wollen?«

»Nein, damit kann ich nicht dienen.«

Cassie schaute ihn misstrauisch an. »Ich habe die Nase voll von diesen Dingen. Denn nach Brad mit seinen Füßen musste ich Peter erdulden, der von Frauenunterwäsche fasziniert war – so fasziniert, dass er sie selbst trägt.«

Adlers Kinnlade sackte nach unten. »Er trägt Frauenunterwäsche?«

»Ja. Wir waren gerade beim Petting, als ich bemerkte, dass ich ihm den BH öffnen sollte.«

Sie und Adler schauten sich an, und dann platzte das Lachen aus ihnen beiden heraus. Dann erklärte Cassie, wie die Verabredungen mit den Männern zustande gekommen waren. »Nun, Molly und Lydia sind beide als Kupplerinnen entlassen«, sagte sie, immer noch lachend.

»Eigentlich sind das ja noch harmlose Abweichungen von der Norm«, meinte Adler. »Aber mir scheint, Sie bräuchten dringend normale Erfahrungen.«

»Ach? Bieten Sie sich freiwillig an?« Die Frage war heraus, bevor Cassie sie zurückhalten konnte. Sie wurde knallrot und fügte rasch hinzu: »Warten Sie! Ich habe das nicht so gemeint.«

»Ich weiß nicht, Cassie.« Adler stand auf und trottete in die Küche, um ihr Essen zu holen. »Da ich wirklich stinknormal bin, komme ich wohl kaum in Frage.«

»Ach«, murmelte Cassie. »Und wenn Sie ein bisschen außerhalb wären, würden Sie auf mich stehen?«

»Nur wenn Sie mir helfen, attraktive Strapse für mich auszuwählen«, rief er aus der Küche.

»Okay, versprochen.«

»Dann wäre ich Wachs in Ihren Händen.« Adler grinste Cassie an, als er mit zwei Tellern ins Wohnzimmer zurückkam. Hähnchen in Curry, mit Reis und Chutney.

Cassie war tief beeindruckt von Adlers kulinarischen Talenten.

Alles war ausgezeichnet gewürzt. Sie schaute ihn verstohlen an und wurde sich bewusst, dass sie sich in seiner Gesellschaft wohl fühlte – viel wohler als mit vielen anderen Männern.

Nach dem Essen legte Adler eine CD auf. Leichte exotische Musik erklang aus den Lautsprechern, es hörte sich an wie Regentropfen auf dem Fenstersims.

»Das wirkt beruhigend«, sagte Cassie. »Und ich habe selten so ein köstliches Essen genossen.«

»Das ist Sitarmusik«, erklärte Adler. »Gespielt übrigens von meinem Lehrer, bei dem ich studiert habe.«

Cassie lehnte sich auf dem Sitzsack zurück. Sie

wunderte sich, wie bequem sie waren. »Was haben Sie sonst noch studiert, als Sie in Indien waren?«

»Hinduismus und Tantrismus.«

Cassie hob die Augenbrauen. »Tantrismus? Hat das nicht mit Sex zu tun?«

Adler grinste. »Sie kommen immer wieder darauf zu, was?«

»Nun, bei meinen Erfahrungen der letzten Wochen ...«

»Der sexuelle Aspekt kommt mit tantrischem Yoga ins Spiel«, erklärte Adler. »Dabei geht es um die menschliche Vereinigung, die auf Meditation und der eigenen Körperenergie basiert.«

»Und was soll der Sex dabei bewirken?«

»Beim Sex wird eine Energie freigesetzt, die einem helfen soll, einen spiritistischen Seinszustand zu erreichen. Man nähert sich seinem mystischen inneren Selbst und erzielt dadurch eine tiefere Befriedigung.«

Cassie sah ihn skeptisch an. »Und das haben Sie ausprobiert?«

»Man braucht Übung, aber ich habe es versucht. Man kann nicht nach der ersten Erfahrung des tantrischen Sex erwarten, dass es klappt. Man muss ganz andere Dinge gegenwärtigen, zum Beispiel die Bewegungen der Muskeln, wenn man einen Orgasmus erfährt. Die Idee, die dahinter steckt, besteht darin, einen höheren Bewusstseinsstatus zu erlangen, der zur spirituellen Evolution führt.«

»Hört sich kompliziert an.«

»Nun, es verlangt Aufmerksamkeit und Disziplin.«

»Haben Sie jemals den höheren Bewusstseinsstatus erreicht?« fragte Cassie.

Adler zögerte lange mit der Antwort, dann nickte

er. »Ja, ein einziges Mal. Ich hatte eine wunderschöne indische Frau zur Geliebten, und wir machten schon mehrere Stunden lang Liebe, als diese unglaubliche Welle aus Energie und Licht durch meinen Körper zu fließen begann, und im nächsten Moment erlebte ich einen Orgasmus. So etwas war völlig neu für mich. Ich blieb hart, und wir machten noch Stunden weiter, und beim nächsten Orgasmus war es wieder so. Mir kam es wie eine vollkommene Vereinigung vor.«

Cassie starrte ihn fasziniert an. »Puh, das hört sich phantastisch an, Adler.«

Er nickte. »War es auch.«

»Und Sie haben so etwas nie wieder erlebt?«

»Nein, nicht einmal annähernd. Vieles hängt von der Partnerin ab und wie man mit ihr zurecht kommt.«

»Und diesen Status erreicht man nur durch Sex?«

»Nein, nicht unbedingt. Meditation und Massage können auch dazu führen, dass aufgestaute Energien losgelöst werden.«

»Haben Sie das auch studiert?«

Adler nickte. »Ich meditiere jeden Morgen eine Stunde lang. Es erfüllt mich mit einem innerlichen Frieden.« Er stand auf und trug die leeren Teller in die Küche. »Wenn Sie wollen, gebe ich Ihnen eine Massage. Das vermittelt Ihnen eine Idee von dem, was ich Ihnen die ganze Zeit erzähle.«

»Eine Massage?« Verdutzt schaute Cassie ihn an. »Ernsthaft?«

»Ja, klar. Das ist keine Masche, um Sie anzumachen, Cassie. Wie ich schon sagte, erfordert tantrischer Sex Zeit und Übung. Selbst wenn Sie und ich es die ganze Nacht versuchten, würden wir wahrscheinlich nicht die Ebene der Ekstase erreichen. Eine Massage kann aber oft zum gleichen Ziel führen, weil die gegenseitigen Energien ins Gleichgewicht gebracht werden.«

Cassie überlegte seinen Vorschlag. Eine Massage hörte sich verführerisch im besten Sinne an, und im Gegensatz zu Brad und Peter war Adler ein Mann, dem sie vertrauen konnte. »Also gut. Was muss ich tun?«

»Nichts. Sie legen sich auf den Futon und entspannen sich einfach.«

»Das hat der Junge, der mir die Unschuld genommen hat, auch gesagt«, murmelte Cassie.

Adler grinste. »Ich werde Ihre Unschuld nicht nehmen«, versprach er und brachte die Teller in die Küche. Als er zurückkam, schaute er zu Cassie, die sich ausgestreckt hatte. Er kratzte sich am Kopf. »Ehm ... also, wenn es Sie nicht verlegen macht ... Sie brauchen es natürlich nicht zu tun, aber es wäre besser, wenn Sie sich ausziehen. Ich kann Ihnen einen Bademantel geben.«

Cassie zögerte. Nach ihren Erlebnissen mit Brad und Peter fühlte sie sich als gebrannte Frau, aber dann ging sie ins Schlafzimmer, zog sich aus und schlüpfte in seinen Bademantel. Zuerst wollte sie noch BH und Slip anbehalten, aber dann hob sie die Schultern. Wenn schon, denn schon.

Sie legte sich auf den Bauch und fühlte sich seltsam entspannt. Der Duft von Weihrauch und Curry lag in der Luft, und immer noch klang die beschwingte Musik, die sich wie Regentropfen auf dem Fenstersims anhörte.

»Wenn es Ihnen unbehaglich sein sollte, sagen Sie mir sofort Bescheid, ja?« sagte Adler. Er zupfte an ihrem Mantel und zog ihn vom Nacken nach unten, um ihren Rücken zu entblößen. »Nehmen Sie einen langen, tiefen Atemzug durch die Nase, und lassen Sie die Luft durch den Mund entweichen.«

Cassie füllte ihre Lungen und atmete durch den Mund aus.

Sie schloss die Augen und versuchte, sich zu entspannen. Adler massierte ihren Schädel, dann strich er leicht über den Nacken, ehe er ihre gespannten Muskeln glättete.

»Die Idee hinter der tantrischen Massage ist, alle aufgestauten Energien loszulösen, die Ihre Verspannungen verursachen«, erklärte er und presste seine Finger ihre Wirbelsäule entlang. Seine Berührungen waren so behutsam und präzise, dass Cassie fast sofort völlig entspannt war. »Diese Energie nennt man *kundalini*.«

»Was für ein schönes Wort«, murmelte Cassie.

»In der Literatur wird es als zusammengerollte Schlange beschrieben«, fuhr Adler fort. Seine Finger berührten das Ende der Wirbelsäule und drückten. »Eine Schlange, die genau hier sitzt, ein Symbol für die pure kreative Energie, die dein Rückgrat hoch läuft bis unter deine Schädeldecke. Dieser Energiekanal setzt sich aus verschiedenen Zentren zusammen, die man Chakras nennt, und jedes korrespondiert mit einem wichtigen Bestandteil deines Körpers, sei es Herz, Genitalien, Kehle oder Schädel.«

Langsam bewegten sich die Hände gegen ihren Rücken, sie strichen kräftig über die Muskeln, die zum Rückgrat liefen. Wieder folgte er der Wirbelsäule nach unten und presste die Handrücken dagegen.

Cassie stieß einen Seufzer reinen Wohlbehagens

aus. Die Anspannung floss aus ihrem Körper wie ein Bach, und sie fühlte sich entspannt und geschmeidig.

»Wenn die Energie freigesetzt ist, kann sie durch die Wirbelsäule fließen und die Chakras aktivieren, und die sorgen dafür, dass Sie von einem Gefühl absoluter Harmonie erfüllt sind«, sagte Adler.

»Ich fühle mich jetzt schon sehr harmonisch«, murmelte Cassie.

Adlers Hände schoben den Mantel von ihrem Gesäß.

Cassie dachte nicht einmal daran zu protestieren und versank noch tiefer in die herrlichen Gefühle, die seine Berührungen, die Düfte und die Musik in ihr auslösten. Ihre Brüste drückten sich gegen die Matratze.

Adler knetete ihre Gesäßbacken gründlich durch und bewegte sich dann zu ihren Oberschenkeln. Seine Finger strichen kurz über die Kerbe ihres Hinterns, aber sie verweilten nicht dort, wie sie es wohl getan hätten, wenn es eine nur sinnliche Massage gewesen wäre.

Cassie spannte sich an, als sie eine Wärme spürte, die sich zwischen ihren Schenkeln ausbreitete, aber Adlers Hände berührten sie mit einer solchen Leichtigkeit über ihre Schenkel, dass sie wusste, sie hatte nichts zu befürchten.

»Ihre Energien sind wirklich ernsthaft blockiert«, sagte Adler. Er rieb die Hände hart über Waden und Kniekehlen. »Kein Wunder, dass Sie immer so angespannt und verkrampft sind.«

Cassie gähnte. »Bin ich immer verkrampft?«

»Cassie, Sie gehen, als hätten Sie eine Bohnenstange im Kreuz.«

»Was für eine hübsche Vorstellung«, sagte sie glucksend.

»Sie müssen aufhören, sich vor Ihrem Potenzial und vor Ihren Emotionen zu fürchten.«

»Ich fürchte mich nicht.«

Aber sie spürte, dass sie erregt war. Adlers Hände hatten ihre Haut zu einem rosigen Glühen gerieben, und dieses Glühen drang in ihr Blut. Ihr Geschlecht schwoll an aus reiner Freude über das, was mit ihrem Körper geschah, aber sie empfand es als eine so natürliche Reaktion, dass es ihr nicht unangenehm war. Das sanfte Pulsieren ihrer Klitoris schien ein sicherer Beweis dafür zu sein, dass ihre Energien tatsächlich freigesetzt waren.

»Dieses Leugnen trägt nur zur Unterdrückung Ihrer Energien bei«, sagte Adler. »Jede Unterdrückung von Energie kann zu allen möglichen Problemen führen, sogar zu ernsthaften Erkrankungen.«

»Warum sollte ich mich vor meinem Potenzial und vor meinen Emotionen fürchten?«

»Vielleicht haben die Erfahrungen mit dem Fußfetischisten und dem Wäsche-Mann etwas damit zu tun.«

»Kann schon sein«, räumte Cassie ein.

»Sie haben sich noch nicht für alles geöffnet«, behauptete Adler. Er kniete neben ihr und drückte das Gewicht seiner Arme auf ihren Rücken.

Cassie stieß stöhnend den Atem aus. Hitzewellen strahlten von ihrer Haut aus und verstärkten das köstliche Kribbeln in ihrem unruhigen Schoß. Die einzige Spannung, die sie jetzt noch in ihrem Körper fühlte, fokussierte sich in ihrer Klitoris. Cassie atmete geräuschvoll ein. Sie spürte den Puls ihres Blutes, das durch ihren Körper raste.

Ihr Kopf war leicht und leer, vor sich sah sie den Dunst der Entspannung, die so total war, dass sie kaum noch die Anwesenheit von Adler gewahrte. Wieder drückte er seine Handflächen auf das Ende der Wirbelsäule, und seine Finger stießen auf ihrer Haut gemächlich vor und zurück, als wollten sie den sanften Rhythmus einer Penetration in Erinnerung rufen.

Cassie keuchte. Ein heftiges Flattern erfasste ihren Körper, es fühlte sich so an wie ein Vogel, der das Fliegen lernte. Die überwältigenden Gefühle malten bunte Bilder, die sie durch die geschlossenen Lider sah. Sie wusste zuerst nicht, wie ihr geschah, weil sie nicht glauben konnte, dass sie einen Orgasmus ohne direkte Stimulierung erleben konnte, aber das erlösende Pochen zwischen ihren Beinen, das wild klopfende Herz und der hechelnde Atem bewiesen ihr das Gegenteil.

Adler hörte in seinen Bewegungen nicht auf, immer noch presste er seine Finger de Wirbelsäule hinauf und herunter. Cassie wusste nicht, ob er überhaupt ihren Zustand bemerkt hatte. Es war ihr auch egal. Die absolute Entspannung badete sie in einem warmen Licht. Jeder Muskel ihres Körpers fühlte sich schlaff und geschmeidig an, und sie vermutete, dass sie sich nicht hätte aufrichten können, wenn sie gewollt hätte. Sie machte auch gar nicht erst den Versuch.

Jetzt strich Adler mit beiden Händen über ihren ganzen Rücken. Cassie murmelte ein Wort der Dankbarkeit, aber dann war ihr Kopf frei von allen Gedanken, und sie fiel in einen tiefen, traumlosen Schlaf.

Viertes Kapitel

»Niemals.« Cassie reichte Lydia die Schüssel mit Popcorn und kuschelte sich vor dem Fernseher in den Sessel. Sie warf einen Blick auf Molly. »Ich meine, Brad war einzigartig, Molly, aber es soll auch bei dieser einen einzigartigen Begegnung bleiben – wie auch mit Peter. Diese Sonderformen des Sex haben meinen Bedarf für ein ganzes Leben gedeckt.«

»Ich finde, dass man den einen oder anderen sexuellen Tick unterschätzt«, meinte Lydia. Sie schob sich ein paar Erdnüsse in den Mund und rieb sich das Salz von den Fingern. »Ich erinnere nur daran, dass es genug Leute gibt, die auch oralen Sex noch als Perversion empfinden.«

»Lydia, ganz so rückständig bin ich nicht«, sagte Cassie. »Aber ich habe genug von diesen Verabredungen mit unbekannten Männern.«

»Ach, komm, Cassie«, sagte Molly, »wirf die Flinte nicht so schnell ins Korn.« Sie schaute die Freundin an. »Was hast du denn schon zu verlieren?«

»Ich kann dir versprechen, das er sehr nett ist«, versicherte Lydia.

»Das war Brad auch, und dann kam er nicht mehr von meinen Füßen los.«

Molly grinste. »Habe ich dir nicht gesagt, dass die Schuhe phantastisch sind?«

»Nein«, sagte Cassie und schüttelte energisch den Kopf. »Keine weiteren Verabredungen. Der einzige Mann, mit dem ich in letzter Zeit zu tun habe, ist Adler, und dabei geht es nur um Nachforschungen.«

Molly und Lydia tauschten einen Blick.

»Um welche Nachforschungen?« fragte Lydia. »Adler ist doch der Hippie, nicht wahr?«

Cassie warf der Freundin einen strafenden Blick zu. »Adler ist ein netter Mann, der, wenn ich es richtig weiß, keine sexuellen Ticks hat.«

»Hast du schon irgendwas mit ihm gemacht?« fragte Molly und lehnte sich gespannt vor.

»Er hat mir eine wahnsinnig entspannende Massage gegeben und mir einige Dinge über tantrischen Sex erzählt, die er in Indien gelernt oder erfahren hat. Es hörte sich großartig an, aber wir haben lediglich eine professionelle Beziehung.«

Lydia sah sie stirnrunzelnd an. »Warum? Du sprichst sehr nett von ihm, und ihr habt eine Menge gemeinsam.«

Cassie hob die Schultern. Warum wollte sie keine Beziehung zu Adler haben? Bisher hatte er sie sehr anständig behandelt.

»Cassie?« Lydia ließ nicht locker.

»Ich weiß es nicht. Es wäre einfach nicht richtig.«

»Und mit wem wäre es richtig?« Molly hörte sich ein wenig genervt an. »Du hast gesagt, du wolltest Variationen kennenlernen, und das hast du. Wonach suchst du?«

Lydia und Molly schauten Cassie erwartungsvoll an.

Als keine Antwort kam, fuhr Molly fort: »Wenn du auf den Ritter in strahlender Rüstung wartest, vergiss es.« Sie legte sich in die Polster zurück und schob sich eine Handvoll Popcorn in den Mund. »Die gibt's nicht.«

Lydia legte eine Hand auf Cassies Schulter und

drückte sie leicht. »Schauen wir uns jetzt den Film mit Bette Davis an. Das ist eine Frau, die immer wusste, was sie wollte.«

»Hallo, Cassie, ich bin fertig.« Olive schwang ihre Tasche über die Schulter. »Ich muss nur noch dem Herrn und Meister sagen, dass ich gehe.« Sie blinzelte um die Ecke in den anderen Teil der Buchhandlung. »He, Boss?«

»Ja?« hörten sie Nicholas' Stimme.

»Cassie ist hier, ich gehe dann. Ist das in Ordnung?«

»Aber du bist morgen pünktlich!«

»Bei Tagesanbruch.«

»Kein Grund, sarkastisch zu sein.«

Olive und Cassie sahen sich grinsend an. »Hallo, Nicholas«, rief Cassie.

»Pass gut auf Olive aus, Cassie«, sagte Nicholas. »Sie sieht nur unschuldig aus, sie ist es nicht.«

Olive verdrehte die Augen, dann ging sie zur Tür und hielt sie für Cassie auf. Während sie in Richtung des Bistros weiter unten an der Straße gingen, sagte Olive: »Seit er Lydia kennengelernt hat, ist er noch strenger geworden.«

»Hat er Recht?«

»Hat er Recht, dass er streng ist?«

»Mit dem unschuldigen Aussehen und dem Nichtunschuldig-sein.«

Olive lachte. »Ja, er hat Recht. Natürlich nur bis zu einem gewissen Punkt.«

Die beiden Frauen fanden einen freien Tisch am Fenster. Sie bestellten ein Sandwich mit Putenbrust und Mokka, und als ihr Essen kam, fielen sie heißhungrig darüber her. Cassie fühlte sich sofort wohl in Olives Gesellschaft, sie war froh, eine Gelegenheit zu haben, allein mit ihr zu reden. Die junge Buchhändlerin trug ein knielanges rotes Kleid mit einem tiefen Ausschnitt, der den Blick auf das Tal zwischen ihren Brüsten herausforderte. Die blonden Haare fielen in sanften Wellen bis auf die Schultern. Cassie erwischte sich bei dem Gedanken, dass sie die schönen langen Haare gern anfassen würde.

»Sie sehen gut aus, Cassie«, bemerkte Olive. »Richtig entspannt, wenn ich das sagen darf.«

»Danke.« Cassie lächelte. »Ein Freund hat mir vor ein paar Tagen eine tantrische Massage gemacht. Sie hat wie ein Wunder gewirkt. Ich spüre sie immer noch. Er hat mir auch ein Buch über Meditationstechniken geliehen, die meine Energien reibungslos fließen lassen sollen. Ich habe sie probiert, und es scheint zu funktionieren. Er sagt, Energien dürften nicht zurückgedrängt werden.«

»Ich stimme ihm zu«, sagte Olive. »Sie sagen, er ist ein Freund von Ihnen?«

»Ja, er ist mein Partner bei den Nachforschungen über William Blake. Er heißt Adler.«

Olives Augenbrauen hoben sich leicht. »Und Sie sind sonst nicht liiert mit ihm?«

»Nein, nein. Ich mag ihn, aber er ist eigentlich nicht mein Typ.«

»Lydia sagt, sie weiß nicht, wer Ihr Typ ist.«

»Lydia redet über mich?«

»Nein, sie hat das nur beiläufig erwähnt, als sie erzählte, wie sie Ihnen einige Freunde vorgestellt hat.«

»Einen Freund«, korrigierte Cassie. »Und das war schon einer zuviel.«

Sie erzählte Olive von ihren Abenteuern mit Brad und Peter. Olive gluckste immerzu und schüttelte den Kopf.

»Ach, wissen Sie, alle Frauen müssen sich ab und an mit solchen Würstchen herumschlagen«, sagte sie. »Glauben Sie mir, Sie sind dabei noch gut weggekommen. Ich bin mal an einen Kerl geraten, der mich unbedingt ›Mummy‹ nennen wollte, und ich sollte ihm Windeln anziehen.«

Cassie starrte Olive entsetzt an. »Das ist nicht wahr!« stieß sie hervor.

»Doch! Ich bin wirklich für vieles zu haben, aber ihn habe ich natürlich rausgeworfen.« Olive sah sie nachdenklich an. »Dieser Adler scheint wenigstens ein anständiger Typ zu sein.«

»Ist er. Aber eben nicht mein Typ.«

»Vielleicht könnten Sie ihn mir vorstellen«, meinte Olive, und ihre Lippen wölbten sich zu einem Lächeln. »Ich könnte eine tantrische Massage gut gebrauchen.«

Aus irgendeinem Grund störte Cassie der Gedanke, dass Olive und Adler zusammen sein könnten. Genauso, wie es sie gestört hatte, als sie sich vorstellte, Olive und Nicholas könnten was miteinander haben. Sie zuckte die Achseln und wandte sich dem Rest ihres Sandwichs zu. »Ja, vielleicht.«

»Warum sind Sie zu Lydia wegen einer Auffrischung Ihres Sexuallebens gegangen?« fragte Olive plötzlich.

»Sie ist meine beste Freundin. Sie hat ihre Hilfe angeboten, ich habe sie nicht danach gefragt. Ich bin neugierig auf einige Dinge, besonders, nachdem ich über Blakes erotische Abenteuer gelesen habe.«

»Auf welche Dinge?«

»Nun, vielleicht eine *ménage à trois*.«

Olives Augen weiteten sich. »Dafür interessieren Sie sich?«

»Ich bin nur neugierig«, sagte Cassie. »Sie brauchen nicht so überrascht zu schauen.«

»Entschuldigen Sie, Cassie, aber ich bin wirklich überrascht. Sie kommen mir nicht wie der Typ Frau vor, der an solchen Dingen interessiert ist.«

»Ich habe nicht gesagt, dass ich interessiert bin, es auszuprobieren«, erklärte Cassie. »Mehr interessiert mich herauszufinden, warum die Leute es tun.«

Olive lehnte das Kinn auf ihre Hand und schaute Cassie verwundert an. »Deshalb hat Ihnen auch die Geschichte mit dem Mann und den beiden Frauen gefallen, nicht wahr?«

Cassie nickte. Sie nippte am Mokka und war Olive dankbar, dass sie kein Unbehagen bei diesem Thema empfand. Es war eine Sache, bei Molly und Lydia darüber zu reden, die beide sowieso alles über sie wussten, aber eine ganz andere, ihre intimsten Gedanken mit Olive zu diskutieren.

Sie erwiderte Olives Blick. »Haben Sie schon Erfahrungen damit?«

»Mit einem Dreier? Nein. Ich war am nächsten dran, als ich mal Sex mit Zwillingen hatte, aber dazwischen lagen sechs Monate, deshalb zählt es wohl nicht als Dreier.« Sie grinste, nahm den letzten Bissen des Sandwichs, schob den Teller zur Seite und seufzte zufrieden. »Hm, das war köstlich, nicht wahr? Sagen Sie, Cassie, haben Sie schon in die Anthologie mit den lesbischen Geschichten hineingeschaut?«

»Drei habe ich gelesen. Sie sind sehr schön.«

Olive lächelte. »Und heiß.«

Cassie nickte und erinnerte sich, dass sie vergangene Nacht beim Lesen der einen Geschichte ziemlich erregt gewesen war. Sie hatte sich sogar auf eine höchst erotische Phantasie mit einer anderen Frau eingelassen – ohne dass ein Mann mit von der Partie war.

Olive schaute auf ihre Uhr. »Wollen Sie noch auf einen Schluck Wein mit in meine Wohnung kommen? Ich wohne nur um die Ecke, und ich habe eine Flasche Wein, die ich mit jemandem teilen möchte. Ich kann Ihnen auch noch einige andere Anthologien zeigen.«

Cassie fühlte sich geschmeichelt. »Ja, gern.«

Sie tranken den Mokka und gingen zu Fuß zu Olives Wohnung. Es war ein Ein-Zimmer-Apartment. Ihr Buchregal quoll über mit gebundenen Büchern und preiswerteren Taschenbüchern. Auf dem breiten Bett sah man vor lauter spitzenbesetzten Kissen kaum etwas von der Decke.

»Ich habe auch ein Dutzend Kissen auf meinem Bett«, sagte Cassie lächelnd.

»Ich liebe Kissen.« Olive warf ihre Tasche auf einen kleinen Tisch. »Ich habe immer das Gefühl, als versinke ich auf einer Wolke. Suchen Sie sich einen Platz aus. Ich muss zuerst aus diesem Kleid raus.«

Sie ging zu ihrem begehbaren Kleiderschrank und zog einen langen weißen Bademantel heraus, den sie aufs Bett warf. Cassie setzte sich und nahm eine Zeitschrift in die Hand, um sich davon abzulenken, dass Olive sich drei Schritte von ihr entfernt auszog.

»Ich schwöre, dass ich eines Tages bei einem Protestmarsch gegen BHs mitgehe«, sagte Olive.

Cassie hatte sich vorgenommen, den Blick nicht von der Zeitschrift zu nehmen, aber jetzt drehte sie sich um. Ihr Herz begann wild zu schlagen, als sie Olive ohne ihr Kleid dort stehen sah. Ein weißer Spitzen-BH umfing ihre vollen Brüste. Die Nippel drückten gegen die durchsichtige Spitze. Cassie konnte nicht anders, sie musste hinstarren, als Olive hinter sich griff und den BH aufhakte.

»Es muss viel gesünder sein, sich frei und ungezwungen zu bewegen«, murmelte Olive. Sie schob die Träger von den Schultern und entblößte die cremig weißen Brüste mit den rosigen Nippeln. »Diese Einengung ist auf Dauer bestimmt schädlich.«

Cassies Mund wurde trocken. Es traf sie fast wie ein Schlag, dass sie auf den Anblick dieser nackten Frau so heftig reagierte. »Wahrscheinlich«, murmelte sie.

»Sie können froh sein, dass Sie nicht so große Melonen haben«, sagte Olive, schob die Finger unter den Slip und zog ihn hinunter. »Manchmal sind sie verdammt lästig.«

»Sie sind wunderschön.« Die Worte kamen aus Cassies Mund, ohne dass es ihr bewusst war. Ihre Augen weiteten sich, als Olive sich umdrehte und sie anschaute. »Oh, ich wollte nicht ...« Sie wurde knallrot. »Es tut mir leid.«

Olive sah sie immer noch an und machte keine Anstalten, ihre Blöße zu bedecken. »Das ist nun wirklich nicht nötig«, sagte sie leise.

»Ich meine, ich bin nicht ... ich habe es nicht so gemeint, dass ich mich zu Ihnen hingezogen fühle«, stammelte Cassie. Sie konnte nicht glauben, was mit ihr geschah.

»Das bist du nicht?«

»Nein!« stieß Cassie keuchend aus. »Ich bin doch nicht lesbisch!«

»Man braucht nicht lesbisch zu sein, um sich zu einer anderen Frau hingezogen zu fühlen«, sagte Olive. »Also, ich bin ganz schön scharf auf dich.«

Cassie schluckte. Noch nie hatte sie ihr Herz so schnell und laut pochen gehört. »W ... wirklich?«

Olive nickte. »Du bist so hübsch, so lieblich, so delikat, so zierlich. Und ich habe mich die ganze Zeit schon gefragt, wie es sich anfühlt, dich zu küssen.«

»Oh. Oh, Olive, ich will nicht ... das habe ich nicht ... Also, ich glaube, ich sollte jetzt gehen.«

Olive streckte ihre Hand aus. »Warte, Cassie. Du brauchst keine Angst zu haben.«

»Ich bin nicht an Frauen interessiert«, sagte Cassie. Ihre Stimme klang gepresst. Sie versuchte, Olives Blick auszuweichen. Ihr war schwindlig. »Ich fühle mich nicht zu ihnen hingezogen.«

»Fühlst du dich in meiner Gesellschaft nicht wohl?«

»Ja, doch, natürlich.« Und warum drehte sie dann durch, wenn sie bei so durchgeknallten Typen wie Brad und Peter ausgehalten hatte?

»Cassie«, sagte Olive leise, »ich habe mit Frauen und mit Männern geschlafen. Für mich hat beides etwas sehr Befriedigendes.« Olive ging langsam auf sie zu, als wäre Cassie ein verängstigtes Lämmchen, das sie nicht verscheuchen wollte. »Warum darf ich dich nicht küssen? Wenn es dir nicht gefällt, höre ich sofort auf.«

Cassie schluckte, als Olive vor ihr verharrte. Es war ihr nicht möglich, den Blick von ihrer Nacktheit zu wenden. Sie spürte ein rasendes Verlangen, ihre Lippen um die saftigen Nippel zu schließen und sie in den Mund zu saugen. Und wieder hörte sie ihr Herz laut schlagen.

Olive ging vor Cassie auf die Knie und legte ihre Hände auf Cassies Schenkel. »Du bist noch nie mit einer anderen Frau zusammen gewesen?«

»Nein.«

»Aber du möchtest es.«

»Olive, ich ...«

»Es ist nur ein Kuss«, murmelte Olive. Ihre braunen Augen wurden eine Nuance dunkler, und ihre Lippen teilten sich, als sie sich näher an Cassie heranschob.

Cassie konnte sich nicht bewegen. Ihre Hände lagen wie angeschweißt auf den Sessellehnen, als sich Olives Lippen näherten. Und Olive hatte wunderbare Lippen, sie waren voll und rot und gewölbt. Wie würden sich diese Lippen auf ihrem Mund anfühlen, dachte Cassie ... und dann hielt sie plötzlich die Luft an, denn sie spürte diese vollen Lippen auf ihren. Verwirrung benebelte ihren Kopf, während ihr Körper auf die unausweichliche Stimulierung reagierte. Olives Brüste rieben sich gegen ihre, und Cassie hörte sich leise stöhnen. Sie zuckte zusammen.

»Schon gut«, murmelte Olive beruhigend. Sie strich mit den Händen über Cassies Schenkel. »Du bist wunderbar.«

Cassies Blut erhitzte sich. Olive erforschte ihren Mund mit der Zunge. Sie fühlte sich wie Samt an, dachte Cassie, und sie erinnerte sich an ihren Traum aus der vergangenen Nacht, als sie mit einer anderen Frau Liebe gemacht hatte. Sie konnte sich nicht länger zurückhalten und umfasste Olives große Brüste. Olive stöhnte und stieß einen leisen Lustlaut aus, sie schmiegte sich an Cassie und drückte ihre Brüste noch enger gegen die kosenden Hände.

Erst jetzt gestand sich Cassie ein, dass sie sich schon

lange danach gesehnt hatte, Olives Brüste zu berühren. Sie starrte auf die andere Frau, und ein klarer Gedanke schälte sich aus ihrem benebelten Kopf. *Ich will diese Frau.*

Langsam rieb sie ihre Finger über Olives Nippel. Die Vertrautheit entzückte sie, das Gefühl der Härte und des Sanften zur gleichen Zeit. Olives Haut war warm und ein wenig klamm, und sie duftete nach einer dezenten Lotion.

Olive hauchte eine ganze Reihe von weichen Küssen auf Cassies Mund, dann auf den Hals. Cassie schloss die Augen und überließ sich dem puren Genuss, in den Armen der anderen Frau zu sein. Olives Lippen knabberten an ihrer Kehle und leckten über den Puls, der dicht unter der Haut schlug. Cassie sog tief den Atem ein. Ihre Nase füllte sich mit dem Duft von Olives Haaren.

Olive legte die Hände auf die Knöpfe von Cassies Bluse und schaute Cassie unter schweren Lidern an. »Okay?«

Cassie nickte. »Ja«, flüsterte sie.

Olive öffnete die Knöpfe und schob die Bluse auseinander, um Cassies Brüste in dem beigefarbenen BH sehen zu können. Die Nippel drückten sich sehnsüchtig gegen die Spitze des Büstenhalters. Mit einem knappen Griff der Finger hatte Olive den Vorderverschluss des BHs geöffnet, und die kleinen Brüste hoben und senkten sich aufgeregt. Olive fuhr mit den Händen darüber, streichelte sie und neckte die keck aufragenden Nippel.

Einen Augenblick lang wurde Cassie angesichts Olives voller Brüste von Minderwertigkeitskomplexen geplagt, aber als sie sah, wie bewundernd und gierig Olive schaute, wich diese Angst so schnell, wie sie gekommen war.

»Du bist so schön, wie ich es mir vorgestellt habe.« Olive beugte sich vor und drückte die Lippen auf Cassies Brüste. Die Zunge leckte um die Aureolen, ehe Olive die harten Warzen abwechselnd in den Mund saugte.

Cassie spürte die Reaktion in ihrem Schoß, wo sich vermehrt Feuchtigkeit bildete. Als Olive ihre Brüste verließ, nahm Cassie selbst die Nippel zwischen die Finger und rieb und drückte sie. Olive zog Cassies Rock hinunter. Cassie trug keine Strümpfe, und sie errötete, als sie bemerkte, dass ihr Slip schon feucht war.

Olive zog den Slip hinunter und drückte beide Hände zwischen Cassies Schenkel. Sie schob sie so weit auseinander, dass sie das köstliche Geheimnis ihres Geschlechts sehen konnte. Die Lust strahlte aus Olives Augen, als sie mit leicht gespreizten Fingern durch die krausen Schamhaare fuhr.

»Ich bin froh, dass du dich nicht rasierst«, murmelte Olive. »Die Härchen sind so hübsch ...«

Olive fuhr mit dem Zeigefinger den kleinen Spalt entlang, dann stieß sie gegen den Kitzler und rieb ihn sanft. Sie richtete sich auf die Knie auf, schob Cassies Hände beiseite und fing die Nippel der Freundin wieder mit den Lippen ein.

Cassie spürte die direkte Wirkung in ihrem Schoß. Sie schaute auf Olives blonde Haare und sah, wie die Zunge vorschnellte und über einen Nippel strich, während Olive die andere Brust mit den Fingern verwöhnte. Cassie seufzte voller Lust.

Olive rutschte an Cassies Körper entlang, und ihre

Zunge hinterließ eine feuchte Spur von den Brüsten zum Nabel und von dort zum Venusberg. Sie spreizte die Schenkel der Freundin, die mit angehaltenem Atem zusah, wie Olive die Labien mit den Fingern beider Hände auseinander klaffen ließ.

Cassies Körper versteifte sich, als sie das erste Mal Olives Zunge auf ihrem Kitzler spürte. Sie stieß sie nur kurz an, ehe sie die Labien ableckte, von oben bis unten und wieder hoch. Auf Cassies Stirn war ein leichter Schweißfilm zu sehen, und sie schrie auf, als Olive den Kitzler in den Mund sog und leicht mit den Zähnen an der fleischigen Knospe nagte.

Olive hob die Hände und streichelte Cassies Brüste, die sich unter ihrem heftigen Atmen hoben und senkten.

»Olive«, murmelte Cassie, »ich will dich auch sehen.«

Olive hob den Kopf und lächelte. Sie richtete sich auf und küsste Cassie, zwang deren Lippen auseinander. Cassie öffnete den Mund und schmeckte ihren eigenen Nektar auf der Zunge der anderen Frau. Olive richtete sich weiter auf, und Cassie sah, dass ihre blasse Haut mit einem rosigen Schimmer überzogen war. Sie schob den Slip über die Hüften, und Cassie schaute mit ungehemmter Faszination auf die üppigen Kurven von Olives Körper und besonders auf das dunkle Dreieck zwischen ihren Schenkeln.

»Komm her.« Olive nahm Cassie bei der Hand, zog sie aus dem Sessel und führte sie hinüber zum Bett. Mit einem Lächeln, das Cassies Herz flattern ließ, zog Olive sie an sich. Ihre Körper fest aneinander gepresst, sanken sie auf das Nest aus Kissen auf Olives Bett.

Olive streichelte mit der flachen Hand über Cassies

Bauch und schob die Beine auseinander. »Ich will es dir besorgen«, murmelte sie. »Ich will dich zum Kommen bringen.«

Cassie hielt die Luft an. Dann sagte sie leise. »Ja, das will ich auch.«

Sie öffnete die Beine, und Olive glitt dazwischen und stieß die Zunge tief hinein, was Cassie mit einem Aufschrei begleitete. Die bisherige Sanftheit wich einer gierigen Ungeduld. Cassies Hüften bäumten sich unter Olives Mund auf. Cassie spürte, wie sich alle Muskeln in ihrem Inneren zusammenzogen. Keuchend stieß sie den Atem aus.

»Komm für mich, Cassie«, stöhnte Olive gegen die Hitze, die aus Cassies Vulva strömte.

Cassie wand sich fiebrig unter ihr, die Finger griffen klammernd ins Betttuch, und dann braute sich in ihr der Orgasmus zusammen, sie wurde geschüttelt, und ein Bach aus honiggleicher Flüssigkeit ergoss sich in Olives Mund.

Beide Frauen stöhnten. Olive leckte die Reste von Cassies Lust von ihren Fingern und von Cassies Schenkeln, während sie spürte, wie die Erschütterungen des Körpers langsam abebbten.

»Oh, Olive«, keuchte Cassie, »das war ... du bist unglaublich.« Sie hob den Kopf. »Ich will ... es bei dir tun. Du hast ja noch gar nichts gehabt.«

»Schon gut, das ist in Ordnung.« Olive zog sich hoch und legte sich neben Cassie aufs Bett, nahm sie in die Arme. »Das hat noch Zeit.«

»Aber ich ...«

Olive lächelte sie voller Liebe an. »Ich wollte dir zeigen, wie schön es sein kann, Cassie, und ich freue mich mehr, als du dir vorstellen kannst, dass mir das gelungen ist. Wir haben noch viel Zeit, oder musst du heute Abend noch irgendwo sein?«

Cassie schüttelte den Kopf. Sie schmiegte sich an Olive und war entzückt von der sanften Haut der Freundin. Sie schloss die Augen, durchdrungen von den Emotionen, die eine andere Frau in ihr ausgelöst hatte.

Fünftes Kapitel

Cassie nahm ein Buch vom Regal und betrachtete den Umschlag. Sie war nicht sicher, wie sie mit ihrer neuen Entdeckung umgehen sollte, mit ihren Gefühlen für andere Frauen, aber vielleicht fand sie in Büchern einige Antworten darauf. Es überraschte sie, dass sie sich längst nicht so verwirrt fühlte, wie sie geglaubt und befürchtet hatte. Im Gegenteil, sie war erfüllt von einem fast überirdischen Frieden, von einem Gefühl, das etwa dem Zustand entsprach, den Adler ihr während der Massage beschrieben hatte.

Sie errötete, als sie sich daran erinnerte, was in der vergangenen Nacht noch alles geschehen war. Die beinahe unschuldig-kindliche Freude, die sie durchströmt hatte, als sie Olive eine ganze Serie von Orgasmen beschert hatte. Und was Olive mit ihr angestellt hatte, als die Freundin sie mit den Freuden eines Dildos bekannt gemacht hatte, war gar nicht zu beschreiben – minutenlang hatte sich Cassie in einem Glückstaumel befunden.

»Hi, Cassie.«

»Nicholas.« Cassie drückte das Buch gegen ihre Brust, um den Titel zu verbergen. »Wie geht es dir?«

»Gut.« Er sah sie prüfend an. »Kann ich dir mit irgendwas helfen?«

»Nein, ich schaue mich nur um.«

Nicholas warf einen Blick auf die Beschriftung des Regals. ›Homosexuelle Fachliteratur‹ stand da. Cassie folgte seinem Blick und errötete.

»Bist du sicher?« fragte Nicholas.

Cassie sah ihn an. »Was hat Lydia dir gesagt?«

»Wovon sprichst du? Wir haben erst vor ein paar Tagen von dir gesprochen, und ich habe gesagt, dass du oft hier bist und dich von Olive beraten lässt – und dass du dich für erotische Literatur interessierst.«

»Hat Olive was über mich gesagt?«

»Nein, eigentlich nicht. Vor ein paar Monaten hat sie mich gewarnt. Das war kurz bevor wir hier ...« Er brach ab und wurde rot. »Sie hat mir gesagt, dass ich behutsam mit dir umgehen soll. Und ich weiß, dass Olive einen Blick für Frauen hat.«

Cassie zögerte, dann schaute sie auf das Buch. Sie hatte sich noch nie mit Nicholas über ihr Sexualleben unterhalten, aber sie fühlte sich in seiner Gegenwart gut aufgehoben. Es war leicht, sich ihm anzuvertrauen. »Nun«, sagte sie, »ich bin sicher, dass Lydia dir gesagt hat, wie verwirrt ich in letzter Zeit war.«

»Ja, ich erinnere mich, dass sie etwas in dieser Richtung gesagt hat.«

»Nach ein paar katastrophalen Erlebnissen mit Männern, die wirklich mehr als ein wenig bizarr waren, habe ich die vergangene Nacht bei Olive verbracht«, sagte Cassie. »Wir hatten Sex zusammen.«

Sie war dankbar, dass Nicholas mit keiner Wimper zuckte. »Hat sich damit deine Verwirrung gelöst?«

Cassie nickte. »Ja, so ist es tatsächlich. Jedenfalls bis jetzt noch. Mir scheint alles klar zu sein.«

Nicholas lehnte sich mit der Schulter an das Regal und verschränkte die Arme vor der Brust. »Was ist klar?«

»Dass mit mir alles in Ordnung ist«, sagte Cassie. »Ich dachte, es müsste einen Grund geben, irgendeine klinische Fehlfunktion, dass ich aus meinen sexuellen Erlebnissen keine emotionale Befriedigung ziehen kann.«

Sie erinnerte sich, dass eines dieser Erlebnisse mit Nicholas stattgefunden hatte, und sie senkte den Kopf aus Angst, ihn beleidigt zu haben. Aber Nicholas legte nur eine Hand auf ihre Schulter und sagte: »Mach dir keine Gedanken darüber, Cassie.«

Sie neigte den Kopf ein wenig und sah ihn an. »Gewöhnlich war es körperlich durchaus befriedigend«, sagte sie, »aber irgendwas fehlte. Und jetzt weiß ich, dass dieser Mangel nicht auf ein Problem bei mir zurückzuführen ist.«

Nicholas lächelte. »Und jetzt bist du erleichtert über deine Entdeckung, dass es dich nicht verwirrt, mit einer Frau Liebe gemacht zu haben.«

»Ja, genau! Oh, ich bin so froh, dass du es verstehst.«

»Cassie, du musst tun, was dich glücklich macht«, sagte Nicholas ernst. »Und es sollte dich wirklich nicht verwirren, wenn du eine andere Frau liebst.«

»Aber die Gesellschaft hat Probleme damit.«

Nicholas hob die Schultern. »Na und? Was hat die Gesellschaft damit zu tun?«

»Ja, stimmt.«

»Cassie, ich weiß, dass du Olive magst«, fuhr Nicholas fort, »aber vergiss nicht, dass sie ihre Launen hat. Ich möchte nicht, dass sie dir weh tut.«

»Oh, mache dir keine Gedanken darüber. Ich mag Olive sehr, aber ich bin nicht in sie verliebt.«

Sie schwiegen eine Weile, dann stellte sich Cassie auf die Zehenspitzen und drückte Nicholas einen Kuss auf die Wange. »Danke, Nicholas. Wirst du mir einen Gefallen tun?«

»Jeden.«

»Sage Lydia nichts davon. Ich werde es ihr natürlich sagen, aber ich möchte es gern auf meine Weise tun.«

»Meine Lippen sind versiegelt.«

Cassie hob eine Augenbraue. »Ich weiß nicht, ob das genügt. Wie ich Lydia einschätze, wird es ihr gelingen, innerhalb eines Herzschlags diese Lippen zu öffnen.«

Nicholas grinste. »Für, dich, Cassie, kann ich sogar der Verführung von Lydias Lippen widerstehen. Aber warte nicht zu lange.«

»Du hast gesagt, du willst ihn kennenlernen.« Cassie nahm drei Teller aus dem Schrank und schaute Olive über die Schulter an.

»Ja, aber das war vorher.«

Olive schenkte sich ein Glas Wein ein und schien zu schmollen.

»Ach, komm schon, Olive.« Cassie beugte sich zur Freundin und gab ihr einen Kuss auf die Wange. »Es ist doch nur Adler«, sagte sie und unterdrückte ihr

Verlangen, mit einer Hand in den tiefen Ausschnitt zu gleiten. »Er ist harmlos.«

»Ist er nett?«

»Er ist ein übriggebliebener Hippie.«

»Ich dachte, du und ich würden die tantrische Massage probieren«, nörgelte Olive. »Darauf habe ich mich den ganzen Tag gefreut. Ich habe sogar Bücher in die obersten Regale eingeräumt, weil ich dachte, du würdest meine Verspannungen wegmassieren und meine Energien fließen lassen.«

Cassie gluckste. »Sobald Adler gegangen ist, werde ich deine Energien freisetzen. Bis dahin sei ein liebes Mädchen, ja? Ich verspreche dir, Adler wird dir gefallen.«

»Schon gut, ich werde mich von meiner besten Seite zeigen.« Olive nahm einen Schluck Wein und schaute auf die Kessel, die auf dem Herd standen. »Was kochst du?«

»Pasta. Ich dachte, wenn es überhaupt etwas gibt, das ich nicht ruinieren kann, dann ist es Pasta. Oh, da klingelt es schon.« Cassie wischte sich die Hände an einem Tuch ab und lief zur Tür.

»Hallo, Adler.« Cassie schluckte. »Ist das eine Nehru-Jacke?«

»Sieht toll aus, was?« Adler schaute auf die Jacke und das T-Shirt darunter. »Und authentisch. Ich habe sie in Indien gekauft.«

»Du siehst sehr elegant darin aus«, sagte Cassie. »Komm herein.« In der Küche stellte sie Olive vor. »Sie arbeitet in der Buchhandlung, von der ich dir erzählt habe.«

Adler und Olive begrüssten sich, dann gingen sie zu dritt ins Wohnzimmer.

»Cassie hat mir erzählt, dass Sie als Masseur eine Wucht sind«, sagte Olive, nachdem sie sich in einen Sessel gesetzt und die Beine übereinander geschlagen hatte.

»Olive!« Errötend warf Cassie einen scheuen Blick auf Adler. »Ich habe ihr nur gesagt, dass Sie mir eine Massage gegeben haben«, sagte sie entschuldigend.

»Eine tantrische Massage, hat Cassie gesagt.« Olive ließ nicht locker.

»Du wolltest dich von deiner besten Seite zeigen«, erinnerte Cassie die Freundin.

Olive blinzelte Adler zu. »Das ist meine beste Seite.«

»Die Massage scheint erfolgreich gewesen zu sein«, bemerkte Adler. »Cassie, ich habe Sie seit Jahren nicht mehr so entspannt gesehen.«

»Ja, ich kann berichten, dass Cassies Energien in die richtige Richtung fließen«, verriet Olive. »Und andere Dinge sind auch in die richtige Richtung geflossen.«

Cassie hatte das Gefühl, dass ihr ein spannender Abend bevorstand. Das hätte sie vorher wissen müssen, wenn sie die lebhafte Olive mit dem sanften Adler zusammenbrachte. Sie schmunzelte vor sich hin und ging in die Küche und füllte drei Teller mit Spaghetti, die sie dann ins Wohnzimmer brachte.

Noch bevor Olive den ersten Bissen genommen hatte, sagte sie: »Cassie hat mir gesagt, dass Sie beide an einem Dreier interessiert sind.« Sie drehte sich Spaghetti auf die Gabel.

Adler hob die Augenbrauen. »Ist das so?«

»Es geht um William Blake«, sagte Cassie rasch und bedachte Olive mit strafendem Blick. »Also, wirklich, Olive.«

Olive lächelte. »Nun, ich finde, es ist eine verlockende Vorstellung. Ich meine, Liebe mit zwei so brillanten Künstlern wie William Blake und Henry Fuseli zu machen. Wenn ich nur daran denke, wie kreativ diese Männer im Schlafzimmer sein mussten.«

Vielleicht sogar mit Körperbemalung«, sagte Adler und lehnte sich zurück. »Obwohl Fuselis Alptraumbilder eher dunkle Begierden ahnen lassen.«

Olive leckte Sauce von der Gabel. »Ich habe nichts gegen dunkle Begierden.«

»Du hast dunkle Begierden?« fragte Cassie überrascht.

Olive hielt ihrem Blick stand. »Natürlich. Warum sollte ich sie nicht haben?«

»Was für dunkle Begierden?« Cassie war entzückt, als Olive errötete. Sie hätte nie geglaubt, dass Olive von sexuellen Gedanken in Verlegenheit gebracht werden könnte.

»Ja, Olive«, fiel Adler ein, »erzählen Sie uns über Ihre dunklen Begierden. Cassie hat Ihnen bestimmt von ihren Abenteuern mit Fußfetischisten und Wäscheträgern berichtet.«

»Es sind ganz normale dunkle Gelüste«, antwortete Olive. »Bondage, Bestrafungen, Dreier . . .«

»Bevor es spannend wird, räume ich rasch ab«, sagte Cassie und brachte die Teller zurück in die Küche. Sie schob die Reste in den Abfalleimer, ehe sie die Teller in die Spülmaschine gab. Dann spülte sie die Töpfe. Plötzlich bemerkte sie, dass es im Wohnzimmer still geworden war. Cassie lugte um die Ecke ins Wohnzimmer.

Olive hatte sich auf dem Boden ausgestreckt, das Gesicht in ein Kissen gedrückt, während Adler ihren

Rücken bearbeitete. Cassie trat ins Wohnzimmer und schaltete mit dem Dimmer die Lampen dunkler.

»Vielleicht funktioniert es nicht ohne Adlers spezielle Beleuchtung und die Sitarmusik«, meinte sie.

Olive wandte den Kopf zur Seite und schaute zu Cassie. »Ich spüre jetzt schon, dass er magische Hände hat.«

»Ja, hat er.« Cassie trat an den CD-Spieler und wählte eine Scheibe aus. Am ehesten schien Harfenmusik geeignet zu sein, die Stimmung nachzuempfinden, die damals in Adlers Wohnung geherrscht hatte.

»Oh, wunderbar«, murmelte Olive, als die ersten Akkorde aus den Lautsprechern drangen.

»Meine Hände werden versuchen, Ihre unterdrückten Energien nach oben zu bringen, bis dicht unter die Schädeldecke«, teilte Adler mit. Er hatte die Nehru-Jacke ausgezogen.

»Adler, sollte Olive nicht ihr Kleid ausziehen?« fragte Cassie, als sie sich in einen Sessel gesetzt hatte, um zuzusehen. »Nichts sollte sie einengen, nicht wahr?«

Olive warf Cassie einen argwöhnischen Blick zu.

Adler schien erstaunt zu sein. »Cassie, Sie kommen mir wirklich sehr entspannt vor.«

Cassie lächelte und lehnte sich zurück. Ja, sie war entspannt, und der Gedanke, dass Olive in ihrer Gegenwart eine erotische Massage von Adler erhalten würde, fand sie ungeheuer aufregend.

Olive setzte sich auf, zuckte die Schultern, nahm ihr Kleid, zog es über die Hüften und dann über den Kopf.

Adler schluckte und sah sie an. »Wollen Sie nicht einen Bademantel oder so was anziehen?«

»Wozu? Sie wollen mir doch keine Massage durch einen Mantel verpassen, oder?«

»Nun ... nein, aber ...«

Olive hakte den BH auf und streifte ihn ab, dann schob sie ihren Slip hinunter, ehe sie sich wieder auf den Bauch legte. Cassie schaute hungrig auf die prächtigen Kurven von Olives Hintern, die geradezu danach zu lechzen schienen, gestreichelt, gedrückt und geküsst zu werden. Sie warf einen Blick auf Adler, und es wunderte sie nicht, dass auch er die makellosen Linien von Olives Körper mit den Augen abtastete.

Zuerst hatte Cassie geglaubt, sie könnte eifersüchtig sein, wenn sie sah, wie Adler den Körper ihrer Freundin berührte, aber ihre Sorge erwies sich als unbegründet. Die Szene, die vor ihren Augen ablief, erfüllte sie mit Freude und Erregung.

Adlers Hände zitterten nur ein wenig, als er Olives samtenen Rücken massierte. Er erzählte von *kundalini* und *chakra*, bis Olive ihm sagte, er sollte schweigen und massieren. Cassie lächelte und legte den Kopf auf den Rücken des Sessels. Sie sah, wie Olives Körper sich sichtlich entspannte. Ihre Haut erhitzte sich zu einem rosigen Pink, und wann immer Adler besonders starken Druck ausübte oder eine empfindliche Stelle berührte, stieß Olive lange Stöhnlaute aus.

Cassies Mund wölbte sich zu einem leisen Lächeln, als sie die Schwellung in Adlers Hose bemerkte.

»Oh, Adler, du bist wirklich gut«, murmelte Olive. Sie hatte die Augen geschlossen, die Lippen ein wenig geöffnet. »So gut ...«

Cassie rutschte im Sessel unruhig herum. Olives Stimme hörte sich an, als erlebte sie die Vorstufe eines

Orgasmus. Cassie erinnerte sich, dass sie bei Adlers Massage gekommen war. Sie presste ihre Schenkel zusammen.

Sie war sicher, dass Olive das auch erleben musste. Adler knetete jetzt die Gesäßbacken, und Olives Stöhnen klang noch intensiver, lustvoller. Ihre Schenkel gingen auseinander, und Adler und Cassie konnten die geschwollenen Labien sehen.

Plötzlich erhob sich Olive auf die Ellenbogen und schaute Adler über die Schulter an. »Jetzt von vorne?«

Adler starrte sie offenen Mundes an. Schweiß stand ihm auf der Stirn. Olive grinste und blinzelte Cassie zu, ehe sie sich auf den Rücken drehte und die Arme ausbreitete. »Meine Vorderseite ist nämlich auch sehr verspannt.«

Ihre Brüste hüpften aufgeregt, als sie den Oberkörper leicht anhob und auch die Beine anzog. Adler warf Cassie einen hilflosen, überforderten Blick zu.

Cassie lächelte. »Adler, Entspannung ist angesagt. Lassen Sie Ihre Energien fließen.«

»Ich habe nie damit gerechnet, sie auf diese Weise fließen zu lassen«, sagte er mit krächzender Stimme.

»Freie Liebe und so«, sagte Olive, richtete sich noch ein bisschen mehr auf und legte die Hände unter ihre Brüste, als wollte sie sie Adler anbieten.

Nicht einmal ein Mann mit Adlers Neigung zum Philosophischen konnte einer Versuchung widerstehen, wie sie ihm jetzt geboten wurde. Mit einem Seufzer, der seinen Körper erbeben ließ, nahm er die Brüste in seine Hände. Olives Nippel richteten sich steil auf, als Adler sie zwischen die Finger nahm. Seine Augen wurden groß, als er Olives Stöhnen hörte.

Cassie schaute ihnen mit steigender Erregung zu.

Sie konnte sich sehr wohl vorstellen, warum ein solches Erlebnis anziehend auf Mary Wollstoncraft gewirkt haben musste. Ohne es zu wollen, glitt eine Hand unter ihren Rock und in den Slip hinein. Sie staunte über die Nässe, die sie vorfand.

»Oh, ja«, murmelte Olive. »Was für eine Massage.«

Adler fuhr mit beiden Händen über Olives flachen Bauch und zögerte nur eine Sekunde, ehe er sich über den Nabel beugte und die Zunge hineinstieß. Seine langen Finger glitten über ihren Venusberg, streichelten die Härchen und stießen dann gegen die bebende Klitoris. Mit den gleichen bedächtigen Bewegungen, mit denen er ihren Rücken massiert hatte, rieb er jetzt über die gerötete Knospe, bis Olive keuchend seine Hand griff und still hielt.

»Warte«, stieß sie hervor, »ich will noch nicht kommen.« Sie schaute zur Seite. »Cassie ...«

Cassie konnte wegen der Zuckungen zwischen ihren Schenkeln kaum stehen, aber sie wünschte sich nichts sehnlicher, als Olives nackten Körper wieder an ihrem zu reiben. Ihre Hände zitterten, als sie sich aus Rock und Bluse schälte, dann zog sie den BH aus und ging zu Adler und Olive.

Seit wann war sie neugierig auf eine Situation wie diese? Sie kniete sich neben Olive, aber Olive schlang eine Hand um Cassies Fessel und zog den Fuß über ihren Körper, und dann lag sie gespreizt über Olive, das Schenkeldreieck direkt über ihrem Gesicht.

»Jetzt zieh dein Höschen aus«, murmelte Olive.

Mit wachsender Erregung streifte sich Cassie den Slip über die Beine und ließ sich über Olive sinken, bis die Knie auf der Höhe ihres Kopfes waren. Die Berührung von Olives sanfter Zunge auf den inneren

Labien ließ Cassie voller Lust aufstöhnen. Sie zog einen Sessel heran, um die Arme auf der Rückenlehne aufzustützen, während Olive mit Wonne schleckte.

Cassie bemerkte kaum, dass Adler hinter ihr hockte und seine Hände immer noch über Olives Körper wandern ließ. Ihre eigene Erregung erreichte mit einer solchen Intensität den Höhepunkt, die sie nie für möglich gehalten hatte. Zitternd hielt sie sich am Sessel fest.

Als die Wellen der Lust abgeklungen waren, hob sie die Hüften ein wenig an, weil sie fürchtete, Olive könnte kaum noch atmen. Cassie schaute hinter sich.

Adler hatte sich die Hose ausgezogen und kniete zwischen Olives Schenkeln. Sein schlanker Penis bebte vor Erwartung. Mit offenem Mund starrte er auf die Szene der beiden Frauen. Cassie kam aus der Hocke hoch und streichelte liebevoll über Olives volle Brüste.

»Du bist wunderschön«, hauchte sie.

Olive lächelte, und ihre braunen Augen blickten warm und glücklich. Mit einer Hand streichelte sie ihren Bauch, ehe die Finger leicht durch die krausen Schamhaare fuhren.

»Ich möchte, dass du es mit Adler tust«, wisperte Olive zu Cassie. »Ich möchte zusehen.

Kleine kitzelnde Schauer liefen über Cassies Rücken. Sie schaute zu Adler, der immer noch zwischen Olives Schenkeln hockte. Sein Penis zuckte. »Adler?«

»Cassie, ich ...« Seine Stimme war heiser, er räusperte sich. »Bist du sicher?«

Cassie war sich einer Sache noch nie sicherer gewesen. Sie nickte eifrig. »Ja, ja.«

Sie drehte sich um und griff nach Adlers Penis. Mit den Fingernägeln strich sie weich über den Schaft. Sie zog ihn näher an sich heran und nahm ihn in den Mund. Adler stöhnte auf und griff in Cassies Haare. Sie badete das Glied mit ihrem Speichel, saugte es tief ein und genoss das köstliche Gefühl der Macht.

Im nächsten Moment spürte sie wieder Olives Zunge. Cassie geriet außer sich vor Lust. Sie strich noch einmal über Adlers zuckenden Penis, dann wandte sie sich langsam von ihm ab. Sie drehte sich zu Olive um und bedachte sie mit einem verträumten Lächeln.

Cassie hockte auf allen vieren über Olive und küsste sie auf den Mund. Er schmeckte wie schwerer Wein, gewürzt mit Origano. Cassie rutschte ein wenig zurück und saugte an Olives Brüsten. Sie rollte die Zunge über die dicken Nippel und labte sich an Olives gestöhnter Lust.

Dann spürte sie Adlers Hände auf ihrem Hintern. Sie begriff, dass dies wirklich sehr ungewöhnlich war in ihrer bisherigen Beziehung zu Adler. Ihre Blicke trafen sich, als sie ihn über die Schulter anschaute. Obwohl die Lust in Adlers Augen vorherrschte, schaute er sie auch mit dankbarer Zuneigung an. Seine Hände kneteten ihre Backen, bis alle Verspannung von ihr gewichen war. Wie von selbst spreizten sich ihre Beine.

Mit unglaublicher Leichtigkeit bewegten sich seine Hände zu ihrem Geschlecht. Er streichelte ihre Labien so einfühlsam, dass Cassie lächeln musste. Weniger hätte sie von Adler auch nicht erwartet. Adlers Finger umkreisten ihre Klitoris, die sich weiter dehnte und streckte, während er mit einem Finger der anderen

Hand in die nasse Passage fuhr. Cassie pumpte den Finger mit ihren inneren Muskeln. Ihre Haut brannte, und Olives heißer Atem wehte über ihren Hals und steigerte ihr Verlangen noch mehr.

Adler zog den Finger heraus und setzte die Penisspitze an. Er ließ sie zwischen den Labien rotieren, stieß ab und zu auch gegen die Klitoris, aber er schien es nicht eilig zu haben. Er rieb den weichen, harten Kopf hin und her, drang ein wenig ein, ehe er ihn herauszog und leicht über den Kitzler rieb.

Cassie stöhnte und ließ die Hüften kreisen. »Komm schon, Adler, stoß endlich zu.«

»Ja, mach es ihr, Adler«, hechelte Olive, die unter Cassie lag und mit ihren Händen über Cassies Rücken und Hintern streichelte. »Lass uns nicht länger warten.«

Adlers schlanker Penis glitt in köstlicher Langsamkeit in Cassie hinein. Gleichzeitig stieß Olive ihre Zunge in Cassies Mund. Cassie stöhnte, sie ruckte mit den Hüften, um Adler zu stärkeren Stößen anzufeuern. Aber er behielt seinen langsamen Rhythmus bei und massierte unentwegt Cassies untere Rückenpartie.

»Oh, du bist so eng und heiß, Cassie«, ächzte er.

Cassie spreizte Olives Labien mit den Fingern einer Hand und rieb hart über den pochenden Kitzler der Freundin. Cassie hörte, wie Olives Atem schneller ging, sie hörte das Klatschen von Adlers Hoden gegen die Rückseiten ihrer Schenkel und wusste, dass dies die Erfüllung ihrer nächtlichen Phantasien der letzten Monate war.

Sie spürte, wie Olive sich unter ihr verkrampfte, wie sie sich wand und schlängelte, und dann explodierte Olives Körper, sie schrie auf und zuckte und hielt sich mit beiden Händen an Cassies kleinen, festen Brüsten fest.

Adler stieß schneller zu, er spürte die Hitze in Cassies Schoß, als ihre Muskeln ihn umklammerten, und dann konnte er sich nicht länger halten, Cassies orgiastische Zuckungen schienen alles aus ihm herauszusaugen, was er zu geben hatte. Mit einem dumpfen Aufschrei zog er sich aus Cassie heraus und versprühte sich auf ihrem Hintern.

Olive ersetzte den Penis rasch mit ihren Fingern, sie rieb nur leicht über den Kitzler, dann wand sich Cassie keuchend auf ihr, sie konnte sich nicht mehr auf allen vieren halten und sackte auf dem heißen Leib der Freundin zusammen.

Nach einer Weile rollte sich Cassie von Olive. Sie lag auf dem Rücken und versuchte, wieder zu Atem zu kommen. Sie schaute hinüber zu Adler, der auf dem Boden sass, den Rücken gegen die Couch gelehnt, die Augen geschlossen.

Olive küsste Cassie auf den Mund. »War das deine Phantasie? War es so, wie du es dir vorgestellt hast?«

Cassie betrachtete den verschwitzten Körper der Freundin, sie lächelte und nickte. »Es war noch viel besser.«

Cassie nahm Briefe und Zettel aus ihrem Postfach in der Literaturfakultät. Sie warf einen kurzen Blick darauf und ging dann den Flur entlang zu ihrem Büro. Einer der Briefe ließ ihr Herz höher schlagen. Sie hatte es eilig, in ihr Büro zu kommen.

Mit zitternden Fingern riss sie den Umschlag auf

und faltete den Brief auseinander. Sie war so nervös, dass sie Mühe hatte, den Sinn zu verstehen. Sie schloss die Augen und begann noch einmal und schickte dabei ein Stoßgebet zu irgendeinem Gott, der gerade zuhörte.

Cassie ließ sich in ihren Sessel sinken. Der Brief fiel aus ihren Fingern auf den Boden. Sie atmete tief durch, dann brachen die Tränen aus ihren Augen. Sie konnte es nicht glauben. Nach all dieser Zeit. Nach all ihrer Arbeit. Sie hatte Mühe, es zu begreifen.

»Cassie?« Es klopfte an die Tür, dann wurde sie leise und vorsichtig geöffnet.

Adlers bärtiges Gesicht tauchte auf. »Bist du in Ordnung? Ich hörte, wie du deine Tür zugeknallt hast.«

Cassie wischte sich die Tränen aus dem Gesicht. »Ja, alles in Ordnung.«

Adler trat ins Büro und sah sie stirnrunzelnd an. »So siehst du aber nicht aus.«

Cassie bückte sich und hob den Brief auf. Sie reichte ihn Adler und bemerkte, dass ihre Finger immer noch zitterten. Adler las den Brief, und seine Kinnlade klappte nach unten.

»Cassie!«

Cassie lachte. »Ich weiß. Ist das zu glauben?«

»Du bekommst das Stipendium!« Adler rannte hinter den Schreibtisch, hob sie aus dem Sessel hoch und umarmte sie herzlich. »Das ist ja phantastisch! Herzlichen Glückwunsch!«

Er tanzte mit ihr durch das Büro. Cassie lachte, und die Tränen rannen wieder über ihre Wangen.

»Ich hab' wirklich nicht mehr damit gerechnet«, sagte sie und hielt ihn fest umschlungen. »Ich kann es immer noch nicht glauben.«

»Ah, Cassie, ich habe immer gewusst, dass du es schaffen würdest.« Adler ließ sie los.

Cassie lächelte. »Danke, Adler. Ohne dich hätte ich es nie geschafft, das wissen wir beide. Du hast mir mehr geholfen, als ich mir hätte erträumen können.«

»Nun, ich hoffe, dass ich dir immer noch helfen kann«, sagte Adler. »Auch wenn du auf der anderen Seite des Atlantiks sein wirst.«

Cassie presste eine Hand gegen ihre Brust und spürte ihr Herz schlagen. »Ich hoffe, du wirst mich besuchen.«

»Das hoffe ich auch.«

»Adler, danke für alles«, sagte Cassie und drückte seine Hand.

Adler sah sie forschend an. »Du bereust doch nichts, oder? Ich meine, was wir getan haben?«

Sie schüttelte den Kopf. »Nein, überhaupt nicht. Zuerst dachte ich, unser Umgang miteinander könnte darunter leiden, aber ich kann mir gar nicht vorstellen, dass wir nicht gut miteinander auskommen, Adler.«

Er lächelte und gab ihr einen Kuss auf die Wange. »Können wir am Wochenende zusammen essen gehen? Es gibt ein neues karibisches Restaurant an der North Beach.«

»Ja, gern.« Cassie schaute ihm nach, als er zurück in sein Büro ging, dann las sie noch einmal den Brief. Sie wollte Lydia anrufen, aber die Sekretärin sagte, dass Lydia und Nicholas sich zum Mittagessen verabredet hätten.

Kurz entschlossen fuhr Cassie zu *Libri Antiqui*.

»Hallo!« rief Olive hinter der Kasse. »Was bringt dich denn her?«

»Ich suche Lydia«, sagte Cassie. »Ist sie hier?«

»Sie ist mit Nicholas zum Essen gefahren. Ich schätze, dass sie in einer Stunde wieder hier sind«, sagte Olive. »Warum? Was ist passiert?«

»Erinnerst du dich, dass ich einen Antrag auf Forschungsgelder für mein Buch gestellt habe?« fragte Cassie.

Olive nickte.

»Ich habe heute die Nachricht erhalten, dass sie mir die Unterstützung gewähren.«

Olives Augen weiteten sich. »Nein!«

Cassie lächelte und nickte.

»Oh, Cassie, das ist großartig!« Olive hüpfte von ihrem Schemel und umarmte die Freundin.

»Ich bin immer noch so erstaunt, dass ich es kaum glauben kann«, murmelte Cassie.

»Ich wusste, dass dein Antrag positiv entschieden würde«, sagte Olive. Sie drückte Cassies Hand. »Du hast es verdient. Jetzt kannst du in London nachforschen, nicht wahr?«

»Ja. Ich habe genug Geld, um ein ganzes Jahr dort zu arbeiten.«

Olive schluckte. »Wann gehst du?«

»Im nächsten September.« Cassie sah Olive an und schob eine Haarsträhne aus Olives Gesicht. »Ich glaube, wir haben nie über diese Möglichkeit gesprochen, nicht wahr?«

Der Glanz wich aus Olives Augen. »Wir können nichts daran ändern. Ich muss mein Studium beenden, und du kannst diese Chance nicht ausschlagen.«

»Olive, ich ...«

Olive schüttelte den Kopf. »Nicht, Cassie. Wir haben noch den ganzen Sommer. Und wir sind im

Augenblick wohl beide nicht auf eine ernste Bindung aus. Wir haben beide unsere Pläne.«

Cassie nickte. »Wir werden das genießen, was wir haben und warten ab, was geschieht.«

»Gute Idee.« Sie lachte fröhlich. »Ich wette, es wird ein heißer Sommer mit uns beiden.«

Epilog

Ein kalter Wind schlug Lydia entgegen, als sie am Strand stand und die gewaltige Weite in sich aufnahm. Sie liebte Marin County mit seinen Hügeln und Klippen. Hohe Wellen klatschten gegen die Felsen und bedeckten den Sand mit einer dicken weißen Schaumschicht. Der Wind und der Nebel, der sich ausbreitete, schienen die Menschen davon abzuhalten, an diesem Nachmittag an den Strand zu gehen – mal abgesehen von ihr, Cassie und Molly.

Lydia entdeckte ihre Freundinnen in einiger Entfernung. Sie saßen auf großen Strandtüchern. Lydia nahm eines von Nicholas' Hemden aus ihrer Tasche und streifte es über ihr T-Shirt. Sie war froh, dem Wetter nicht getraut zu haben.

Sie hob den Picknickkorb auf, zog die Schuhe aus und spazierte barfuß auf dem rauhen Sand. Die Körner kitzelten ihre Fußsohlen und ganz besonders zwischen den Zehen.

Cassie und Molly hoben die Arme und winkten ihr zu.

»Hallo, Lyd!« rief Molly schon von weitem. »Wir waren uns nicht sicher, ob du es schaffen würdest!«

»Glaubst du, ich würde einen so wunderbaren Nachmittag mit meinen besten Freundinnen verpassen?« fragte Lydia, als sie vor ihnen stand. Sie reichte Molly den Korb. »Außerdem habe ich gedacht, die Damen könnten hungrig sein.«

»Wir kommen um vor Hunger«, behauptete Molly und öffnete den Korb. »Wir sind zum Leuchtturm von

Point Reyes gegangen, die ganzen Stufen hinauf und wieder hinunter.« Sie holte eine Schale mit Pasta-Salat aus dem Korb und reichte sie Cassie. »Ich dachte, ich würde sterben.«

Lydia grinste und setzte sich mit auf Cassies Strandtuch. »Aber du hast es geschafft. Als Belohnung habe ich euch auch etwas Schokolade in den Korb gelegt.«

»Lydia, ich liebe dich!« Molly verteilte das Besteck und die Teller. Bald hatten sie den größten Teil des Essens verdrückt, und Molly griff aufatmend zur Schokolade. Dann stieß sie Cassie mit dem Fuß an. »Komm schon, Cassie, sag's ihr!«

Lydia schaute Cassie an. »Was sollst du mir sagen?«

»Cassie hat eine unglaublich gute Nachricht«, sagte Molly.

Cassie lächelte. »Mir ist der Zuschuss gewährt worden, um in London an meinen Nachforschungen über William Blake zu arbeiten.«

Lydia starrte sie mit großen Augen an, dann setzte ein ausgelassenes Lachen ihre Gesichtszüge in Bewegung. »Cassie, was für eine gute Nachricht!«

»Ich habe den Brief schon vorgestern erhalten. Ich wollte dich zuerst anrufen, aber ich wollte es dir persönlich sagen, nicht durchs Telefon.«

»Oh, ich freue mich ja so für dich!« Lydia lehnte sich zu ihr und umarmte sie. »Ich gratuliere von ganzem Herzen.« Sie fasste Cassie an den Schultern an und schüttelte sie leicht. »Ich bin richtig stolz auf dich!«

Cassie errötete. »Danke.«

»Begreifst du auch, dass sie ein ganzes Jahr in London arbeiten wird?« sagte Molly und verzog das Gesicht.

Lydia lächelte und strich mit ihren Fingern durch

Cassies windzerzauste Haare. Sie ging davon aus, dass ein Jahr London wahre Wunder bei Cassie bewirken würde. »Nun, dann haben wir einen phantastischen Grund, um nach England zu fliegen«, sagte sie zu Molly.

»Großartig! Wir gehen alle zu Harrod's und kaufen nach Herzenslust ein!« Molly war wieder bester Laune. Sie stand auf und verrieb die Schokoladensplitter von ihren Fingern. »Kommt schon, ihr zwei«, rief sie ausgelassen. »Lasst uns schwimmen gehen!«

»Schwimmen?« wiederholte Cassie. »Molly, das Wasser ist eiskalt.«

»Nun ja, aber wir können ein bisschen waten.« Molly streifte die Sandalen von den Füßen und rollte die Hosenbeine hoch. Sie lief über den Sand und stieß einen kreischenden Laut aus, als das Wasser des Pazifiks über ihre Füße wischte.

Cassie lachte glucksend.

»He, es geht einem durch Mark und Bein!« rief Molly. Man hörte ihre Zähne klappern. »Kommt schon, ihr Feiglinge!«

»Vielleicht später!« rief Lydia zurück und wandte sich an Cassie. Sie war froh, die jüngere Freundin so entspannt und glücklich zu sehen. »Du siehst wunderbar aus, Cassie.«

Cassie lächelte. »Ich fühle mich auch gut.«

Lydia streckte sich auf Mollys Strandtuch aus.

»Ich habe dir noch gar nicht berichtet, dass ich Olive tatsächlich zum Kaffee eingeladen habe«, sagte Cassie. »Wir waren dann auch noch zum Abendessen zusammen und noch ein bisschen darüber hinaus.«

Lydia hob die Brauen. »Darüber hinaus?«

Cassie nickte und spürte, wie sie rot wurde. »Wir

sind in ihre Wohnung gegangen und hatten Sex miteinander.«

»Ah. Hat es dir gefallen?«

»Ja. Ich hätte es mir nie vorstellen können. Ich habe gar nicht begriffen, wie sehr ich mich zu ihr hingezogen fühle.« Cassie sah Lydia in die Augen. »Du scheinst gar nicht überrascht zu sein.«

»Bin ich auch nicht«, sagte Lydia ehrlich. »Ich habe mir schon seit einiger Zeit gedacht, dass was zwischen euch sei.«

»Hast du gewusst, dass ich mich zu Frauen hingezogen fühle?«

»Ich war mir ziemlich sicher, aber ich wollte nicht diejenige sein, die es dir sagt.« Lydia lächelte. »Diese Entdeckung solltest du selbst machen.«

Cassie schüttelte den Kopf. »Ich wusste nicht, dass ich so durchschaubar bin.«

»Oh, meine Liebe, das bist du nicht.« Lydia legte eine Hand auf Cassies Knie. »Es ist nur, dass ich dich sehr gut kenne.«

Cassie zog die Knie an, drückte die Oberschenkel gegen ihre Brust und ließ den Kopf auf den Knien ruhen. Sie schaute zu, wie Molly mit den Wellen spielte. »Ich habe nichts gegen Männer«, murmelte sie. »Manchmal hat es mir richtig Spaß gemacht. Aber mit Olive – es war unglaublich. Ich habe nicht gewusst, wie erfüllend es sein kann, wenn man sich zu jemandem hingezogen fühlt. Es hat etwas Zauberisches.«

»Glaubst du, es ist Olive, oder sind es Frauen generell?«

»Ich glaube, es sind Frauen generell, aber ich habe noch nicht genug Erfahrung, um das sicher zu wissen.« Cassie sah Lydia von der Seite an. »Das stört dich doch nicht, oder?«

»Warum sollte es mich stören? Ich möchte, dass du glücklich bist, das weißt du doch.« Lydia setzte sich auf, legte eine Hand auf Cassies Schulter und drückte sie leicht. »Du bist meine Heldin, weißt du das?«

»Ich bin was?«

Lydia lächelte. »Ich habe mir oft gewünscht, so zu sein wie du.«

»Wirklich?« Cassie war so erstaunt, dass ihr Mund aufklappte. »Du machst Witze.«

»Natürlich nicht. Dir ist es immer gelungen, deinen Weg zu gehen und dabei du selbst zu bleiben. Du hast eine innere Kraft, die Molly und auch mir fehlt.«

»Aber du ... du bist Lydia!« sagte Cassie. »Alle wollen so sein wie du! Du strahlst Können und Selbstsicherheit aus, du ruhst in dir.«

»Nicht immer. Erinnerst du dich an Nicholas? Bei ihm wusste ich nicht, was ich wollte.« Sie lächelte. »Er hat Geduld mit mir gehabt und war bereit, mir eine zweite Chance zu geben.«

»Du kannst dich glücklich schätzen, ihn zu haben«, sagte Cassie. »Aber ich glaube, er ist noch viel glücklicher, dass er dich hat.«

»Oh, du bist ein Schatz.« Lydia stand auf und strich sich den Sand von den Beinen. »Hast du es Molly schon gesagt?«

»Noch nicht, aber ich werde es bald tun.«

»Ist sie über Harker hinweg?«

Lydia nickte. »Sie ist wie ein Stehaufmännchen. Es gibt nichts, was Molly auf Dauer erschüttern kann. Ihr wird es immer gut gehen.«

Sie streckte die Hand aus und half Cassie hoch.

»Jetzt sollten wir aber zu ihr, sonst treibt sie zu weit hinaus und geht uns verloren.«

Molly strahlte sie an. »Es gibt kein besseres Wetter, um die Wellen zu genießen«, rief sie. »Wir sollten eine Sandburg bauen. Wann haben wir das letzte Mal eine Sandburg gebaut? He, schaut mal, diese Muschel habe ich gefunden.«

Sie hüpfte über die Wellen, den Freundinnen entgegen, und hielt ihnen die Muschel auf der offenen Hand hin.

»Das ist ein Sanddollar, Molly«, sagte Lydia. »Ich glaube, es bringt Glück, ihn zu finden.«

»Ja, du kannst dir was wünschen, Molly!« rief Cassie.

Molly reichte Lydia den Sanddollar. »Wünsch du was für mich, Lyd. Der Wunsch hat etwas mit einem großen, reichen Italiener zu tun, er soll einen Palast in Florenz haben. Kommt jetzt, eine von euch muss mit mir ins Wasser.«

Sie packte Cassies Hand und zog sie mit sich in die Wellen. Cassie folgte kreischend, als das Wasser über ihre nackten Füße spülte. Lydia sah ihnen lächelnd nach. Ihre Hand schloss sich um die Muschel.

Ich wünsche das Beste für euch beide, dachte sie inbrünstig, während sie Cassie und Molly zuschaute, die sich begeistert im Wasser tollten.

Ich wünsche das Beste für uns drei, fügte sie dann noch hinzu. Sie steckte den Sanddollar in ihre Tasche und lief hinaus zu ihren Freundinnen.

ENDE

Über zwanzig Jahre hat Terry C. Miles sie aufgespürt – die jungen Talente für Werbekampagnen und Fernsehfilme. Gibt es die ›Besetzungscouch‹ wirklich, über die so viele Gerüchte und Spekulationen im Umlauf sind? Terry C. Miles hat seine Erinnerungen an die Mädchen erst aufgezeichnet, als er die Branche wechselte - ›vorher hätte ich nicht ehrlich sein können‹.

Ein Report, der niemanden schont – nicht die Mädchen, die alles tun, um Karriere zu machen – und erst recht nicht den Autor: ›Ich glaube, manchmal habe ich sie ausgenützt‹.

ISBN 3-404-14360-4

BASTEI LÜBBE

Italien zur Renaissance-Zeit. Carla Buonomi ist entschlossen, ein neues Leben zu beginnen und ihre künstlerischen Fähigkeiten einzubringen. Um auf den Straßen von Florenz eine bessere Überlebenschance zu haben, verkleidet sie sich als Junge. Sie hat Glück und kann sich als Botenjunge bei dem Meistermaler Piero durchschlagen. Aber Piero erwartet dafür bestimmte Dienste ...
Carla, die als Carlo lebt, gerät von einem Dilemma ins andere: Wenn ihre wahre Identität gelüftet wird, kann man sie als Betrügerin ins Gefängnis werfen. Frauen dürfen der Malergilde nicht angehören. Wie lange wird ihre Maskerade halten?
Ein spannender erotischer Roman um eine junge Frau und ihre ersten Liebesabenteuer in einer harten Zeit.

ISBN 3-304-14307-8

BASTEI LÜBBE

Die junge Amerikanerin Kelly Aslett hat sich in Paris gerade unsterblich verliebt, als sie zurück nach Kalifornien fliegen muß, um sich um das Testament ihres Vaters zu kümmern, der ihr ein Vermögen hinterlassen hat.
Auf dieses Vermögen hat es ihre Stiefmutter abgesehen, und ihr Geliebter sowie der Mafioso Johnny Casigelli sollen ihr bei dem frevelhaften Tun helfen. Kelly wird von Johnny entführt und gefangengehalten.
Reicht ihre weibliche List, um sich das zu erobern, was ihr rechtmäßig ohnehin zusteht?

ISBN 3-304-14291-8

BASTEI LÜBBE